安達 瑶

悪女列車

実業之日本社

目次

悪女列車

プロローグ　寝台特急の女

「やっと二人きりになれましたね」

我ながら歯の浮くようなセリフだと思うけれど、これが僕の本心だった。

僕たちは今、日本で唯一走っている夜行寝台特急「サンライズ瀬戸（せと）」の、それも一番人気があってキップが取りにくい「サンライズツイン」にいる。そして僕の目の前には、彼女がいる。二人きりになったのは、まだ二度目、そしていまだに本心が判らない、謎めいた美女だ。いや美女であるだけではない。スタイルも抜群なのだ。

終点の高松（たかまつ）到着時刻、つまり明朝の七時二十七分まで邪魔が入ることはない。

「本当に私でいいの？　私、海千山千の怪しい女よ？」

そんなことは百も承知だ。僕は彼女に山ほど煮え湯を飲まされている……けれども、好きになってしまったのだから仕方がない。すべては「惚（ほ）れた弱み」と言うしかない。

寝台特急は定刻どおり二十三時二十三分に熱海を発車した。

丹那トンネルを抜けて三島駅を通り過ぎると……夜の闇の中に、ぼうっと白い巨大なものが浮かび上がっている。

「え！　なにアレ！　怖い……」

「怖くないよ。あれは富士山だ」

月の光を受けた富士山が物凄く大きく迫ってきて、暗闇の中に白く浮かんでいるようにしか見えない。

「富士山……とってもロマンチックね」

進行方向に向かって右側の窓にぴったりと身を寄せた彼女は、うっとりと窓外を眺め、感に堪えない声を出した。

今だ！

僕は、彼女の肩に手を掛けて、ゆっくりと抱き寄せた。

さすがの彼女も、雰囲気を読んで、というか、拒まない。そもそも、寝台特急の個室に一緒に乗っているのだから、僕のことがイヤではないと解釈して間違ってないよね？　僕だって、たとえばアパートの自室に女性が来ればイコール、セックスＯＫってことだという都合のいい説はそのまま信じてはいないが、この場合は……旅行に誘って付いてくるって事は、その答えはＯＫと思っていいんでしょう？

実際、彼女は、僕に唇を許し、しかも僕が感激したことに、彼女から舌を差し入れてきた。

ねろねろと動くそれは軟体動物のようで、僕はもう、それだけで下半身が爆発するかと思うほどに熱くなってしまった。

そんな僕たちを、車窓にある富士山は遠くからじっと見ている。

いいよね？　とか訊くのはヤボだ。気持ちが醒めてしまうのが怖い。やっとここまで来たんだから……。

僕は彼女をゆっくりとベッドに横たえて……押し倒すような乱暴なことにならないように、とても気をつけて……。

今度は僕からディープキスをした。

「素敵だわ。まるでオリエント急行に乗っているみたい……」

彼女は照れ隠しなのか、そんな事を言ったが、僕は、完全にスイッチが入ってしまった。

彼女の上に重なって、熱いキスを続けた。ねっとりとお互いの舌を絡み合わせつつ、彼女のハリのあるバストをまさぐり、スカートからブラウスを引き出すと、その裾から手を入れて、ブラ越しに胸を揉んだ。

「ああ……」

彼女も快感を覚えているのだろうか、疲れたようにぐったりして、僕のなすがままだ。しかし、彼女も興奮している。それは彼女の心臓の鼓動と肌にしっとりと浮き出た汗の手触りから判る。

スカートの中に手を入れて、下着越しに秘部の辺りに指を這わすと……彼女の秘所はすでにじんわり濡れていた。

いっそう胸をぐいぐいと揉み、首筋に熱い口づけをした。耳に僕の熱い吐息がかかると、彼女は肩を揺らして身悶えた。

ブラウスのボタンを外してブラも取った。彼女の豊かで形のいい両の乳房が月光に照らされて美しい。

指先で乳首を挟んでくじると、彼女は背筋をヒクヒクさせた。

スカートの中の秘部も、かっと燃え上がるように熱くなっている。

あとは、無我夢中でスカートをたくし上げ、パンティを降ろして……と思ったところで、「サンライズ瀬戸」は富士駅に停車してしまった。カーテンは全開状態だし、この「サンライズツイン」は二階建て車両の下の段にある。このままではプラットフォームから見下ろされてしまう。早くカーテンを閉めなければ！

仕方なくカラダを起こした時に、なんということだろう！　僕はお漏らしをしてしまった。大人のお漏らし。

そう、僕は彼女を脱がせたのはいいけれど、自分はシャツにチノパンという格好だった。そのチノパンの中に暴発してしまったのだ。

「ああ……」

残念極まりない。せっかくのチャンスだったのに。これじゃ童貞の初体験じゃないか。

しかし彼女はにっこり笑って許してくれた。

「次は、大丈夫よね？」

彼女はそう言って僕を脱がせると、濡れたままの僕のペニスを口にした。

「口でするのは、あまり慣れてないけれど」

と言いつつ舌を這わせてきた。

彼女の柔らかな舌の感触をペニス全体で感じるうちに、僕はすぐに復活した。

「じゃあ、きて」

彼女は仰向けになり、こんどこそ悲願達成とばかりに、僕は正常位で挿入した。

とろとろに濡れそぼった女芯に、ペニスはするっと入った。

ああっ！　ヒダヒダが絡みついてくるぞ。ああっ、凄い！

僕は心の中で叫んだ。

興奮して彼女の乳首をきゅっと摘んで絞り上げたせいか、彼女の秘部はさらにきゆうぅっと締まった。

ひゃあ。凄く締まる。凄いよっ！

と、僕はまた心の中で叫んだ。

「寝台車のベッドで……こんなことって、なんだか夢みたい。揺れているのがとても不思議な感じ」

いつの間にか「サンライズ瀬戸」は富士駅を発車していた。

僕は熱に浮かされたようにぐいぐいと腰を突き上げ、たとえ隣の部屋に響こうがレール音が消してくれる、とばかりにぱんぱんと音を立てて抽送した。

さあ、フィニッシュだ！

という、まさにその時を見計らったように階段を降りてくる足音がした直後、個室ドアがガンガンと乱暴にノックされた。

え？　誰が？　どうして？

すべて解決したはずなのに、どうして……。

僕たちは戦慄して顔を見合わせ、恐怖の余り、硬く抱き合った。

思い起こせば、今日までの大騒動のすべての発端は、あの埼京線だった……。

第一話　埼京線の女

朝の七時三十五分。

寝坊した僕は、既に時間がギリギリになっていたのだけれど、川越駅の駅そばを食べた。

東武東上線のプラットフォームにある「文殊」の方がメニューが多くて好みなのだが、通勤で使っているＪＲ駅構内にある「いろり庵きらく」も決して負けてはいないし、定期券で入れるのも便利だ。ここでコロッケそばといなりを食べなければ、僕の朝は始まらない。

「ごちそうさん！」

食器を返して階段を駆けおりる。プラットフォームをダッシュして、今にも閉まりそうだったドアをタッチの差ですり抜けた。

飛び乗った電車が動き出し、ホッとしたのもつかの間。

しまった！

僕は、しくじったことを悟った。時間がないままにうっかり、先頭にある女性専用車両に乗り込んでしまったのだ。

僕が乗っているのは朝の埼京線（川越線）だ。始発のＪＲ川越駅から乗車する。時間的には東上線の川越駅から池袋で乗り換える方が早いのだが、会社が大崎にあるので、乗り換えなしで行ける埼京線に乗る方がラクなのだ。万事、楽なほうに流される僕が「無難なヤツ」と陰で呼ばれていることは知っている。

そんな無難な生き方をしているはずなのに、そして面倒やトラブルはいつも全力で回避しているのに、なぜ、今日に限って女性専用車に乗ってしまったのだろうか。

ロングシートは満席で、立っている人がチラホラいる。ほかの一般車両とは混み具合が全然違っている。

慌てて隣の車両に移動しようとしたのだが、その時だった。「彼女」が目に入ったのは。

僕は、目が離せなくなってしまった。

楚々とした美女。クッキリした眉毛と切れ長の目。ツンと高くて形のよい鼻にふっくらした唇。まさに、僕の好みにどストライクだ。僕はテレビタレントでも女優さんでも、こういう、はっきりした顔立ちの美人が好きなのだ。

そして今、僕の目の前にいる彼女は、長い髪が白いハイネックのブラウスに映え、白い肌に形のいい鼻がつんと立ち、切れ長の目も美しい。彼女は座っているのだが、立ち上がればきっと素晴らしいプロポーションなのに違いない。

僕は、自分の理想の美を通勤電車の中に発見してしまった。

あまりの衝撃に僕は足をとめ、彼女に見惚れた。それが失礼だ、と気づく余裕さえなかった。その時。ふと顔をあげた彼女と目があった。

彼女は僕を、真っ直ぐに見返してきた。

凛としたその美しい目に、僕はさらに魅了されてしまった。

その美女は大人しく座り、耳に装着した白いイヤフォンで何かを聴いている。

美しい女は、何をしてもサマになる。彼女が音楽を聴いている、という姿だけで一幅の絵になるのだ。

隣の車両に移らなければ、という気持ちは、僕の中から消えていた。あまりにも美しい彼女の姿から目を離すなんて、とても無理だった。ちょっと離れたところから、僕は彼女を見つめ続けた。

女性専用車両に男が紛れ込んで乗っている状態なのだが、後から乗ってくる女性客もみんな見て見ぬフリをしてくれて、誰も怒ったり詰め寄ったりしてこないのには助かった。女性専用車両なんて、うっかり乗り込んだら大勢の女性に囲まれて吊し上げを食う、ぐらいに僕は思っていたのだが、それは間違いだったようだ。

そんな状態で、責められないのをいいことに、ついつい車両を移らずにいたら……。

突然、男の怒声が響いたので驚いた。

その美女の隣に座っていた目つきの悪い男が、彼女に因縁をつけ始めたのだ。そいつはずっと新聞で顔を隠していたので、こんなオッサンが隣にいるとは気づいていなかった。

「おいねえちゃん、あんたのシャカシャカがうるせえんだよ」

女性専用車に居座っているくせに、頭ごなしに女性を見下すエラそうな態度に僕はムカついた。

「……あっ、ごめんなさい」

美女は慌ててイヤフォンを外して謝り、怯(おび)えたような表情になった。

初めて聞いたその声は、僕が想像した通り、細くて澄んだ、まさに鈴を振るような声だ。

「謝って済むことかよ。ゴメンで済めば警察いらねえんだよ」

「本当に済みません……もう聴きませんから」

シャカシャカ音なんて、僕には聞こえなかった。この男の言いがかりに過ぎない可能性も十分にある。というより、この言い草はコドモの喧嘩(けんか)ではないか！

だが、この美女が……突然の罵声に驚いて目を見開き、おどおどしている姿は……まるで怯えた野生の生き物のようで、ぼくは胸がきゅんとなってしまった。

学生時代にサークルの仲間たちと北海道旅行をした時に、夜、車を運転していて突然、道の真ん中にシカが現れたことがあった。驚いて立ちすくむ、そのシカの大きな瞳を僕は思い出した。

だが、目つきが悪くて服装もヨレヨレの、ほとんど人生の敗残者のような男は、美女のおどおどした様子に加虐欲をおおいに刺激されてしまったらしい。とんでもない言いがかりをつけ始めた。

「だいたい女は気に入らねえんだ。そうやって首かしげて『ごめんなさ～い』って被害者ぶれば何でも許されるって思ってんだろ？　男をナメてんだろ、あんた？　ちょっと可愛い顔してると思って」

彼女には関係の無い鬱憤まで一気に晴らそうとしている。この傍若無人で、失敬きわまりない態度はなんだ！

僕はますますムカムカしてきた。どう考えても言いがかりでしかない。

だが周りの女性たちは、全員見て見ぬフリだ。この男がいかにもガラが悪そうで無教養で面倒くさそうなタイプで、下手をすると暴力を振るいそうな危険がピリピリと漂っているので、関わりたくないのだろう。

それは判る。誰しもこういう種類の人間には、出来ることなら関わり合いたくない。

僕だってそうだ。トラブルも喧嘩も大の苦手だ。今の職場でも、自分が悪くないと判っていても、すぐに謝ってしまう。そのせいで嫌な上司からサンドバッグにされているし、同僚たちからも陰でバカにされていることは判っている。それでもいいと思っていた。今日までは……。

なにも悪くない美女は、なおも必死に謝り続けている。気の毒で見ていられない。

僕は一大決心をした。ここは、万難を排して、この男を叱るしかない！　ここで黙っているのは男ではない。いや、人間として正しくない。

しかし、こういう時にはどうすればいい？

「あの～」

一大決心した僕がやっとの思いで出したのは、自分でもイヤになるほど、か細い声でしかなかった。しかも次の瞬間、別の女性の声に完全にかき消されてしまった。

「ちょっとあんた！　さっきから黙って見てたらなんなのよ？　え？　あんた、馬鹿じゃないの？」

堂々たる怒りに震える大声に、ガラの悪い男は一瞬、気を呑まれたような顔になった。

「な……なんだよ？」

「なんだよじゃないでしょ！　あんた、自分がなに喚いてるのか判ってるのっ⁉」

「判ってるよ。いちいちうるせえんだよ、このババア！」

目つきの悪い男と気の強そうな女が言い争いを始めたものだから、周囲は余計に引いた。

「ババアってなんですか！　そもそも、そちらの女性はもうイヤフォンを外して、謝ってるでしょう！　なのにネチネチと絡んで……謝って済めば警察は要らない？　コドモの喧嘩みたいなこと言わないで頂戴。それともあんた、酔っぱらい？」

この気の強い女性は、下町のおばさんか大阪のオバチャンのような喋り方ではあるが、訴えている内容はきちんとしている。

「なんだと……なんかおれ、間違ったこと言ったか？」

「言ってるんでしょう！　いいトシして女性に絡んで、今はもうシャカシャカ音なんかしてないじゃないの！　恥ずかしくないんですかあんた？　それに、そもそもここは女性専用車両ですよ！」

「女性専用車両？　なんだそれ？　ああっ？　知らねえよそんなこと。そもそも女性専用車両ってなんですか～」

一人で男に迫っているのは、ショートカットで小柄、グレーのパンツスーツ姿の女性だ。歳はアフサーといったところか。気が強いのはもう判っているが、頭の回転も早そうで、全身からパワーを発散させている。

かかとの低い黒いパンプスを履いて、大判の書類も入りそうなバッグを持っているので、新宿か渋谷の会社に勤めているキャリアウーマンかもしれない。

「女性専用車両を知らない？　知らないじゃ済まないでしょ。ルールは守んなさいよ、大人なんだから。女性専用車両がなぜ出来たか知ってるの？　あんたみたいな女性蔑視で、意味もなく威張ってデカい態度を取るダメ男から女性を守って、安心して通勤通学してもらうためですよ！　そんなことも知らないでよく生きてられるわね！」

「あんだとこのアマ！　知ったふうな口利いてんじゃねえ」

男は負けじと大声を出したが、口数では女性に圧倒されているのはもう明らかだ。

「大声出せば女は黙る、そう思っているでしょう？　お生憎さま。あんたなんか、ちーっとも怖くないんだからね」

その女性は腕組みをしてニヤリと笑った。

「だいたい女にイヤガラセする男なんて、ロクなもんじゃない。負け犬だから弱い者いじめをするんでしょ？　やーい負け犬負け犬ぅ～。弱い犬ほどよく吠えるって、アンタのことじゃないの？」

「ななな、なんだとコラ！」

男の顔色が変わった。図星だったのだろう。

たしかに男の服装はぱりっとしたものではない。シャツは皺（しわ）だらけ、上着のボタンも取れかかっている。ハッキリ言って、人生の敗残者なのは一目瞭然だ。

「ほらほらその取れかかったボタン。自分で縫いつけるスキルもないの？　もしかして奥さんに逃げられちゃったの？　私が縫ってあげようか？　いやいや、アンタなんかにそんなことしてやる義理なんかないわよね～」

あ、いけない。

僕は恐怖を感じた。

これはヤバい、やりすぎだ。一線を越えてしまった……。

他人事（ひとごと）ながら背筋が冷たくなった。

気の強そうなこの女は、間違いなくこのダメ男を完全に怒らせてしまったのだ。

と思う間もなく、男は意味不明な言葉を絶叫しつつ立ち上がり、女に殴りかかろうとした。

「やめろ！」

思わず叫んだ僕が、自分でも無意識にカラダが動き、咄嗟（とっさ）に女と男との間に割って入った、次の瞬間。

僕の顔の左側に激痛が走り、目の前に火花が飛んだ。男の右フックが見事に僕の側頭部にヒットしたのだ。

それでも僕は、ふらつく足で男をなんとか止めようとした。

「あ、あなた……ら、乱暴は駄目ですよ」

「なんだとてめぇ、てめぇはカンケーねぇだろうが！　邪魔すんな、この唐変木！」

激怒している男に僕は必死でしがみつき、なんとか女性が殴られないようにしようと必死になった。

そんな僕の頭にもお腹にも、男のパンチが雨あられと降り注いだ。文字通りのタコ殴りだ。

「何すんのよ！　やめて！　やめなさいっ！　この人が死んじゃうっ」

気の強そうな女が叫び、男の腕にしがみつき、男の手に噛（か）みついた。

「いてぇっ！　痛えな！　お前はフレッド・ブラッシーか！　放せっ！　放しゃがれこのクソアマ！　痛えだろこのブスの糞（くそ）ババアが！」

男が一瞬気を取られたスキを逃さず、僕は相手のクリンチを振りほどいた。

そして……気がつくと無我夢中で右のこぶしを相手の頬に叩（たた）き込（こ）んでいた。

「ぐほっ」

自分でも意外なことに、パンチが驚くほど鮮やかに決まり、男は呻いて膝から崩れ落ちた。

一番驚いたのは、僕だった。まさかこんなことが自分にできるとは思ってもみなかったのだ。

折しも埼京線は次の駅に滑り込み、僕を殴った粗暴な男は「ちきしょう！　覚えてやがれ！」と、お約束の捨て台詞を吐き、逃げるように降りて行った。

ドアが閉まり、電車は何事もなかったように発車した。

「大丈夫ですか？　助けていただいてありがとう」

気の強い女性は僕に声をかけてきた。自分が煽るだけ煽っておいて、実際にパンチを受ける役が僕になったのを悪いと思ったのだろう。

僕は「いえ、大丈夫です」とカッコよく言ったつもりで、楚々とした美女のほうをちらりと見た。

すると……美女の瞳にも賞賛の色があったので、僕はすっかり嬉しくなってしまった。

「みんな見てみぬフリばっかりで……助けてくれたのはあなただけですね」

美女ではなく、気の強い女性の方がそう言ってくれた。

「私、飯島です。飯島妙子。ヨロシク」

手を差し出したので、僕も握り返した。

乗り合わせていた女性たちはバツが悪そうに、一様に目を反らした。しかしまあ、それは、仕方がないだろう。男女で腕力に違いがあるのは当然だ。

「仕方ないです。あんな粗暴な男で、言葉が通じるような相手じゃなかったんですから。本当はもっと早く、僕が止めるべきだったんです」

飯島さんにそう話しながら僕は、逃げた男と入れ違いに、一人の男が乗り込んできたことに気がついていた。

僕は間違えてこの車両に乗ってしまったのだが、今乗ってきた男は、何故か堂々としている。女性車両と判った上で「確信犯」として乗ってきたかのようだ。

これはまた一波乱ありそうだ……。

不安に思っているウチに、その男は、例の楚々とした美女がいるのを確認すると、一直線に空いている隣の席に向かい、そのまま座ってしまった。

嗚呼(ああ)、どうして空席になっていたのに僕は座らなかったんだろう!

僕は自分のトロさを呪った。

しかも……。

美女の隣にチャッカリ座った男は、明らかに、怪しい。痩せていて髪はぼさぼさで、目が妙にギョロついている。しかも不気味なニヤニヤ笑いを浮かべている。隣の美女を見るその表情が、まさに舌なめずりでもしそうなイヤらしさだ。たとえて言えば……拗れに拗れて、すでにヤバい領域に達しているファンが、スターと相席して相好を崩しまくっている図、だろうか。

え？

ファンが、スターと？

僕は自分の頭に浮かんだその言葉に、引っ掛かった。そう思えば、全くそのようにしか見えないのだ。

その男は、普通にスーツにネクタイ姿ではあるのだが、目付きが悪い。顔はニヤついているのに、目は笑っていない。彼女を見る視線が、さながら獲物を見つけた肉食獣のようだ。絶対に逃がさないぞ！　というおぞましい気迫さえ感じさせる。

彼女は、と言えば怯えきっている。しかもその怯えて腰が引けている感じが、尋常ではない。今、この男に会ったばかりとは、とても思えないのだ。

以前から知った存在のような……。

そんなにイヤな男なんだったら、席を立って別の場所に移ればいいのに、明らかに彼女は恐怖のあまり、固まってしまっている。

そのうちに男は、美女になにやら話しかけ始めた。小声なので内容は判らない。だが、男は美女に話しかけながら、その躰に手を伸ばした。

あろうことか、男は彼女の手を握ったのだ。

「あ……」

彼女は小さく驚きの声を上げた。

しかも男は、図々しくも自分のカラダを彼女にいっそう寄せて、片手を彼女の膝の上に載せたではないか。

彼女は、見ていてハッキリと判るほど、全身を硬くした。表情も緊張で引き攣っている。

男はいっそうニヤニヤして、膝に置いた手を、するすると美女の太腿に這わし、あろうことか、スカートの中に入れてしまった。

「何をするんだ！」

と僕が言いそうになった瞬間、さすがに彼女もそれ以上は耐えられないと思ったのか、急に立ち上がった。

「あ？」

男は意外そうな声を上げた。痴漢されて美女が喜んでいると思い込んでいたとしたら、この男は完全にヤバい。

結構混んできた車内を、美女は小走りに移動した。しかし車両はそんなに長くはない。

変態痴漢男はすぐに追いついて、彼女はあっけなくドア際に追い詰められてしまった。ドア脇の、ドアと手摺りに囲まれた、一番危険な三角地帯だ。

しかし……超満員というわけではないから、男の身体が視界を遮ってはいても、何をしているのかはだいたい判ってしまう……衆人環視の中で猥褻行為に及ぶ男を見て、僕は自分の目が信じられなくなった。

男は彼女のスカートをたくし上げて、露骨に下着を露出させ、お尻を撫で回している。

このクソ男は、嫌がる彼女の半泣きの表情を楽しんでいるのだ。

もちろん、彼女の下着や太腿がハッキリ見えたわけではない。男の手の動きから想像してしまっただけなのだが、僕は……情けないことに、よからぬ想像を逞しくしてしまった。そう、彼女が痴漢に遭っている姿を……。

痴漢の手が彼女のヒップに蠢く。

しばらくは手の平で撫でるだけだったが、その手は尻たぶを摑んだ。痴漢は彼女のヒップに指を立て、くいっと摑む。

柔らかな肉の塊が、痴漢の指の中で盛り上がっている。

パンストの上から、ヒップがゆっくりと揉み上げられる。弾力のある尻たぶが、むにゅうと動く。

痴漢は、両手で彼女の尻たぶを揉み上げつつ、なんということか、左右に押し広げるような真似（まね）まで……。やがて数本の指先が、彼女の股間に押しつけられる。美女は、敏感で大切な場所を触られているのだ。

ビクッとする彼女。

だが痴漢は容赦なくその手を進めてくる。今度は彼女の脚を強引に左右に広げる。パンストもパンティも邪魔だとばかりに、両方から手をかけて降ろしにかかる。彼女のお尻の谷間が露出する程度にパンストを降ろし、両手をパンティの中に差し入れていく。

彼女が抵抗出来ないのをいいことに、痴漢はゴムマリのようなそのお尻を、とことんいたぶる。それだけではない。両方の尻たぶを掴んでふたたび左右に広げる。

そして……痴漢の手は、彼女の躰の前にも伸びてくる。痴漢の手はパンティに侵入し、翳（かげ）りの中を突き進んで、ついに秘裂に達する。

男の指先は彼女の秘部を蹂躪（じゅうりん）して……。

恐怖の余り、彼女は抵抗出来ない。それをいいことに、痴漢の指先には力が籠もり、行為がいっそう大胆になる。

スカートが持ち上がる。太腿やお尻が露出する。

そのうちに、手が下半身からバストに移動してくる。ジャケットの下に手を入れて、ブラウス越しにざっと胸を摑む。

ブラウス越しに、ブラのホックが外される。

ゆっくりとスカートからブラウスの裾が引き抜かれ、そこから手が侵入していく。

背中から回った痴漢の手は、ホックの外れたブラを、ワンアクションで乳房の上に跳ねあげる。右手では依然として彼女の秘部をまさぐっている。

下から乳房をすくい上げるようにじわり、と撫でる。

生乳の感触を愉しんだ痴漢は、下から美女の乳房全体をぐっと摑んで、おもむろに揉み始める。男の指先が、左の乳首をこりこりと回すように摘みあげる……。

いかーん！

こんな妄想に浸っているのでは、僕も痴漢と同じではないか！

エロ妄想に耽溺（たんでき）していたのは、ほんの一分か二分か、いや十秒か二十秒のことだったと思う。

とにかく、彼女が痴漢に遭っているのだ。僕はそれを助けなければならない！

勇気を奮い起こして僕は痴漢男に歩み寄り、思い切って言った。

「ちょっとすみません。この人、嫌がっているみたいですよ」

なんてマヌケな言い草だろう。彼女は明らかに嫌がってるんだから、こんな言い方では弱すぎてオハナシにならない。僕は言い直した。

「ヤメロよ！　彼女、嫌がってるだろ！」

　僕が怒鳴ると、男の手が止まった。しかし男は僕と目を合わせようとしない。

『彼女、迷惑みたいだから、ちょっと離れてあげたら』……こう言えばトラブルになることなく、穏便に痴漢行為を止めさせられるとネットに書いてあったが、もはや、そんな穏やかな事を言っている段階ではない。

　気がついたら僕は怒鳴っていた。

「すぐにその女性から離れろ！　そして謝れ！」

　怯えていた美女は安堵したのか、縋るような目で僕を見た。

　何も言わなかったが、その目が「ありがとう」と言っている。

　もちろん僕は、天にも昇る気持ちになった。

　それが面白くなかったのか、痴漢男が逆ギレして僕を睨み付けてきた。

「なんだお前は！　横からしゃしゃり出てきやがって！　お前には関係ねえだろ！」

「いやいや、その女性が嫌がっている……いや、ハッキリ言って、あんた、痴漢してたじゃないか！　痴漢は犯罪だぞ！」

「それがお前に何の関係がある？」

「困っている人がいたら助けるのが……犯罪の現場を見たら、なんとかするのが普通でしょ！」

「この女が困ってると、どうして判る？　ああっ？　犯罪だってどうして決めつけるんだよ？」

妙な屁理屈（へりくつ）を口にしながら、男が僕の胸ぐらを摑もうとした、その時。

男は、なにかを床に落とした。おそらくは財布だ。それにはよくある鈴がついているようで、チリンと鳴った。

すると、全く思いがけないことが目の前で起きた。

床に落ちた財布状のものを美女がひったくるように拾い上げると、そのまま逃げようとしたのだ。

それまでの楚々として怯えきった様子が一転、獲物を見つけたヤマネコのような鋭い目つきと表情になると、想像もできなかった敏捷（びんしょう）な身のこなしで動いた。混み合った車内をするするとくぐり抜け、隣接する九号車目がけて逃げてゆく。

九号車に続く貫通扉にたどり着いた彼女は、扉を開けようとした。だが……。

把手を摑んで開けようとしても、扉が開かない。

彼女が手間どっているうちに、やっと扉が開いた。しかし、そこに立っていたのは、ヤクザのような強面（こわもて）の男だった。

九号車に通じる扉の前に立ちはだかった男は、明らかに美女の行く手を阻もうとしている。

彼女は、変態痴漢男と、この強面ヤクザ男の二人に、挟まれてしまった。まさに、前門の虎、後門の狼、そのものの状態だ。

強面ヤクザ男は、胸ポケットから手帳のようなものを出して、彼女の目の前に突きつけた。

「警視庁捜査二課の田崎だが、あんたに聞きたいことがある」

そう言われた美女は真っ青になった。

「さっきから見ていたが、あんた、今、何を拾った？　それは、あんたに付きまとっていた、あの男が落としたものだろう？」

田崎と名乗った強面の男は彼女にぐいと近づいて、手を出した。

「今すぐそれを渡せ」

断固とした態度で要求した。

刑事だからって、何の権利でそんなことを……いや、この場合は痴漢男が落としたものを彼女が拾って逃げようとしたのだから……だけど、持ち主の痴漢男が「返せ」というのなら判る。でも、どうして警察が？

二人の「ヘンな男」に挟まれた美女は、絶体絶命、すぐうしろにいた僕に叫んだ。

「お願い！　助けて」

　悲鳴をあげて、美女は僕にしがみついた。

　こうなると、もはや理屈ではない。古今東西、惚れた弱みに付け込まれてヤバい方向に動いてしまった男は山ほどいると思うけど、この時の僕は、まさにそれだった。

「これは……このお財布は、もともと私のものだったんです！　取り返しただけなのに」

　必死に訴える彼女の言葉を、僕は信じた。

　彼女を助けるしかない。

　まず、彼女と刑事の間に入って、彼女の楯になった。

「あんた、何をするんだ！　彼女は助けを求めてるじゃないか！　乱暴なことは止せ！」

「なんだお前は？　なんにも知らないくせに出てくるな！　捜査の邪魔するんじゃない！　お前も逮捕するぞ！」

　田崎と名乗った刑事はいっそう怖い顔になると、僕の肩をぐわしっと摑み、押し退けようとした。

　そのスキに変態痴漢男が、彼女の後ろから手を伸ばした。財布を奪い返そうとする男と、彼女の、激しい揉み合いが始まった。

刑事の手を振り払った僕は、咄嗟に彼女に体当たりをした。彼女に密着していた変態男が玉突き衝突事故の要領で跳ね飛ばされ、バランスを崩した。男は電車の床にバッタリと倒れた。

そのチャンスを逃さず、彼女は必死の勢いで連結部分から一番遠いドアに走ろうとした。

「おいお前、本当に邪魔だ！」

彼女を追おうとした田崎は、僕が頑として弁慶のように楯になっているのに、ほとほとうんざりした、というような顔になった。

「どいてくれよ。頼むよ！」

何も知らないくせに、捜査の邪魔をするな！　と田崎が僕の襟首を摑んで揺さぶろうとした、ちょうどその時。

痴漢男がこそこそと逃げ、電車を降りる態勢になっていることに気づいた田崎は、「おい、お前もちょっと待て！」と叫んで僕を突き飛ばし、今度は痴漢男を追った。

通勤快速で大宮（おおみや）を出てからノンストップだった電車は、武蔵浦和（むさしうらわ）駅に滑り込もうとしている。

だが痴漢男も、そして美女も、ここで降車することはできなかった。

停車してドアが開くや否や、降りる客を押し返す勢いで、中高年の男たちの集団が、ドヤドヤと乗り込んできたからだ。彼らは、四つあるドアのすべてから傍若無人に乗り込んできたのだ。

逃げようとした痴漢男、そして例の美女も、この傍若無人集団に押し戻されてしまった。

なんとか逃げようとする二人の目の前で、無情にもドアは閉まってしまった。

九号車から移動してきた田崎と名乗る刑事は、痴漢男と美女をなおも捕捉しようとしたが、この集団に何故か阻まれた。

「おい、お前らも邪魔だどけ！」

田崎は美女と変態男との間に立ちふさがったこの集団を怒鳴りつけたが、暖簾に腕押しとはこのことか。男たちの集団は刑事を完全に無視した。それだけではない。ここで集団のリーダーとおぼしき、小太りで黒縁メガネの男がずいと前に出てきて、なぜか一歩もひかない構えを見せた。

「邪魔だ退け、とおっしゃるあなたは、いったいどのような法的根拠のもとに、私たちに命令されているのですか？」

「うるさい！　おれは警察官だ」

捜査二課だ、と言った途端に、その男の目がキラリと光った。

「捜査二課？　警視庁の？　私どもは先日、渋谷のハチ公前で、私どもの主張を広く世間に訴えるべく街宣をしたのですが、その時、警察の人は私たちにずいぶんな仕打ちをしてくれましたよね？」

「あ？　なんの話だよ？　知らねえよ、そんなこと。そもそも所轄が違う」

だが男に耳を貸す気はないようで、一方的に自分の主張を捲し立てた。

「所轄が違う？　そんな言い訳は通りませんよ。そもそも我々の街頭演説が妨害された時に、警察は我々を助けるどころか、一緒になって弾圧したじゃないですか！」

ハチ公前で街宣をした時に、反対派が大勢押しかけたのだ、と男は言い募った。

「変態呼ばわりされて、あげく『カ・エ・レ！』と繰り返しコールされて、謂われのない誹謗中傷を執拗に浴びたんだ。しかもその時警察は、善良な市民である我々を全く助けてくれなかった！」

黒縁メガネの小太りの男と、仲間とおぼしい長髪で長身、頬のこけた、骸骨のような雰囲気のもう一人も、一緒になって言い立てた。

「我々は、女性専用車に反対する運動をしている者です！　女性専用車、絶対反対！」

それに唱和して、集団の男たちが一斉にシュプレヒコールを上げた。全員が紫色のスタジアムジャンパーを着込み、その背中には白抜きで「女性専用車両撲滅！」とプリントされている。

「絶対、反対！」

お揃いのスタジアムジャンパーを着ている彼らは、全員が中年から老年の集団だ。一様にマナジリを決して、悲壮感すら漂わせている。

「女性専用車は無くすべきです！　女性専用車を男性に開放せよ！」

一斉に上がったシュプレヒコールに、車両に乗り合わせた女性たちの間に恐怖が広がった。

「で、こちらが我々の代表です！　代表からお言葉をお願いします！」

長髪で背の高い、病的に痩せた男は副官然として、小太りな男に振った。その振り方はさながら歌謡ショーの司会者だ。

小太りの男は大真面目に堂々と、促されるままに車両の中央に進み出た。

「ワタクシが『女性専用車両に反対する良識ある市民の会』代表の、プロフェッサー工藤です」

小太りで黒縁メガネの、初老の男が声を張った。一見インテリ風に見えなくもないが、雰囲気がチンケなのは、目が異様に据わっているからだ。どこか異次元の存在、というようなムードさえ漂わせている。確実に何かを拗らせた、面倒くさそうな男だ。そもそも自分で「プロフェッサー」と名乗るのは、ほとんどお笑い芸人の感覚だ。

「あ〜、私たちは女性に危害を加えたりトラブルを起こそうというのではありません。人間として、当然の権利を行使しているだけです！」

プロフェッサー工藤が、慣れた口調でそう言うと、その一団も盛りあがり、口々に「そうだそうだ！」と気勢を上げた。

「それなのに、市民を守るべき警察は、我々を凶悪な集団から守るどころか、反対する連中と結託して我々を非難したのであります！」

と、工藤は街宣活動を妨害された恨みつらみを訴えた。

「渋谷の警官が我々に何と言ったと思いますか？『ほら街宣中止して。私たちがあんた方と一緒にいるだけで、警察があんたらに味方していると思われて困るんだよ』などと、ひどいことを言われたんです！　表現の自由、言論の自由は日本国憲法により保障されているはずです。それなのに警察が我々の味方をしなかったのはおかしい！　絶対におかしい」

そうなのか？　女性専用車両にわざわざ乗りたがるヤツらにまで表現の自由を保障しなければならないのだろうか？　と僕は内心、突っ込まざるを得ない。

だが、工藤に攻撃された田崎刑事も怒鳴り返した。

「だから知らねえっつってんだろうが！　お前らの表現の自由なんかどうでもいい。そんなことより、そこどけ！」

田崎が振り回した腕が工藤の顔に当たり、工藤はここぞとばかり、大袈裟（おおげさ）に痛がって倒れた。

「殴られた！　私は刑事に殴打されたのであります！　特別公務員暴行陵虐罪であります！　何の罪もない、いち市民を……これは弾圧です！　言論の圧殺です！　かくなる官憲の横暴は、断じて許せません！」

倒れた工藤は、言うことを聞かないガキのように床に仰向けになったまま、両手両脚をバタバタさせた。

「痛いよう！　痛いよう！」

他のメンバーも口々に田崎を非難し始めて、さすがの強面男も閉口した様子だったが、突然あらぬ方向を向いて「待て！」と怒鳴った。

例の痴漢男がこそこそと隣の車両に逃げようとしていたのだ。工藤を無視してダッシュでその後を追った田崎は、男の腕を掴んだ。

「内閣官房の韮山（にらやま）さんですね。ちょっと事情をお聞きしたいので、次の駅で降りてご同行願えますか？」

この変態はそんなに偉いやつだったのか、僕は驚いた。

「放せ！　この国家のイヌ！」

痴漢男・韮山は大声を上げて逆らったが、今度は田崎が突然、自分から床に転がった。だが、転がったかと思ったらすぐに起き上がって宣言した。

「こら貴様！　本官に暴行したな！　公務執行妨害で逮捕する」

田崎は痴漢男・韮山の片手に問答無用に手錠をかけ、もう片方の輪を近くの金属の支柱につないで、逃げられないよう固定してしまった。

「なにをする！　手錠を外せ！　それと、おれの財布を返せ！」

と韮山は叫んだが、その叫びはさらなる大声にかき消された。ゆっくりと起き上がった工藤が、またも演説をぶち始めたのだ。

「我々は、女性専用車両に反対しているのではありません。ＪＲをはじめとする鉄道会社の、アタマの悪い言い訳と屁理屈に反対しているのです」

「は？」

眉をひそめて事のなりゆきを見ていた飯島さんがうんざりしたように言った。

「理由がなんであれ、あなたたちがやってること、おかしいでしょ」

だが工藤は意に介さない。

「いいえ、おかしくありません。私たちは、女性専用車なるものは日本国憲法第十四条にある『法の下の平等』に違反していると、かねてより主張しております」

「いやいや」

と飯島さんは首を横に振った。

「憲法違反だと主張するって事は、つまり、女性専用車に反対してるんじゃないですか。ハッキリ言えばいいのに、どうしてそんなに遠回しな言い方をするんですか？」

「ですからそれをご説明します」

工藤は全然めげない。

「姑息な鉄道会社は、女性専用車両から男性は他の車両に移動するよう、あくまでも『任意に』協力を求めていると言っています。任意とは、『規則や定めなどによらず、その者の思いにまかせる』ということです。バイ・スーパー大辞林」

工藤は得意げに言い続けた。

「であるから当然、裁判所も国交省も、そして電鉄各社も『女性専用車両には男性も乗れる』事を認めております。いいですか？　鉄道各社も、女性専用車両が女性専用であることは法律で規定されていない、という事実を認めているんです。すなわち男性も乗れると。しかし、であるならば、『専用』という名称を付けることがそもそもおかしいし、鉄道会社が男性の乗車を禁止するかのような運用をしているのもおかしい。これは矛盾でしょう？　おかしいでしょう？」

工藤は勝ち誇ったような笑みを浮かべて、車内を睥睨（へいげい）した。メンバーの男たちも満足そうに笑みを浮かべている。

「なるほどね」

だが飯島さんも、全く負けてはいない。

「あなた方はあくまで筋論で行くんですね？　世の中、法律違反が山ほど横行しているというのに、女性専用車『だけ』には法律を厳格に適用しろと言うんですね？」

「いかにも」

工藤は頷（うなず）いた。

「どうして？」

「どうしてって……そこに法律に反する事象があるからに決まってるじゃないですか」

「世の中には法律に反する事が山ほどあるじゃないですか！　それについてはどうなんです？」

「それは、それに興味を持つ者が是正に動けばいい。我々は鉄道の女性専用車両に注目したから動いている。それだけのことです」

他のメンバーから拍手が沸いた。

一方、車内の女性たちは不快そうな表情を隠さない。

しばらくおとなしかった田崎刑事は、工藤が演説をぶっている間に、例の美女にふたたび接近しようとしている。僕もそれに合わせて、彼女を守るべく移動した。

田崎が言う。

「その財布を返しなさい。例の記憶媒体はそこに入っているはずだ」

美女への要求に僕は抗議した。

「やめろって！　このひとは何も悪いことはしていない」

とは言ったものの、よく考えれば……彼女が何もしていない、という証拠は何ひとつないのだ。だが、彼女に一目惚れしてしまった僕としては、彼女がいわれのない罪を着せられつつある、としか思えなかったのだ。

「見てください。彼女は、こんなに怖がっているのに！」

「だから？　怖がってるから無実ってか？」

田崎は僕をせせら笑った。

「何も悪いことはしていないだと？　その女が？　盗人猛々しいってんだよ。それか、貴様も共犯か？　一緒に逮捕してやる！」

普段の僕なら、体格が上回る相手で、しかも警察の人間であるというだけで萎縮してしまったはずだ。しかし、今の僕は違った。

なんとしても彼女を守る。守らなければ！

そう堅く決心し、燃える思いのまま、気がついたら、僕は田崎めがけて突進していた。だが、あっさりとかわされ、あしらわれてしまった。

「おいおい。あんたイキがってんじゃねえよ」

僕はあきらかに馬鹿にされていた。背が高くガタイのよい田崎にしてみれば、ガリガリでヒョロヒョロの僕なんて、ハナから相手にならないと思われているだろう。

それでも、ここは行くしかないのだ。

だって、僕のうしろには恐怖に目を見開き震えている美女がいて、「お願い、助けて！」と目で訴えているのだから。

田崎刑事は、そんなぼくの気持ちを見抜いたかのように言った。

「あんた、その女を守る騎士にでもなったつもりか？　だまされるんじゃない。その女はとんだ食わせ……」

そこまで言ったところで、破れかぶれに繰り出した僕のパンチが田崎の頬に炸裂(さくれつ)した。

完全に相手の油断だった。

田崎刑事は昏倒(こんとう)して、床に倒れ込んだ。

「今のうちに逃げて！」

と、僕は美女に叫んだが、車内はいましも女性専用車反対派と、気の強い飯島さんが絶賛大バトル中だ。他の車両に逃れようにも大集団に行く手を阻まれて、身動きが取れない。

「それじゃお訊きしますけど、あなたがたは、女性専用車が導入された経緯を知ってるんですか？」

　飯島さんが、憤りを抑えて努めて穏やかな口調で訊いている。

「混み合った朝夕の電車でどれだけ痴漢被害が起きているか、ご存じなんでしょうか？」

「女性の六割が痴漢被害の経験があるらしいことは聞き及んでいますよ。それに、女性専用車両を作ろうという動きが具体化したのは一九八八年に、大阪市営地下鉄御堂筋線で起きた痴漢事件であることも」

　工藤は、プロフェッサーの異名のとおり、淀みなく話した。

「だったら、車内での痴漢から女の子を守った女性が逆怨みされて、その痴漢犯二人にレイプされたこともご存じですよね！」

　飯島さんが鋭く斬り込んだ。

「しかも、最近また、同じ御堂筋線の中津駅で、性暴力の犯罪が起きたんですよ！　しかも白昼堂々、駅のプラットフォームで！　この事件のことも当然、ご存じですよね！」

「存じてます」

声が少し心許なくなったが、工藤は咳払いをしてリセットした。

「しかし、それは車内ではなく、駅のプラットフォームですよね！　それに、一人や二人、強姦魔がいたからって男全員が強姦魔のように扱われるのはこれ、典型的差別でしょう！」

「そうですか？　ゴキブリを一匹見つけたら百匹いるという理論と同じですけど」

「私、工藤は生まれてこの方、痴漢のような卑劣な行為をしたことはない！」

「それは結構ですね」

飯島さんはくい、と顎をあげて言い放った。

「だったら、あなた方のその熱意を、痴漢撲滅に振り向けては如何？　その方が社会は良くなるんじゃなりませんか？」

「当然やってます。あなた如きにいちいち指摘されるまでもない」

工藤はニヤリと笑ってさらに挑発した。

「そもそも、楽チンな女性専用車は女性にとっては既得権益ですな。だからなんとしてでも守りたい。女性専用車には男だって乗っていいのに、その事を広めてほしくない。あんたら女性は、特権を手放したくないだけなんだ！」

「違います！　それはあなた方お得意の論理で言えば、曲解でしょう」

「そんなことはない。それが証拠に、渋谷ハチ公前の街宣でも車内でも、私たちは女性に激しく攻撃されてますからね。女性専用車と書かれたこのステッカーを指差して、『これが読めないの？』とか『バカ』『頭おかしい』などなど、私の全人格を否定する侮辱発言を常に受けてます。『キモい』『変態ジジイ』『死んじまえボケ』とか」

「だってマジでキモいから」

「ナニを言ってるんですか！　あなた方は女性専用車であることをいいことに、化粧に使ったティッシュとかを捨てて行くくし」

「そんなもの、どこにあるって言うんですか？」

飯島さんはゴミ一つない車両の床を指差した。

「女同士、マウンティング合戦を始めたり」

「静かなものだし、そもそも見ず知らずの人と、どうやったらそんなこと始められるって言うんですか？」

たしかに車内に響いているのは、プロフェッサー工藤の声だけだ。

「とにかく、女性専用車両は風紀が乱れているんです！」

「だから、どこが？」

　ここで工藤は露骨に話をスリ替えた。

「そもそも一般車両に乗る女性はどういうつもりなんです？　痴漢されたいから一般車両に乗ってるんじゃないですか？」

「はぁ？　アンタ、バカ？」

　飯島さんは呆(あき)れ返(かえ)った。

「駅の構造上、一般車両に乗る方が便利だとか、事情はさまざまでしょう？　そういうことも想像出来ないほど、あなた方のアタマは硬直化してるの？　バカなの？死ぬの？」

　二人が言い争っているうちに、電車は速度を落とした。赤羽(あかばね)駅に到着したのだ。通勤快速はこの駅まで約十分、ノンストップだった。

　ハッと気がついた僕は慌てて美女に言った。「今だ。早く！　電車を降りて逃げて！」

　痴漢男は手錠で拘束され、刑事の田崎は床に昏倒している。彼女が逃げるなら、今しかない。

　しかし、どう言うわけかドアが開いたのに、美女は降りようとしない。僕の手をしっかり握りしめ、僕の目をじっと見つめて、「ありがとう、助けてくれて。本当に感謝しています」と言うばかりだ。

痴漢男の韮山もこっちを見て「あれ？」という顔をしている。

彼女は、女性車両反対の連中が赤羽で降りると思って、一緒に紛れて降りようというつもりなのか？

しかし、彼らにも降りる気配はない。もっと先の、新宿方面まで乗っていくようだ。

彼女はどうするんだろう？　どこまで乗っていくんだろう？　このままだと田崎に捕まってしまうじゃないか？　田崎だっていずれ意識を回復して、その時は僕はもう守れそうもないのに。

なにより彼女は、韮山から盗った財布を持ったままだぞ！

その時。昏倒からようやく回復した田崎刑事が起き上がり、僕と美女の方に迫ってきた。

「く……来るなっ！　彼女に手を出したら許さないぞ」

僕は震える声で怒鳴った。

絶体絶命。

自分はどうなってもいいから、早く逃げてくれ、頼むから早く降りて逃げ延びてくれ、と僕は祈るような気持ちなのに……。

「さあ、あんた！　韮山から盗んだものを渡してもらおうか」

田崎刑事が迫ってきた。

だが……ああ、ここで、ドアが閉まってしまったではないか！　彼女はどうして降りないんだ？

「だっ駄目だ、あっちへ行け！」

こうなったら徹底抗戦だ。

僕は裏返った声を張り上げて、必死に美女を守ろうとした。

しかしひ弱な僕は、所詮強面刑事の敵ではなかった。刑事の手が僕を乱暴に押しのけ、ドアに背中をぴったりつけていた美女に伸びた、その時。

通勤電車にはよくあることだが、一度閉まったドアが再度開いた。

その時、僕は見た。開いたドアの隙間から、盗んだ財布をそっと抜き取る彼女の手を。彼女はさっき閉まりかけたドアに、わざと財布を挟んでいたのだ。ドアが再び開いたのは、異物を検知したからだったのだ。

彼女はこの機を逃がさなかった。いや、これを待っていたとしか思えない。

少しだけ開いたドアの隙間を、彼女は鮮やかにすり抜けた。驚くべき敏捷さで、美女は車両からの脱出に成功したのだ。

ドアは、すぐに閉まった。

車両の外のプラットフォームには、彼女が立っていた。

そして、車内には、僕と刑事。

両者の間には、閉まったドア。それは再び開くことはなかった。

プラットフォームに降り立った美女は、笑みを浮かべたように見えたし、こちらに向かって手を振ったようにも見えた。

まんまとしてやられた田崎刑事は険しい顔で振り返って、僕を見た。

「おい、あんた。あんたは、あの女と共謀して、韮山の私物を盗んだんだな？」

「そんな！　僕は盗んでませんよ」

「うそをつくな！　あの女の共犯だな？」

「だから、違いますって！」

僕は必死になって否定した。

「僕は、彼女がこの男に痴漢されるのを止めただけです」

「正義の味方か？　だったらどうして彼女が盗んだ私物を取り返さなかった？」

「いやそれは……」

正直、僕には彼女が痴漢されていることの方がオオゴトで、彼女が韮山の財布を盗んだのか、それとも拾っただけなのか、などということはどうでもよかった。

当の、私物を盗まれた韮山は、どう思っているのかよく判らない、感情が読み取れない表情のまま、突っ立っている。

「とりあえず、次の十条で降りて貰う」

僕と、私物を盗まれた痴漢男は、十条駅前にある「王子警察署　十条駅前交番」に連れて行かれた。

*

「あんた。あんたのバックには誰がいる？」

いきなり意味不明のことを訊かれた。

交番の奥の部屋で、僕は田崎刑事の取り調べを受けている。

「あの女はナニモノだ？　あんたとの関係は？　そして、あんたの目的はなんだ？」

田崎刑事は矢継ぎ早に尋問してくるが、僕には何のことか、どうしてこんな事を聞かれるのかが、さっぱり判らない。

「すべて話せば、おれを殴ったことは不問にしてやる」

「……っていうか、あの痴漢男は取り調べないんですか？　そもそもはあの男が彼女に痴漢したのが悪いんですよ！」

いやいやいや、と刑事は手を振った。

「その辺のことは判ってる。判ってて……なんというか、泳がしていたというか」

「は？」

田崎刑事は言葉を探して視線を彷徨(さまよ)わせた。

「あの男は、かねてより当局が追っていた人物なんだ」

「つまり……要注意人物、的な？」

「詳しい事は言えない。しかし、あの人物が当局からマークされていた、まさにその理由となる証拠を、あの男は奪われてしまったんだよ。あんたが庇(かば)い立(だ)てした、あの女に！」

刑事は僕に、ほとんどキスが出来るような距離にまで顔を近づけて言った。

「そしてそれはとても大事な、超重要なものなんだ」

「そんな重要なモノが、あの財布に入っていたんですか？　どうしてそんな大事なモノを、あの痴漢男が持ってるんですか！」

「あのな。昔、スパイはマイクロフィルムを奪い合ったりしたろ。そんなようなものだ」

「じゃあ、あの痴漢男はスパイだったんですか？」

僕がそういうと、刑事はうんざりしたように肩をすくめた。

「だからものの例えだ。そもそもスパイが朝の埼京線に乗るか？　このバカが！」

いいかね若い衆、と刑事は僕を見据えて、言った。

「人は見かけによらないんだよ。あんなバカな、痴漢にしか見えない男でも、その実体は、実に驚くべき……いや、これ以上は喋れない」

刑事は話題を変えた。

「だから、あんたとあの女の関係はなんなんだと訊いてるんだよ！」

「その前に、彼女とあの男の関係はなんなんです？　見たところ、初対面ではなかったような感じだったけど」

「それについては……いや、これも捜査上の秘密だ。言えない」

田崎刑事は、またも不自然に口を濁した。

「でも、あの痴漢男にも話を聞いてるんですよね？」

「それはあんたの知ったことではない」

強面刑事はにべもなく言った。

「とにかく僕は、あの女性とは今日初めて、埼京線の中で出会っただけです。全くそれだけなんですよ！」

「じゃあどうして妙に庇い立てしたんだ！　おれの前に立ち塞がりやがって、あの女が逃げるのを助けただろうが！」

強面刑事は怖い顔をいっそう怖くして僕に迫った。

「だからそれは……彼女が凄くきれいで、僕好みだったので、つい……きれいな女性が困っているから、助けなければいけないと思って……」

「あんた、幾つなんだ？」

いきなり関係ないことを訊いてくる。

「二十六ですけど」

「二十六にもなって、そんな童貞中学生みたいなことを言うのか！　バカかお前は！」

田崎刑事は、僕を殴りたい気持ちを必死に堪（こら）えている。そうとしか思えない。

その時、ドアがノックされて制服警官が顔を出した。

「あの、こちらの方が、田崎さんにお話があると」

ドアが広く開けられると、制服警官の隣には、埼京線に乗り合わせていた飯島さんが立っていた。

「さっきの電車に乗っていたものです」

「ああ」

刑事は飯島さんを一瞥（いちべつ）して、「で、なにか？」と面倒くさそうに訊いた。

「この人をアナタが連行するときに、あの女の共犯だなって言いましたよね？　それが気になって」

助かった！　飯島さんは僕の加勢に来てくれたのだ！

飯島さんは、スマホを使って、車内で撮っていたという動画を田崎刑事に見せた。

＊

「助かりました。あの動画がなければ僕はスパイみたいに扱われて、今ごろはトンデモない事になっていました」

十条の古い大衆食堂で、僕は飯島さんにお礼を言った。

飯島さんが撮っていた動画が決め手になって、逃げた美女と僕はまったく何の関係もなくて、その日たまたま同じ車両に乗り合わせただけ、という事実が、どうにかあの刑事にも判ってもらえて無事、放免になったのだ。

通勤時間にああいう事に巻き込まれて、八時十八分に十条に着いてからも揉めに揉めて、今はもう十時を回ってしまっている。もともと居心地がいいとは言えない職場だ。今さら出勤する気にもなれず、僕は休むことを会社に伝えた。そして飯島さんを「お礼をしたい」と食事に誘ったのだ。

十条のアーケード商店街にある大衆食堂はもう店を開けていて、小上がりでは常連らしいおじさんたちが酒盛りをしていた。まだお昼前だというのに……羨ましい。

「ここね、なんでも美味しいから。どれもそこそこだけど」

飯島さんはそう言って笑った。

「実は私、十条に住んでるから、ここにはよく来るのよ。仕事がないときは昼から飲んでお店のテレビ眺めてるし。ラクよ～、この街は」

たしかにそうだと思う。アーケードはきれいで新しいけれど、ひとつひとつの店舗には年季が入っている。古くからの住人なのか、人出も多くて活気がある。

「今はどこの駅にも駅ビルが出来ていて、入っているのも同じようなチェーンばかり。駅前だって、どこも同じようになってしまっていますよね？　でも、十条はいいですね」

まず駅ビルがない。そして駅前から続く商店街も活気に満ちている。

「商店街が元気な街って、いいなあと思います。よその商店街とは違う、個性があるし」

僕がそういうと、飯島さんも、そう、そうなのよ！　と同意してくれた。

「お総菜を売ってるお店が多いでしょ？　安くて美味しいの。とっても暮らしやすいわよ」

「美味しそうなものがたくさんあるのを見ると、なんだか嬉しくなりますよね。僕は営業の仕事をしてるので、毎日いろんな街に行きますけど、こういう商店街が元気な街って、住んでる人も元気で楽しいんですよ」

食堂や飲み屋も多いが、お総菜屋さんが多いのは、家がお店をやっているとか、共働きの勤め人が多いからだろう。

十条はＤＩＮＫＳと言うより共働き、という言葉が似合う街だ。要するに昔懐かしい「昭和の香り」に包まれているのだ。僕は平成生まれだけど、「昭和」を懐かしく感じてしまう。なぜだか良い時代だったと思えるのだ。

「会社、休んじゃったのよね？　ま、災難だったけど、この際、ビールでも飲んじゃえば？　まだお昼前だけど」

飯島さんにそう言われて、僕もその提案に乗り、二人でカンパイした。平日の午前から飲むビールって、どうしてこんなに美味しいんだろう？

そしてハムエッグにアジフライにメンチカツ、マカロニサラダとネギトロ、イワシ焼き、そして〆(しめ)の炭水化物にはナポリタンなど、壁に貼られたお品書きから手当たり次第にいろいろ頼んだ。

人生で初めて刑事に捕まって、手錠はかけられなかったけど連行されたショックがまだ尾を引いている。その興奮が食欲に転化したものか、僕はいつもよりもたくさん食べて、たくさん飲んだ。

「ねえ、こんなこと……訊いていいのかどうか判らないけど、訊いちゃうね。もしかして仕事、上手くいってなかったりするの？」

　僕があまりに躊躇なく会社を休んだのを見たせいなのか、飯島さんは、なんだか親戚のおばさんみたいな感じで訊いてきた。

「まあ……そうですね。会社にはアテにされてないし……上司にも同僚にも、はっきり言ってバカにされてます。そもそも、営業の仕事が向いてないというか」

「だから、初対面の美人に助太刀したりしたってこと？」

　飯島さんはグイグイと訊いてくる。僕自身、そこまで考えてはいなかったが、言われてみればそうとしか思えない。

「誰かにいいところをみせたかったのかも」

　僕ばかりが質問に答えるのもシャクだ。

「ところで……飯島さんは、偶然、あの電車に乗ってたんですか？」

　今度は僕が飯島さんに訊いてみた。

　そうじゃないですよね？　と言う僕に、飯島さんはあっさり認めた。

「そう。偶然ではないの。女性専用車両に嫌がらせをする集団がいると知って、その取材をしたくて、乗り合わせていたんです」

　ああ、だから、あんなにポンポンと反撃出来たんだ……と僕は納得した。

　まるで、最初から準備をしていたように。

「ってことは、飯島さんは……新聞記者とか？」

「そうじゃないの。強いて言えば……あの小説の、浅見光彦みたいなって言うか。素人探偵は、やってないけど」

「ええと、つまりフリーのルポライター？」

「ルポライターって、今はもう絶滅したわよね。主観を交えず取材した事をそのまま記事にするのなら取材記者だと思うんだけど、取材記者をルポライターとは言わないし」

　自分はフリーのライターなのだ、と飯島さんは自分の職業を名乗った。

「まあとにかく、あの集団のことを取材したくて、あの時間帯の電車にいろいろ乗ってみて、今日、ようやく遭遇したってわけ」

　飯島さんはケチャップたっぷりなナポリタンを食べて、口のまわりを真っ赤にしている。

「あの集団はともかく……なんか怪しくない？　あの女性……あなたが惚れ込んでしまったあの謎の美人も、あのヒトに痴漢して嫌がらせをしていた韮山って男も、そして、あなたを共犯だと言い張った、あの刑事も。絶対何かがあるはずよ」

「田崎刑事は、以前からあの痴漢男を追ってたと言ってましたよ」

　飯島さんはウンウンと頷いた。

「あの痴漢男は内閣官房の官僚で、今は病気休職中で、毎日ブラブラしてるとか」

「あんなのが現職の、しかもエリート官僚っていうのが信じられないですね。あの、頭のネジが何本も吹っ飛んでいるような痴漢男が」

たしかに僕も、何かがおかしいと思う。

「まあね、エリートでも頭がよすぎてヘンになる人はいるし、高級官僚だからといって、みんなアタマが切れてきちんとしてる人ばかりではないし……とはいえ、休職中ってことは、なにかがあったんじゃないかしらね」

「田崎刑事も、人は見かけによらないと言ってましたけど……」

あの痴漢男、韮山が「当局からマークされていた」理由はなんだ？　そして、美女が持ち去った財布の中身は？

「内閣官房所属の官僚だから、重要な秘密を知っているとして……一体、それはなんなんだろう？」

「さあ？　見当もつかないけど、でも興味をそそるわね。調べてみたい」

飯島さんはフォークを置いてビールを飲んだ。

「刑事が言うには、あの男は『とてもとても大事な、超重要なもの』を持っていたけど、それをあの女に奪われたんだそうです。だから、僕は彼女の共犯者だと疑われて、全部喋れって言われたんですよ」

「あの女性については、私も今日初めて出会ったから、何も判らないわねえ」

飯島さんはそう言って、メンチカツを箸で切り分け、その一片を口に運んだ。

「でもまあ、あの刑事からすれば、重要なモノが入った財布を盗って逃げたんだから、あの女性がただの物盗りだとは思わないわよね。たとえば……彼女が私の同業者で、ネタ欲しさにやったとか、それこそスパイだとか」

「それとも……考えたくないことだけど、盗癖があったりとか」

僕がそういうと、飯島さんは「整理しましょう！」と箸もグラスも置いた。

「この際、女性車両反対の連中は関係ないでしょう。あの集団は置いておいて……強面の男は刑事で、痴漢男を追っていた。で、その痴漢男は官僚で、内閣官房に勤めている」

「僕の感じでは、あの痴漢男・韮山は、謎の美女を前から知ってたような感じでしたけど」

「あの女の何かを知っていて付け狙っているのか、ただ美人だから痴漢の標的にしているだけなのか……あるいは、ストーカーかも」

飯島さんは自分でそう言って、いやいやと否定してしまった。

「たぶんきっとこういうことよ。あの女性は、何かがあって逃げていた。そして逃走資金が足りなくなって困っていたら、あの男がたまたま財布を落としたのでこれ幸いと……」

いずれにしても調べてみたい、と飯島さんは言った。

「僕も協力します。いや、ぜひ協力させてください。実のところ、僕は彼女にもう一度逢いたいんです」

「あの女に惚れちゃったのね？　それも、かなり」

飯島さんはなぜか気の毒そうな顔で僕を見て、ハードボイルドな雰囲気で言った。

それには僕は、答えなかった。あの美女の行方がここまで気になるからには、たしかに「惚れて」いる。しかも彼女が今、どうしているのか、無事でいるのかが凄く気になる。彼女は、それほどにも危うさを感じさせる存在だったのだ。

「僕に出来ることなら、何でも調べます。協力します。その代わり、飯島さんにも判ったことがあったら、どんなことでもいい、教えていただけますか？」

「いいわよ。そうしましょう」

契約成立だ。

今日は私ももうオフにして、これから時間を潰して、篠原演芸場に行って大衆演劇を見てこようかしら、と言う飯島さんと別れて、僕は自宅のある川越に帰ることにした。

僕たちは店を出た。アーケードの商店街を、十条の駅とは逆方向に歩いて行く飯島さんを僕は見送った。その時。

駅に向かおうとした僕の目の前に、一見してカタギではない、ガタイのいい男が三人、行く手を塞ぐように立ちはだかった。

「よう兄ちゃん。ちょっと顔貸せよ」

「兄ちゃん、さっきは電車の中で、派手に立ち回ったそうじゃないの？」

「お前、誰だ？　何処がお前のケツ持ってる？」

……ってこれ、まさか田崎刑事の仲間か？　いや、もしそうなら、ヤクザも刑事も同じってことになってしまう。

「おれたちもマチナカで手荒なことはしたくないんだ。おとなしく言うことを聞け。アーケードを出たところのロータリーに待たせてある車に乗れ」

男が僕の腕を掴もうとしたとき。

僕はその手をすり抜けた。駅と反対側、飯島さんが歩いて行った方向に、猛然とダッシュした。生まれてからこんなに必死になって走ったことなんかないほど、死に物狂いで……。

第二話　東海道新幹線の女

ワシ

ワシとしたことが、まあ面倒っちゃあ面倒な仕事を引き受けてしもうた。せやけどカネがないんで、多少の面倒は仕方ない。

その仕事いうのんは、「女が持ち逃げしたブツを取り戻せ」ちゅう依頼や。ブツはＵＳＢメモリーで、表沙汰になったら内閣の一つや二つ吹っ飛びかねん、ヤバい情報が詰まっとるらしい。

その情報について、ワシは余計なことは聞きとうなかったのに、依頼人から「まあ聞け」と無理矢理説明されてしもた。

「依頼の内容とガチに繋がってるから、知っておいてもらわんと困る。そもそもオレは神戸の大会長に直々に命じられた殺人未遂の件で警察に疑われとる。潔白を証明せんと、明日にでもパクられる」

　依頼人は言うところの反社や。それも、日本有数の広域暴力団の、直参の組長や。おやっさん直々の頼みやから、昔その組の末端におったワシとしては断れん仕事や。

「しかし、オレには完全なアリバイがある。いや、『あった』んや。なんとなれば事件の起きたその晩、政界のどエラい人が主催する『日本の春をことほぐ会』の、その前夜祭に招待されて、出席しとったんやからな。本来やったらこれほど動かぬ証拠はないやろ？　……なんや？　反社がそんな凄いパーティに招待されるのはおかしい？　ヌルいこと言うなや。フロント企業からの政治献金、いくら払てきたと思てるんや？」

　間違いなく招待されて、確かに出席していた、という証拠さえ警察に出せば一件落着や、とおやっさんは言った。

「そうでっか。確かに動かぬ証拠ですな。なんせ公式行事ですからな。ところでその『政界のどエラい人』って、誰でっか⁇」

「そんなん、オレの口から言えるかい！」

　おやっさんはテーブルをどん、と叩いた。

「いやいや、それは言えん。言えんのや」

まあ、名前は出さんでも、なんとのうは判るけどな。

「もしかして……その招待者名簿と出席者名簿が、おやっさんの言う『内閣の一つや二つ吹っ飛びかねん、ヤバい情報』ちゅうことでっか？　つまり公文書でんな？せやったら情報公開請求、たら言うもんをして」

「あかんのや。その政界のどエラい人は『招待者名簿も出席者名簿も、既に破棄して存在しない』と言い張ってる。名簿はシュレッダーにかけられて、一年を待たずに破棄されてしもたそうや。会場で撮った写真も、一時は仰山あった。ところが今は一枚もない。ネットのブログに貼られたものを含めて、すべて削除されて、写真はぜ〜んぶ『ない』ことになっておる。おかしいやろがい、これ！」

おやっさんはワシに吠えた。

「オレには完璧なアリバイがあるのに、そのアリバイが強引、かつご無体な方法でこの世から消え失せたんや。オレの殺人容疑を晴らす証拠はこれしかないのにや。だからオレは何としても、その招待者名簿と出席者名簿を手に入れる必要があるんや。なあ黒田。ここまで言えば判るな？」

「いくらワシがアホでも、よう判ります。そのUSBメモリーたら言うモンの中に、その名簿が入っとるちゅうわけでんな？」

「そうや」

ワシはもうヤクザを辞めたが、一度親子の盃を交わしたおやっさんは、ワシがカタギになってもおやっさんや。親の頼みは断れん。

「ようは、ワシがその秘密が入ったＵＳＢメモリーを手に入れれば宜しいんでんな？」

そういうことや、とおやっさんは頷いた。

「しかし問題はまだある。そのＵＳＢメモリーを欲しがってる奴が他にもおる」

おやっさんが言うには、「ことほぐ会」の前夜祭に実際に出ていないのに出ていたと言い張って、殺人未遂のアリバイを作ろうとしている奴がおるらしい。

その人物については、政界のどエラい人みずから、「まさに、その方の出席を、私は確認しているのであります。ことほぐ会の中において、実際に言葉を交わしているわけでありますから、これはもう、動かぬ証拠と申し上げても差し支えないんだろうなと、まあ、そのように思う次第であります」と国会で証言してしもうたんやと。周囲の人物もホンマのところは誰一人として会場では目撃してへんのに、どエラい人に全員が忖度して「出席していた」と口裏を合わせとるんやと。

「その外道にしてみたら、実際の名簿が出て来たら困る。招待もされておらず、出席者名簿にも名前がなかったことがバレるからな。人殺しをくわだてたことが否定でけんようになって、身の破滅になるのは確実や。オレと正反対の立場ちゅうことになるな」

「なるほど。おやっさんとしては名簿が出て来んと困る、人殺しの外道にしてみれば、逆に名簿が出て来たら困る、ちゅうことですな」

「そういうことや。せやからそいつも秘密が詰まったUSBメモリーを血眼で探してる。まあ、ウチが先に手に入れれば、アッチから高値で口止め料をせしめられるけどな。しかもそれだけやない」

おやっさんはワシの額にキスしたろか、いうくらいに近づいて、こう言うた。

「USBを狙っている奴はまだほかにもおる。そもそものデータを内閣府から持ち出したアホが韮山、いう官僚やねんけどな、そいつも当然ながら、そのUSBメモリーを取り戻そうとしとる」

「ややこしいハナシでんな」

官邸からデータを持ちだして逃亡、現在休職中の韮山は、おやっさんが招待者名簿を必死で探していることを知って、データの買い取りを持ちかけてきたんやが、とんでもない金額を吹っ掛けてきた挙げ句、交渉は決裂してしもたそうや。いくらなんでもと値切ったら、「じゃあ他のところに売りに行きます」と、それっきり連絡がつかんようになってしもうたらしい。

「しゃあないわ。カネが無いんやさかい。ヤクザも舐められたらおしまいやな。情けないわ。何もかも暴対法と、暴排条例があかんのや！」

おやっさんは吠えた。

「せやから黒田、お前に頼んでる。お前はカタギになって東京で探偵社を開いて、幾多の難事件や難問を解決してきたんやろ？　『週刊実際』とか『真相ドキュメント』で読んで知ってるぞ」

そう言われたら、断れんわ……。

ワシ、ことブラックフィールド探偵社の会長・黒田は溜息をついてグリーン車十号車のシートに身を沈めた。

十二時三十分に東京駅を出た「のぞみ三十三号」は品川を過ぎたところで車内販売がやってきたが、売り子のおねえさんはこの十号車に足を踏み入れた瞬間、頬を引き攣らせた。

なぜなら車内には「明らかにその筋と判る」男たちがうじゃうじゃといるからだ。

やたらガタイのいい、角刈りにサングラス姿の日本人。角刈りではないが怖い顔をして目が鋭い、屈強そうな白人や黒人。内外の「コワい男たち」は揃って黒いスーツ姿で、耳にはイヤフォンを嵌めている。音楽を聴いているとは思えない。明らかに携帯電話か無線をモニターしているのだ。

こいつらはナニモンやねん？

風体からは「同類」と見られるだろうワシでさえ、「いかにも」な連中がごっそり居て、車内の空気が異様にピリピリしているのは肌で判った。

「ねえちゃん、ビール一本くれるか？」

「かしこまりました。銘柄は？」

「ちょっと社長。いや、会長」

ワシの横に座っている理知的な美女……ワシの片腕である、有能な助手のじゅん子からそこでチェックが入った。

「仕事中です。何が起こるか判らないんですからアルコールはやめてください」

「それはそうやが……ワシにはビールはジュースと同じやで」

「駄目です」

「じゅん子にそう言われたら……しゃあないな」

じゅん子には何度も窮地を救って貰っている。ワシはまったく頭が上がらない。

仕方なく注文を訂正した。

「悪い。缶コーヒーでエエわ。砂糖とミルクたっぷりのやつで」

甘〜いカフェオレを手にしたワシは、じゅん子に「この緊張感は甘いもんでも飲まんと耐えられん」と漏らした。

「ワシ、緊張するのイヤやねん」

　そこでうしろの席から声がかかった。

「だけどさあ黒ちゃん。この車両にはどうしてヤーサンばかりこんなに座ってるの？　まさかみんな敵対してる組の人？」

　ワシとじゅん子の後ろにはケバい女が座っている。ワシの愛人のあや子や。愛人と言いつつワシの事務所で働いてくれている。まあ、ワシの探偵事務所は家内制手工業みたいなもんやし。あや子が言う。

「しかも、これだけ大勢いるのに、みんなバラバラに座っているって、おかしいでしょ？」

「イヤイヤ、あや子、これにはワケがあるんや。つまり……」

「理由は改正暴対法です。『特定抗争指定暴力団』に属するヤクザが五人以上一緒にいると、なにもしていなくても警告なしで逮捕される『直罰規定』があるんです」

　ワシがあや子に説明をしようとしたが、じゅん子がサラッと言ってしまった。

「正確には五人とちゃうねん。実際には二人集まっただけでも逮捕されよるんや。難儀やデほんま」

「そういうことじゃなくて。どうしてこの車両に、ヤクザみたいなヒトたちが山ほど乗ってるのかってこと！」

「これはワシの睨んだところやが……わしらと同じように、そのUSBメモリーたらいうモンを狙うとる外道がおるんやろ」

「けど、どうしてガイジンのヤクザまでいるわけ？」

「あれはマフィア関係とちゃうか？　マフィアも日本のヤバい情報を手に入れたいんやろ。最近はヤクザもワールドワイドやさかいな。知らんけど」

　ワシはそう言って、甘〜いカフェオレをグビグビと飲んだ。

「会長、そんなにストレスがかかっているのなら、なんでこんな仕事を受けたんですか？」

　説明してもらってません、とじゅん子に詰め寄られた。

「そらもうアレや。渡世の義理っちゅうやつやんか。カタギになっても親は親。これが男の世界なんや」

　そう言ってワシは自分に納得したのだが、じゅん子とあや子からは厳しい目で睨まれた。

「……いやいや、せやから、そのUSBメモリーたらいうモンを手に入れたら、それで今回のミッションは終了や」

「そのUSBメモリーを持っている人物が、この車両に乗っているという情報を、掴んだ上での事ですよね？　もちろん」

疑わしそうに言うじゅん子に、ワシは胸を張った。

「当たり前や！　ワシを誰やと思うてる？　スッポンの黒田と言えば、業界でも有名やで」

　知らんけど、とワシは付け加えた。

「そのワシに、ＵＳＢの元の持ち主が依頼してきよってん。女に鼻の下伸ばして財布ごとＵＳＢを盗られたドジの韮山や。けどそこは腐っても鯛、さすが内閣府の官僚や。伊達に東大は出てないっちゅうか、タダのドジとちゃうねん。財布にＧＰＳ発信器も入れてあるちゅうんで、それで追跡したら、財布はこの『のぞみ』の、この車両にあることまでは判っとるわけや」

「じゃあ、とっととそのＵＳＢを盗んだ女をシメて財布を取り返せばオシマイじゃん。新横浜に着くまでにカタがつくじゃんよ？　ラーメン博物館でラーメン食べて帰ろう！」

　あや子がテキトーなことを言いよるんで、ワシはアホかと応じた。

「誰が持っとるかまではＧＰＳでは判らんのや。女っちゅう事は判っても、この車両に、女は仰山乗ってるやないか」

　たしかに車内には多数の女性客が乗っているが、ワシをはじめとする「ヤクザにしか見えない人たち」を見て全身を強ばらせている。

「まあ、ボチボチいこうか。焦りは禁物や」

そう言いながら東京駅で買い込んだ崎陽軒のシウマイ弁当を開けようとしたら、またじゅん子に睨まれた。

「なんや？　弁当も食うたらアカンのか？」

「いえ、そうではなくて……まだ私に言ってないこと、あるんじゃないんですか？」

やっぱり腑に落ちない、とじゅん子は疑いの眼差しでワシを見とる。

「下手な隠し事をしても、いずれ判るんですよ？　そして判ったときには事態が拗れて、ものすごーく面倒になってるんだから、早めに言ってくれたほうが身のためですよ」

じゅん子は怖い顔でワシを睨みつけた。

「……判った。ほなこの際、言うわ。くだんのメモリーな、他の依頼人からも回収してくれと言われとるんや」

「言われとるって……まさか、その別の依頼も受けたわけじゃないでしょうね？」

「受けたけど？」

ワシはシウマイをひとつ食べながら返事した。

「会長！　同じ要件で利害が相反する可能性のある複数の依頼を受けることは、探偵の職業倫理に反します！」

「ええやないか。弁護士やあるまいし。今、カネがないんや。それはじゅん子も判っとるやろ？　カネが無うては死んでまうで。な？」

ワシは筍をコリコリと噛んだ。何度食べても、シウマイと筍っちゅうのは絶妙の組み合わせやんか。

「その、もう一人の依頼人って誰なんです？　まさかその殺人のアリバイの……」

「ちゃうちゃう。あっちからはハナシ自体来んかった。別のスジや。しかも、その依頼人はな、ＵＳＢメモリー自体はどうでもええねん。それを持ってる女を捜してくれっちゅう依頼や。な？　厳密に言えばぶつからんやろ？　メモリーを見つければ自動的に女も見つかる。一石二鳥でこっちは倍儲かる。省エネ商法やでこれは」

ワシは胸を張ってそう言うと、ゴマをまぶした俵形のご飯を頬張った。

僕

「まぼろしの女」。

埼京線で出会った彼女のことを僕はそう呼んでいる。どうしても彼女を忘れられない。もう一度逢いたい。どんな手段を使ってでも。

ひと目見て恋に落ち、危地に陥った彼女を救ったのだが……彼女は僕の目の前から消えてしまった。あっという間に。

彼女を探すために、僕はあらゆる手を使った。そしてある探偵に行き着いた。雲をつかむような依頼を受けてくれたのは、その探偵だけだった。かなりな金額を吹っかけられたが、僕は言いなりに支払った。

そして突然、有益な情報がもたらされた。まさに今日の今日、東京駅発の、のぞみ三十三号に彼女が乗る、と知らされたのだ。もちろん黙って待ってなどいられない。僕も急遽チケットを取った。

問題の車両に乗り込んだ僕は驚いた。

あまりにも雰囲気が異様なのだ。

乗り込んでいる連中が、見るからに普通ではない。

一番目立っているのは外国人の多さだ。それもただの外国人ではない。やたら体格がよく、殺気を漂わせた、まるでアクション映画に出てくる、用心棒か傭兵のような白人。そしてアフリカ系の人もいる。

クルーカットの外国人ばかりではない。日本人男性乗客の角刈り率が異常に高い。そしてそのほぼ全員が黒いスーツにサングラス、しかも潰れた鼻や、頬の傷が目立つ人も散見される。

端的に言って「どう見てもヤクザにしか見えない」日本人が多いのだ。

彼らは何者なんだろう？

屈強な男たちの突き刺すような視線に耐えつつ、僕は決死の覚悟で通路を歩き、「あの美女」、まぼろしの女を探した。

それなのに……。何度も通路を不自然に行ったり来たりしたけれど、見つけることができない。

僕にその情報をもたらした探偵とは、会った事がないまま依頼をしてお金を振り込んだ。なので、その探偵がこの車両に乗っているのかも判らない。

もしかして……ぼったくられた？　そういう疑念も少し湧いた。自分自身で会って、きちんと依頼すべきだったと後悔してももう遅い。

やがて車両がガクンと揺れて、のぞみ三十三号は東京駅を発車した。

本当に彼女はこの車両に乗っているのか？

乗っているなら判るはずなのだが。

取りあえずいったん自分の席に座って、冷静に車内の様子を見ることにした。

十号車の車内は、満席だ。通路側も窓側もすべてが埋まっている。

そこに、僕のもうひとつの頼みの綱、フリーライターの飯島さんが、隣の車両から乗り込んできた。僕がまぼろしの美女と初めて逢った、あの運命の日、やはり同じ埼京線の中で知り合って僕を助けてくれた人だ。飯島さんが警察で証言してくれたお陰で、僕は韮山から財布を盗んだ共犯者だと疑われずに済んだのだった。そして彼女は今も、美女を探す僕に協力してくれている。

「あら！　あなたも乗ってたの？」

飯島さんは驚いたように僕を見た。

「もちろんですよ。あの時の彼女が乗ってると聞けば、それはもう」

「あなた、会社の方は大丈夫なの？」

飯島さんは痛いところを突いてきた。

「いえ……あんまり大丈夫じゃないんですけど」

「あなた、会社で上手（うま）くいってないから、そこから逃げようとして、彼女を探しているんじゃないの？」

「いや、そんなことは……」

そうは言ったけど、半分は図星だった。

でも残りの半分、いやそれ以上を、彼女にもう一度逢いたい、という、やむにやまれぬ気持ちが占めている。

きっと情けない顔になっているだろう僕を見た飯島さんは、それ以上の追及はしてこなかった。

「飯島さん。彼女、本当にこの車両に乗っているんですか？」

「そうね。GPSの精度からすれば、必ずしもこの車両じゃないかもね。軍用のGPSなら、数メートルの誤差で判るらしいんだけど」

飯島さんは心許ないことを言った。

「私はグリーン券が買えなかったから、隣の普通車指定席なんだけど」

飯島さんは立ったまま車内を見渡した。

「でも、なんか、この車両、ヘンじゃない？　ヤクザみたいな人だらけだし……」

声をひそめてそう言った彼女が凝視しているのは、アポロキャップを深く被って大きなマスクをした、外国人らしい男だ。

「それとあのヒト……どうも、どこかで見たことある気がするんだけど……」

「芸能人じゃないですか？　帽子とマスクは変装の定番でしょ？」

「いえ……そういうんじゃなくて、もっと……まさに時の人！　的な記憶が……」

などと話しているところに、前方の車両から杖をついた老人があたりを睥睨しつつ、眼光も鋭く歩いてきた。

その老人は辺りを見渡して、まず通路側に座っている若い男……学生のように見える男のところに歩み寄って、咳払いをした。僕の席の前方だから、様子はよく見える。

老人は、二度三度と咳払いをした。

「……なにか？」

若い男が怪訝そうな声で老人に訊いた。

「君。席を譲ってくれたまえ。足が痛くてたまらんのだ」

自分は席を譲られて当然、という口調だ。

「あ、大丈夫です」

若い男は意味不明の返事をした。

「何が大丈夫なんだ？　私は大丈夫じゃないんだ」

老人にそう言われた男は、しばらく返事をしなかったが、「じゃあ結構です」と言った。

「バカモノ！　全然、結構じゃないんだよ！」

老人は大声をあげたが、若者はイヤフォンを取り出して装着し、完全無視を決め込んだ。

すると老人は、今度は通路を挟んで反対側に座っている若い女性に声をかけた。

「席を譲って欲しいんだが」

「は？」

その女性は老人の言ったことが理解出来ない様子で聞き返した。

「だから、あんたはまだ若いんだから、老人に席を譲れと言ってるんだ」

若い女性も怪訝そうな声で訊き返す。

「ここ、グリーン車ですけど？」

「そんなことは判っとる」

「グリーン車は全席指定ですけど。指定券持ってます？　持ってるならご自分の席に座ったらどうですか？」

若い女性は当然の答えを返した。

「指定券は持ってない」

「じゃあ……自由席にどうぞ」

「自由席は一杯だ。だからここに来た。それとも何か？　あんたは自分がグリーンの指定席に座っているから、足が痛い老人に席を譲れないとでも言うのか？」

老人はもはや喧嘩腰だが、女性にも怯む様子はない。

「ええ。そのとおりですけど？　お譲りすることはできません。だいたい自由席の切符しかないのに、老人だからって言われても……座りたければ指定券をお買いになれば？」

当然の答えだ。

「あんた、けしからんじゃないか！　どうして年寄りに席を譲らない？」

老人は問い詰めるが、若い女性も負けてはいない。

「だから、新幹線のグリーン車は全席指定なんです。ここに座るにはグリーン車の指定券が必要なんです。判りますか？」

「何度も言わせるんじゃない！　自由席は満席なんだよ！　そして私は老人で、足が痛いんだ」

「それはお気の毒ですけど、私はお金を出してこの席のキップを買ったんです。私があなたに席を譲らなければならないのは何故？」

「決まってるだろう！　あんたは若くて、私は老人だからじゃないか！」

若い女性が呆れたように肩をすくめるのが見えた。お話にならないわ、という小さな声も聞こえた。

若い女性もそれ以降、完全無視を貫いた。

「おいこら。私を無視するんじゃない！　本来は黙っていてもあんたが席を立つべきだろう？　そこを私が頼んで……席を譲れと言ってるんだ。あんたに敬老精神はないのか？　切符があるからって……ああ、日本の道徳も地に堕ちた。戦後の教育がいかんのだ。やはり教育勅語が必要だ！」

老人は意味不明なことを喚きはじめた。

「日本はこれでいいのかっ？　いいわけがないだろう。私はこの道徳の危機を目の当たりにして、そう自問せざるを得ないっ！」

勝手に自問したらいい。

僕は心の中でこの老人を切って捨てたし、飯島さんも同じ思いなのは、表情で判った。

しかしいくら喚いても脅しても相手にされないと判った老人は、まだ諦めなかった。通路をさらに先に進み、今度は窓際の席に向かって「席を譲れ！」と叫んだ。

「何だと？　妊娠してるから譲りたくない？　馬鹿者が！　妊娠なんて病気でもなんでもないんだ！　立て！　立って私に席を譲れ！」

今度は妊婦さん相手に怒鳴っているようだ。格好の餌食を見つけたと思ったらしい老人は、攻撃性を全開にし、持っている杖までも振り回し始めた。

席を譲れと命令するだけでも言語道断だが、暴力で言うことを聞かせようとするのは、もはや完全にアウトだろう。

僕が見かねて立ち上がった、その時。

老人に暴言を浴びせられている妊婦らしい人が「ごめんなさい」と悲鳴をあげた。

しかし、その声は……！

僕には判った。あの「妊婦」こそが、彼女だ！　埼京線の中で出会って、ひと目で恋に落ちてしまった、あの「まぼろしの女」だ！

気がついたら僕は通路を突き進み、老人に食ってかかっていた。

「あんた、ひどいじゃないか！　その人は身重なんだぞ！」

そうだそうだと周囲から声があがったが、どれも呟きのような小さな声だ。これじゃ耳が遠そうな老人にはとても聞こえない……と僕はガッカリした。ところが。

「なんだ貴様ら！　揃いも揃って、弱い老人をいじめるのかっ！　私らはこの国の高度成長を支えてきたんだ。目上の人間を尊敬できないとは、貴様らそれでも日本人かっ！」

老人にはしっかり聞こえていて、怒りを倍加させてしまったようだ。だが……。

「ちょっとあんた、そこのクソジジイ！　何言ってるのよ？　指定席券ぐらい買いなさいよ！　年金たっぷり貰ってるでしょうが！」

後ろから飯島さんの声が響き渡った。飯島さんの性格は判っている。さっきからハラハラしていたのだが、ついに我慢できなくなって参戦してしまったのだ。

「だいたい黙って聞いていれば、あなた、なにを勝手なことばかり言っているのよ。文句があるなら自由席に戻って、そっちに座っている人たちに頼みなさいよ！」

飯島さんの口調には迫力があるので、老人は絶句して驚きで目を見開いた。たぶん、正面切って「年下の、それも女性から」批判されたことなどないのだろう。飯島さんによる糾弾は続く。

「ここはね、席を確保したいからお金を出して、きちんと指定券を買ったヒトのための車両なの。すべてカネかと言うだろうけど、この車両ではそうなのよ！　じゃないと指定席の意味はないでしょ！」

「ががが、外国では指定席でも老人は席を」

「それはどこの国の話？　長距離の特急でも、席は譲ってもらえるの？」

　老人が飯島さんと揉め始めた、そのスキに僕は「まぼろしの女」と確信した女性を助けたいと思った。と言っても、彼女は窓側の席に座っているので、老人の理不尽な攻撃から守ってあげることしか出来ないのだが。

「あの……大丈夫ですか？」

　僕が声をかけると、彼女は顔を上げた。

「あ！」

　ぱっとその顔が輝いた。彼女も僕のことを覚えていてくれたのだ！

「この前、埼京線でお目にかかりましたよね。あの時も、女性専用車両反対派の妙なヤツがいたりして大変だったけど……」

　しかし、今のこの状況はもっと大変だ。妙な老人だけではない。車内にはほかにも目つきの悪いヤクザや、外国人の、マフィアみたいな連中がウジャウジャいるのだ。

僕の横では、依然としてヒートアップした飯島さんと老人が大揉めに揉めている。

「これだけ言ってもわからないの？　自由席の切符でグリーン車に来て座ろうなんて、あなた、頭のネジが緩んでるでしょ？　ケチなの？　それともボケてるの？」

「失敬な！　私は今の日本の若者の敬老精神を問うているのだ！　そもそもの論点が違う！」

「ふーん。エラそうなこと言っちゃって。けどアナタの本心は、座りたい、それもグリーン車で、しかも人のカネでって、セコい魂胆でしょ？　なーにが敬老精神を問うですか。カネ出せばいいだけのハナシでしょうが！」

「おっ、お前はJRの回し者かっ！」

これを見ろ！　と老人はスマホにあるサイトを表示させて飯島さんに突き出した。

それは新幹線最終の東京行きで、三人の子供を連れた母親が満席の自由席で途方に暮れているのに、誰も席を譲らないことを憤慨したブログだった。

「こっこれを書いた人は、その気の毒な母親に席を譲ったが、ほかの連中は誰も、誰一人、席を立とうとしなかったというんだぞ！　日本以外ならどこの国でも席を譲るものだと、この人は怒ってる」

「それはね、子供が三人もいるのに指定席を取らなかった母親に危機管理能力がないの。それにね、ここ大事なところだからよく聞いてね。賭けてもいいけど、アナタだったら絶対に譲らないでしょ！」

「当たり前だ。私は老人だ」

「結局、自分は関係ないから好き勝手言ってるだけよね。私だったら……東京までの三時間、座っていきたいから譲らないかな」

「こっ、この血も涙もないクソアマが！」

「へーえ、そうですか。そう言うあんたは自己本位のクソジジイよね！」

そこに、はい失礼します、皆さんどいてください、と制服を着た男が割って入ってきた。車掌さんか、もしくはそれ以外のＪＲ職員なのだろう。

「どうぞこちらに。妊娠されている方は、今ここにいないほうが良いです。こういう方は」

と、男は老人を横目で睨んだ。

「いつまでもうるさいですから……」

老人は「なんだと！」と矛先をこの男に向けかけたが、男はまったく取り合わない。

「ただ今お連れしますので。あちらの多目的室でゆっくり休んでください」

そう言って、彼女を連れて行こうとした。

いや、むしろ、この男が老人を切り離してどこかに連れて行くべきだと思うが。

「車掌さん、ですよね？　ここは彼女じゃなくて、こっちのヒトをなんとかするべきじゃないんですか？」

僕はそう訴えたが、職員は彼女を立たせると、腕を取って隣の車両に歩いていってしまった。

「やれやれ。そうだ。これでいいんだ」

ムカつくことに老人は、空いた席にちゃっかり座り込んでしまったが、僕は、このクソジジイよりも彼女の方が心配なので、二人の後を尾けることにした。

私

私は、世界的多国籍企業のトップに君臨している、国際的に著名なビジネスマンだ。昨日もウォールストリートジャーナルと、英国のエコノミスト誌のインタビューを受けた。

そんな私、サー・クリフォード・ヴォーンに、日本政府と私の部下の日本人重役が、結託して罪を着せた。国策捜査により逮捕され、人権無視の長期間の拘束を受けた私は、数日前にやっと保釈されて自由の身になったばかりだ。

しかし、日本での裁判が今後、公正に行われる保証はないし、仮に有罪になって収監されでもしたら、日本の刑務所の劣悪な環境に私は耐えられないだろう。なんせ私は英国のグローバル企業「アストン・スティーブ・マーティン自動車」の重役を長年務めて日本に派遣された、セレブなエリートなのだ。英国は階級社会で、一般人と称号を持つ私のような貴族は階層が完全に違う。住む場所も食べ物も教養も話す言葉も、なにもかも庶民とは違うのだ。

だから……日本みたいな異国の、それも江戸時代とあんまり変わらないような刑務所で、日本人の犯罪者と共に暮らすなどと言う屈辱は、サーの称号を持つ私にはまったく考えられない。万難を排してでも絶対に回避すべき、およそあってはならない事態なのだ。

日本人諸君よ、君たちが言葉も文化も違う国で身に覚えのない罪で投獄され、奇妙な法律で裁判にかけられ有罪を宣告されて、劣悪な環境の刑務所に入ることになったら、君たちは耐えられるか？

私には無理だ。だから私はパピヨンの如くジャン・バルジャンの如くナポレオンの如く、そして鉄仮面の如く、日本から脱出する決意を固めたのだ。あれ？　何故か脱出というとフランスの話ばかりだな。まあそれはいい。

裁判を控えている私に日本を出る自由はない。もちろん私は密出国に関してはド素人なので、その筋のプロを雇って、逮捕されてから綿密に計画を練ってきた。その結果、日本の警察が「まさか」と思うようなウラをかく計画を練り上げたのだ。

神戸から貨物船に乗って日本を脱出する。その神戸までの移動には東海道新幹線を使う。既にニュースで私、サー・クリフォード・ヴォーンの顔は世界中に知れ渡っているから、警察も一般民衆も、まさか私が新幹線のような公共交通機関を利用するはずがないと思っている。そこを衝くのだ。新大阪までの二時間三十分を、なんとか切り抜けられればいい。

その判断のもと、「のぞみ三十三号」のグリーン車に乗り込んだのに……我々のチーム以外に、なんだか妙なプロレスラーみたいな、日本のヤクザみたいな男を筆頭に、妙な連中がたくさんいるぞ。

我々のチームも、なるべく目立ちたくはなかったのだが、私の護衛、そしてもしもの場合の対応、さらに私が隠れる箱を運搬する要員などを考えると、二十人を超えてしまった。全員が屈強なグリーンベレー出身の男たちだ。要するに「民間軍事請負会社」の社員だけに、いずれも身長は二メートル近くて筋肉隆々の、マッチョな男ばかりだ。目立ってはいけないと思い、東洋人を多く頼んだのだが……それでもデカくてゴツい白人や黒人が数人混じるだけで、かなりの異彩を放っている。

日本人よ、君たちの社会はまだまだ閉鎖的だ。グローバル化が足りない。たかだかこの程度のことで、じろじろと見ないでほしい。

「サー・クリフォード、やっぱり座席に座ったまま、他人の目に触れる状態での移動は危険です。窮屈でも箱の中に入っていて貰った方が」

今回の「プロジェクト・パピヨン」のチーフ、マックィーンが言ってきた。

「イヤだよ」

私はにべもなく拒否した。

「箱の中ってキミ、居住性最悪なんだぞ。どうせならもっと大きな……棺桶（かんおけ）みたいな箱にしてくれたら寝て行けたのに……いやいや、私は閉所恐怖症のケがあるから、百歩譲って箱に入るにしても、最少限の時間にしたい」

「サー・クリフォード。見てお判りでしょうが、新幹線の荷物置き場は車両最後部の、座席の後ろにしかありません。そのスペースに入る箱で、これでも一番大きなサイズのものを用意したのです。どうしても膝を抱えて『屈葬』のようなポーズで入って貰わないとダメなんです」

「縁起でもないことを言うな！」

日本での暮らしが長いので、私は時々、日本人的な反応をしてしまう。

「じゃあどうして新幹線ではない手段を考えなかったのかね？」

「いまさら蒸し返すんですか？」

マックィーンは露骨にうんざりした表情になった。グリーンベレーの部隊長だったプライドが抜けないらしい。

「……じゃあ、そのアポロキャップは絶対に脱がないで、マスクも外さない、出来ればサングラスもかけて欲しいんですが」

「判ったよ」

私はしぶしぶ折れた。

「そして、新大阪までずっと、黙って座っていてください」

「それも判った」

「だけど、何かあったら……つまり状況に少しでも変化があったら、箱の中に隠れてくださいよ。じゃないと、計画がすべて無駄になってしまいますからね！」

「……それも、判った」

日本の領海を出るまでは、この男には逆らえない。

そして……のぞみ三十三号がようやく発車したと思ったら、品川を過ぎたところで妙な老人が現れた。通路に立って喚いている。私の拙い日本語聞き取り能力でも判るような「老齢なるが故に着席権がある」というナンセンスな持論を展開して、やたら元気な三十代の女性と口論になっている。

たしかに、今後、何が起こるか判ったものではない。私は腹を括（くく）った。

おれ

優秀な成績で東大法学部を卒業したおれは、順調に国家公務員上級採用試験に合格し、順調なエリート人生を歩むはずだったが電車内の盗撮がバレて採用を取り消され、その後いろいろあって、現在は内閣官房の任期付職員（政府の中枢でも臨時雇いなのだ！）として働いている。仕事ぶりが評価されて二年の期限が延長されたのだが……そこで金儲けの誘惑に負けた。おれは職務上、かなりヤバい情報に接することがある。その中でもとびっきりの、それこそ表に出れば内閣の一つや二つ、吹っ飛ぶことが確実なファイルを目にしてしまったのだ。

これを売ったら、かなりのカネになる……咄嗟に頭に浮かんだ考えがそれだった。しかもおれは金を必要としていた。おれは独自の美の追求がやめられない。おれの審美的欲求を激しく刺激する女性を見ると、その姿を保存せずにはいられない。さらにその女性が体現する「美」そのものにも、実際に手を触れて確かめる衝動が抑えられないのだ。しかしそれは、世間的には盗撮・痴漢という不名誉な犯罪として断罪されてしまう。悪いことにおれの審美的欲求を刺激した女には、スジの悪い男がついていた。「おいあんた、おれの彼女に何してくれたんだよ？　誠意を見せろ」

というお定まりの脅迫をされ、言いなりの金額を払うしかなかった。しかもおれには多額の借金もあった。美の追求に対価を払った、つまり世間的には「風俗にハマった」結果だ。

なぜおれの美的欲求を世間は理解しないのか。これは社会が悪い。

しかしそんな愚痴を言っていても仕方がない。男・韮山、ここは一世一代の勝負に出るべきではないか？　問題のファイルを見つけ、その意味するところを悟ったおれが真っ先に考えたのは金のことだった。まさに国家機密クラスの、この情報と引き換えに大金を手に入れる。そして一発逆転を狙うのだ。このまま不安定な雇用に甘んじていても、先は見えている。

そう決断したおれは、問題の文書を密かにUSBメモリーにコピーした。ちなみにこのファイルは、世間的には「とっくに削除されて、もはやこの世には存在しない」ものとされている。しかし、おれは持ってるんだよね。内閣官房のサーバーにも残ってるのだが、ファイル名が変えられているので、ちょっと、探せないかもしれないだろうが。ファイル名を変えたのはおれなんだけど。

これが売れたら、死ぬまで遊んで暮らせる。デリヘルに高級ソープに、おっぱいパブ。どんな店でも行き放題サービスを受け放題だ。

いや、おれとしたことが、ついつい下世話な表現に走ってしまった。おれはライフワークである「美の追求」に身を捧げるのだ。美の追求に金はいくらあっても足りない。

それを思えば、なるべく高く売りつけたい。

文書をコピーしたおれば、この不穏な情報が詰まったファイルを欲しがるに違いない人物にコンタクトしてみた。だが、そいつは実にシミッタレで、おれが想定していた千分の一のカネしか出さないと言ってきた。

当然、交渉は決裂し、もっとカネを出すヤツに売ることにした。電子データであるからには幾らでもコピーできる。そこそこのカネでバラ撒いてもいいようなものだが、バラ撒く量が増えるほど、おれの身が危険に曝される度合いも強くなる。汚い政治家の連中は、保身のためなら何でもするからね。

というわけで「美の追求」資金獲得工作を慎重に進めていたある日。おれはまさに、おれにとっての「理想の美」を体現した女に出会ってしまった。

造形的な完璧さ。そこに加えて、何かに怯えたような、いかにも加虐してください、と言わんばかりの、男の劣情を果てしなくそそる、おどおどした雰囲気。おれはこういう女に目がないのだ。何がなんでも手で触れ、その実在を確認し、反応させ、もっと怯えさせ、泣かせなくては気が済まない。

この「悪癖」のせいで、おれは何度も人生をしくじってきたのだが……。

要するに電車の中で、おれの好みにまさに直球どストライク、そのものズバリな女を見つけてしまった、ということだ。運命的な出会いだ。心の底から「ジャストミート！」と叫びたくなった女に初めて出会ったのだ。

しかし……電車の中で初対面の女性にいきなり手を出せるほどおれは恥知らずでもないし無礼でもない。満員電車でもなければ、とても無理だ。

おれは電車の中で、遠くから彼女を眺めているしかなかった。だが、手の届かないその距離が、ますますおれの恋心を募らせた。

顔かたちに姿形、そしてその雰囲気。すべてが理想だった。実際の性格などは関係ない。とにかくおれは外見と雰囲気だけで、彼女に心を撃ち抜かれてしまったのだ。

プラトニック、というものでもない。初めて見たその日だけでも、おれは彼女を頭の中で何度も犯した。全裸に剝いて、妄想の中で、ありとあらゆる変態的な行為で辱めた。「理想の美」は、まさに穢されるために存在するのだ。実際には手も触れずに想っているだけだが、おれはもう、立派な強姦魔だ。

とりあえず、名前も住所も判らない女だ。これはもう、身元などすべてを突き止めて調べ上げるしかない。かと言って、おれには話しかける口実もないし、そもそもおれは女性とのコミュニケーション自体不要だと思っている。やつらは動物のようなものだ。知的エリートであるおれが、なぜ下等な生き物と話さなければならないのだ?

なので、おれはいつもやっていることをした。尾行だ。この行為を世間ではストーカーと呼ぶことは知っているが、そう呼びたければ呼べばいい。おれは「美の追求」という、きわめて純粋な動機に駆り立てられているだけなのだ。

おれは美女をふたたび見つけ、その個人情報を把握すべく、連日の張り込みを実行に移した。さいわい時間はたっぷりある。USBメモリーと引き換えに金をせしめるという、例の商談が膠着状態だからだ。

そして何日も空振りが続いた、あの日。おれはついに、彼女を発見した! 粘り勝ちだ。

ついに再会できた嬉しさに、おれは我を忘れた。これは恋なのか。恋は人を狂わせる。

気がついたら彼女を追い込んで、実在としての彼女の「美」をおれの手で確かめる、という所業に及んでいた。頭の中でだけ考えていたことが、つい、行動に表れてしまった。しかしそれもすべて、美の追求という崇高な動機によるものだ。美しいからこそ、すべてを確かめたい。美しいからこそ、それを汚してみたい。動機が純粋である以上、それは当然許されるべきだ。しかしくだらない世間の連中は、そしてその日その時、埼京線に乗り合わせていた愚鈍な凡人どもは、それを理解してくれなかった。美の追求は「痴漢」という俗悪なレッテルを貼られ、おれは犯罪者扱いされたのだ。

それもこれも、我を忘れるほどおれが彼女の美に魂を抜かれてしまった、その結果だ。

しかも、なんということか。痴漢だと糾弾されたおれは狼狽のあまり、肌身離さず持ち歩いている大型の財布を落としてしまった。しかもその中には、おれの人生一発逆転を可能にする、例の極秘情報が入ったUSBメモリーが入っていたのだ。

そしてその財布を、あたかもどら猫が魚をかっさらって逃げるように、想像もしなかった素早さで咄嗟に拾い上げたのが「彼女」だった。おれの美の理想である、まさに彼女そのひとだ。おれは埼京線の中から、プラットフォームに逃げた彼女を呆然と見送るしかなかった。

しかし、盗まれて呆然自失のままのおれではない。あの財布には、位置を特定出来るGPS発信器も入れてある。これを使えば、メモリーも彼女も、一石二鳥で発見できる。

え？　そんな大事なモノのコピーはなかったのかって？　大事なモノだからこそ、不用意にコピーしておくと盗まれる危険があるではないか。素人はコピーの恐ろしさを知らないから困る。

そして……おれはついに、彼女の足取りを捕捉した。

彼女は東京駅に向かっている。それも東海道新幹線のホームだ。あの財布を持って移動しているのが彼女なら、USBメモリーの中身を知るはずもなく、財布の中にはメモリーがそのまま入っている可能性が高い。ほらみろ、一石二鳥作戦の結果は図星だ。

おれは、彼女に再会できるという喜びで今にも宙に舞い上がりそうだ。妄想が過ぎるあまり下半身ももっこりしているし、欲望で心臓はバクバクしてるし脳味噌も汗をかいている感じがする。

しかし、ここは慎重にいかなければ。同じ新幹線に乗って彼女に正面から迫っても、また逃げられるだけだろう。

ならば。

こういう事もあろうかと、周到な準備に長けたおれは、いろんなコスチュームを用意している。その中には車掌やJR職員の制服もどきな「衣裳」もある。しかも、本物とは多少作りや色を違えてあるので、「身分詐称」の罪に問われることもない。こういう芸の細かさは、短いながら内閣官房で勤務した経験から学んだものだ。中央の官僚というものは、姑息でセコくて、責任転嫁と法律の抜け穴を見つけ出す名人なのだ。

「のぞみ三十三号」のグリーン車に彼女が乗ることがハッキリしたので、おれは用意してきたJR東海の専務車掌の制服……によく似た衣裳に着替えて、敢然と乗り込んだ。

だが。

通路に立ち塞がった妙なジジイが喚いている。手にした杖を振り回して、なんだかクソな屁理屈を喚いている。そしてそのターゲットは……妊婦だ。顔を隠しているが、若い女。

それに相対しているのは……忘れもしない、この前の埼京線でおれに絡んできた若い男と、気の強い三十女ではないか。

おれは、手にしたGPSモニターを見た。ピンポイントで位置の特定は出来ないが、おれの「理想の美女」が座っているはずの席にいるのは妊婦だ。その妊婦を、妙な老人が杖で威嚇している。

ということは……？

車掌に仮装したおれは、咄嗟に「まあまあ」と言いながらその集団の中に割って入った。

老人はギョッとした顔になったが、他の全員は安心したようだ。おれは座席に座っている妊婦を観察した。たしかにお腹は膨らんでいるが、俯いている顔をじっと見ると……やっぱり彼女だ。彼女に間違いない。

これはもう、車掌だと全員が誤解しているのを幸い、手っ取り早く連れ出すのが一番だ。

「どうぞこちらに。妊娠されている方は、今ここにいないほうが良いです。こういう方は」

そう言って老人を横目で睨んでやった。

「いつまでもうるさいですから……」

老人は「なんだと！」と食ってかかってきたが、おれは完全に無視した。こんなクソジジイに用はないのだ。可能ならば拳銃で撃ち殺したいくらいだ。

おれは彼女に手を差し出した。

「ただ今お連れしますので。あちらの多目的室でゆっくり休んでください」

彼女はおれの顔をチラッと見て、おれが誰なのか判ったようだった。だが、ここで騒ぎになるのはマズい、と判断したのだろう。

腕を取られるまま、席を立った。

彼女の腕を摑んだおれは、逃げられないように気をつけながら、通路側に引っ張った。

「車掌さん、ですよね？　ここは彼女じゃなくて、こっちのヒトをなんとかするべきじゃないんですか？」

埼京線で会った若い男がおれに文句をつけてきたが、無視した。こんなクソジジイのことなんか、知ったことか。

「おとなしく歩け。いいな」

おれは彼女の耳元で囁いた。脅した、とも言う。

「おれに従った方が利口だぞ」

そう言うと、彼女は小さく頷いた。

おれは、彼女をエスコートするように腕を摑んで、通路を歩いた。こういう時は堂々と、焦らずゆっくり歩くのが肝心だ。

埼京線に居合わせた二人の男女は、ポカンとしておれたちを見送っている。これでいい。

本当なら多目的室に連れ込むのが一番なのだが、おれはニセ車掌なので、多目的室を開ける鍵を持っていない。そこで、「多目的の大型トイレ」を使うことにした。このトイレはかなり広いのだ。

幸い、多目的トイレは、隣の十一号車のデッキにある。

ドアを開けて、中に彼女を突き飛ばすように入れたおれは、即座にドアを閉めた。

「そんな変装をしても判ってるんだぞ！」

おれは、彼女の膨らんだお腹を鷲づかみにした。

「ほら！　こんなクッションを入れて妊婦に変装しても、おれには判るんだ！　今日のこの日をどれだけ待ち望んだことか！　どれだけ探したことか！」

おれはそう言い募って、彼女の顔に口を接近させ、キスをしようとした。

「どれだけ探したって……誰を？」

彼女がやっと口を開いた。

「誰をって……あんたをだよ！」

おれは、彼女の服……ゆったりした淡いピンク色のマタニティドレスを捲りあげ、お腹に巻き付けてあるクッションを抜き取った。

「今日こそ、想いを遂げさせてもらう」

おれは彼女のドレスの裾を掴んで一気に捲りあげ、皮を剝くように頭から抜いた。

ブラとパンティだけになった彼女の躰は美しかった。なんとも言えず「抱き甲斐のあるカラダ」に見える。

いやいや、見惚れている場合ではない。おれは彼女の両手をバンザイさせて、かねて用意のナイロンロープで手近の手すりに括り付けた。これで逃げられる心配は無くなった。

そうしておいて、おれは彼女のきゅっと締まったウエストに手を這わせて、そのくびれの曲線を撫でて愉しんだが、ツンと突き出したバストの双丘を見るうちに、それを思いっきり摑みたくなった。

だから、そうした。

おれは、彼女からブラを剝ぎ取って、形良く膨らんだ乳房を、摑んでは潰すように、存分に揉んでやった。

「やりたいの？　だったら、さっさとやれば？」

彼女は蓮っ葉な言い方をしたが、こうして再会するまでの労苦を思えば、あっさり挿入するのはもったいない。やりたいことがどっさりあるのだ。ゆっくりじっくりじわじわと攻めてやろう……。

とは言え、おれの下半身は既に痛いほどに膨張している。もう、これ以上我慢すると、少しの刺激で暴発してしまう。

おれも自分の下半身を曝け出して、屹立している肉棒を思わずシゴいた。

いやしかし。目の前に彼女がいるんだから、自分で処理する必要などないではないか。まずは駆けつけイッパツ、抜いてしまえばいい。

おれは自らを奮い立たせるようにエイと声をかけ、彼女の尻を剝き出しにして突き出させた。そして後ろから挿入しようとした。

が、彼女もさすがにタダでは犯されない。腰を左右に揺すっておれの男根から逃げ回る。

「いい加減に往生しろ！」

おれは彼女の腰を押えつけて、やっとの思いで先端をずぶりと差し入れた。

彼女がいくら秘門を締めて侵入を防ごうとしても、無理だ。おれの剛棒は一気に、ぬるりと奥まで入ってしまった。

「やった！　ついにやったぜ！」

快哉を叫んだおれを振り返り、彼女は軽蔑の眼差しを送ってきた。

くいくいと腰を遣いながら、おれはその高慢ちきな目つきに激怒して、思わずびったーんと彼女の尻を叩いてしまった。

だがそれが、おれの興奮の炎に油を注いだ。ああ、おれはどSだったのか。

おれは彼女の尻をバシバシと叩きながら、猛然と腰を動かし……そしてあっという間に射精をした。この盛り上がった気持ちは、とにかく一回抜いておかないと収まらない。

「ちくしょう、イヤらしいカラダをしやがって！」

彼女の肢体は、たしかに見事なものだ。乳房はその大きさにもかかわらず、少しも型崩れしていない。きれいなお椀型を保ったままぷるんぷるんと大きく揺れて、量感を誇っている。妖しくくねらせている腰も、ぐっと締まったウエストと、張り切ったヒップのコントラストが鮮烈ですらある。

おれは彼女を手摺り(てす)に拘束していたロープを切った。そのまま床に押し倒すと、その見事な女体をぺろぺろと夢中で舐めまくった。舌先は、まず美しく締まった下腹部を襲う。縦長のヘソは贅肉(ぜいにく)などないその場所に形良く収まり、ウエストが描く曲線は、まさにこの世で最高の「美」そのものだ。

「ああ、きれいだ……なんてイヤらしいんだ」

おれは呻(うめ)くように呟きながら彼女の肉体をおれの舌で、指で、そして手のひら全体で、貪るように愛撫していった。

乳房を、両手でぎゅっと握り締める。そのぷりんと指を弾きかえす硬い弾力は、やはり若い女だけのものだ。次に舌を遣い、ぞろりと乳房の裾野から舐(ねぶ)り上(あ)げ、ゆっくりと頂上に向かう。

彼女も次第に、おれの舌戯の妖しさに、熱い吐息を洩らし始めた。

おれの唇が、彼女の果実のような乳首を捉え、ぱくりと含んだ。

「は。はうん……」

舌先で突起を転がしてやっただけで、彼女は全身を激しく震わせた。ころころと転がすたびに、彼女の官能が確実に昂(たか)まっていくのが判る。

おれは、乳首を指先に任せて、舌をどんどん降下させていった。

彼女の秘毛は既に愛の雫（しずく）でたっぷり濡れている。おれはそれをわざと下品に啜（すす）りこんだ。

「ああ、うまい。お前のイヤらしい汁は、実にスケベな味がするぜ！」

そう言っても彼女は目を閉じたまま、黙っている。快楽の直中（ただなか）にいて、その悦楽を貪っているかのようだ。

おれは彼女の翳（かげ）りを左右に割って、肉芽を剝き出しにさせた。それは肉体の成熟に比して小さめだ。

敏感なその突起に、おれは、入魂の愛撫を始めた。

秘裂を左右に押し広げてクリットを包皮からさらに露出させると、ゆっくりと舌先で包みこんだ。

「は……あむ」

たまらない、という感じで彼女の腰が揺れた。

おれはそのまま舌の甲でそろり、と突起を撫であげた。

「はう……ああむ」

彼女の全身がきゅっと硬くなったり弛緩したりした。緊張と緩和。たぶん女芯（にょしん）も、締まったり緩んだりしてるんだろう。

おれは、だんだんと舌を動かすピッチを早めていった。

「ひっ……あうん……はあ、あああ」

彼女ももう、洩れる喘ぎを抑えることができない。完全におれの舌技に翻弄されている。

じゅん、と女壺の奥から舌先を刺激する愛液が湧いてきた。それまで彼女の愛液は無味無臭だったが、官能が高まって、ついに『女の本気汁』が分泌したのだ。それは酸味があって、舌をチクチクと、かすかに刺してくる感じだ。いきなりレモンを囓(かじ)ったような、あの刺激に近いかもしれない。

「いいぞ……」

おれは舌を遣いながら両手で乳房を揉みしだき続けている。彼女の魅惑的な肉体は官能で揺れ乱れている。弾力ある乳房は震え、キュートな腰がくねるように蠢(うごめ)く。伸びやかな太腿は迫り来る喜悦にふるふると震えている。

ああ、万難を排した甲斐があった……。

おれはすっかり嬉しくなった。

「いれてやる」

そう宣言して、本気汁で濡れそぼった女陰に陰茎を差し入れて、ずぶずぶと根元まで一気に沈めてやった。

「ひ。ひいいいいっ……はあ」

彼女の背中が弓なりに持ち上がった。軽いアクメに襲われたらしい。

怯えて硬かった表情が、今は官能に蕩けてふんわりと緩み、色っぽく優しいと表現してもいいものになっていた。

「どうだ、あんた？　感じるか」

「か……感じる……ああん」

彼女は鼻に抜けるぞくぞくするような声を出した。

「もっと、もっと奥を……突き上げて」

おれは、反動をつけると一気に彼女の奥を突き上げた。

「ひっ！　いい！　感じる！　最高！」

彼女の躰が波打った。子宮の奥をおれに突き上げられて、どうん、と爪先から頭のてっぺんまで、大きな波が起こって伝わっていくのが判った。

「どうだ。今度はどこを、どうしてほしい？」

「ああん……アソコの中をまんべんなく」

「判った」

おれは腰をグラインドさせた。彼女の花弁をまんべんなくじっくりと擦り上げるのだ。ぐるりと周囲を攻めていると思わせて、虚を衝いて奥まで刺し貫く。彼女が甘い悲鳴を上げて全身をきゅっと締める。と、もちろんその瞬間、果肉も締まっておれの肉棒は彼女の淫襞に包まれる。

「はああ……い、いいわ……最高……」

「そうかそうか。今度はどこだ」

「次は……奥の、一番感じるところを責めて……」

いつのまにか、凌辱者であるはずのおれは、彼女のセックスに奉仕する男になっていた。

彼女が言っているのは、いわゆるGスポットだろう。肉棒ではその場所をうまく刺激出来ない。おれは指を差し入れて肉襞の奥を探り、一際ざらついた場所を見つけると、指先でぎゅっと押してやった。

「ひゃあああああ」

彼女の全身がひくひくと、断末魔のように痙攣し始めた。

指の脇でも腰を遣って、差し入れた肉棒を動かす。指は指で別の動きをさせる。オレの体勢は非常に苦しくてアクロバティックな形になっているが、ここは頑張って彼女を完全にイカせてしまいたい。

だが……彼女の適度に硬くて柔らかい肉襞が、おれのサオをこりこりとしごき上げていく。おれのサオも彼女の恥肉を撫で上げ掻き上げ、翻弄し玩弄していく。

「あ……あうっ……ああん」

彼女の美しく整った顔が、今は激しく歪み、泣きそうになっている。快感の渦に溺れて目は閉じられ、唇だけが大きく開かれて、喘ぎが漏れる。

「かか、感じるっ……あ。あはあ」

普通の抽送では触れられることのない箇所への指いじりが『Gスポットという未踏地帯』を刺激して、彼女の背筋を凄まじい電流が駆け上がり、脳天にはいくつもの火花がスパークし、女芯が熱く熔け始め……それはゆっくりと全身も熔かしてゆくのが判った。

あと少しでフィニッシュだ！

とここまできて、トイレのドアが乱暴に連打された。

なんだ！　この大事なときに！

その瞬間、彼女がおれに向かってニッコリと微笑んだ。

「知ってる？　ワタシ、性病のデパートって呼ばれてるの」

僕

僕にはもう判っていた。彼女を連れ去った男が実は車掌でも何でもなく、彼女につきまとっていた例の男・韮山だということに。

僕は後を追い、隣の車両に入ったが、二人の姿はない。焦ってその先、さらにもう一つ先の車両まで行ったところで気がついた。韮山は彼女を、多目的トイレに連れ込んだのだと。

大慌てで戻り、ドアを開けようとしたが、当然の事ながら、中からロックされていて、開かない。

僕は車掌を呼びに行った。早くしないと、彼女があの男に犯されてしまう……。

ふたたび他の車両に走り、ようやく見つけた車掌さんに急を告げた。

「中で女性が性被害に遭ってます！　急いで」と叫んで、トイレのドアを開けて貰ったのだが。

ウィーンとドアが開いた、その瞬間に……全裸の女が飛び出してきて、あっという間に姿を消してしまった。

え？　今のナニ？

と僕たちが狼狽（うろた）えていると、中から韮山が姿を見せた。

「あんた！　ここでなにをやった！」

「いや……その」

この男の顔色は妙に青い。

「あんた！　彼女にナニをした！　言え！」

僕は逆上して韮山に襲いかかりその首を絞めたが、車掌に引き剝がされた。

「ちょっと君、落ち着きなさい！」

「今、ドアが開いて飛び出してきたのは、裸の女だったように見えたんだけど？」

中で何をしていたんだ、と僕は問い詰めたが、韮山は「ふん。何もしてねえよ」と不貞不貞しく返してきた。

なんだその返事は？　僕はカッとしたが、なんとか抑えた。韮山がなおも口答えする。

「それに裸の女だったら、ナニ？　あんたと何の関係がある？」

「ここは……いかがわしいことをする場所じゃないだろう？」

僕は大きな声を出した。

「いかがわしい？　あんたはナニを以って『いかがわしい』行為だと認定するんだ？　少なくともおれにとっては、純粋な愛の表現なんだからな！」

「車掌さん！　こいつ、ここでセックスしてたんです！　今、白状しました！」

韮山が何をしていたのかは、この男の格好を見れば一目瞭然だ。屁理屈を捏ねても下半身は裸で、萎れた男性器が剝き出しなのだ。

気がつくと十号車から、「ヤクザ」「マフィア」としか見えないような不穏な外見の連中がぞろぞろと移動してきている。

「はい、見世物じゃありません！　解散して！」

集まってきた彼らに車掌さんは声を張り上げ、次に下半身を指差しつつ韮山にも命じた。

「あんた、ズボン穿いて。ちょっと話を聞かせて貰います」

韮山は車掌に連れられていった。

残った僕やヤクザ（にしか見えない人たち）は、ぞろぞろと元の場所……と言っても隣の車両だけど……に戻って行った。

ヤクザ指数がいきなり上がった十号車に、見る間に不穏な空気が満ち満ちる。

さらに車内の一角では、別の揉め事も起きていた……。

ワシ

「あんた、ＵＳＢメモリーを持ってるだろ？」

どこの組のモンとも判らん雑魚が、ワシの片腕のじゅん子にイチャモンをつけてきたんで、ワシは怒った。

「なんやてワレ。もういっぺん言うてみい、おう？」

我ながら瞬間湯沸かし器並みの脊髄反射や。

けどヤクザもんはこれ無しではやっていけん。ナメられたらしまいや。

「誰に向かってモノ言うとるんや、アアッ？」

思いっきり凄んで、メンチ切ったった。

「あ、あの、ＵＳＢメモリー……持ってるでしょ？」

相手のチンピラは途端に言葉が弱くなった。どっちにしてもアカンやっちゃ！

「何でウチのスタッフが持っとる思うんや？　事と次第ではキッチリ、ケジメつけて貰うで」

ゆっくりと立ち上がったワシは、ガキの襟首を摑んで思いっきり揺さぶってやった。

「ええか。ワシらもそのＵＳＢメモリーたら言うモンを探しとるんや。そういう仕事を請け負うたんでな。探しとるモンをすでに持っとるんなら、探す必要はないやろ。アタマ大丈夫か？　脳味噌腐ってウンコになっとるんと違うか？　お？」

「そ、そっちが本当のこと言ってるかどうか、こっちには判らないんで……」

ビビりながらそう言い返してきた。

「こ、こっちの情報では、メモリーを持ってる女がピンクのワンピースを着てるっていう、そのくらいしか……」

ワシはじゅん子を見た。たしかにグリーン車にふさわしい、淡い上品な桃色のワンピースを着とる。

そこで、他にも訳の判らん連中がワシらの席に集まってきよった。

「何やお前ら？　おやっさんが言うてたヤツに雇われたんか、もしくは韮山に雇われた腐れ外道か？」

「うるさい黙れ！　おとなしくブツを渡して貰おうか！」

腐れ外道な連中が、いきなりじゅん子とワシに襲いかかってきた。

最初の二人を、ワシらは簡単に料理した。半身不随ぐらいにはなったかもしらんが、医療費は雇い主に請求してや。

「おとなしゅうするのんはお前等や！」

ヤクザ全員を一瞬にしてノシてやった。

「聞いて驚くな！　ウチのじゅん子はやな、米軍の特殊部隊で地獄の訓練を受けて、最優秀で卒業した猛者（もさ）なんや！」

特殊部隊、という言葉に、同じ車両に居た別の連中……こっちはガイジンが多い……がピクッと反応したのをワシは見逃さへんかった。

とは言いつつ、残りの国産ヤクザが一斉に襲いかかってきたら、さしものワシやじゅん子も多勢に無勢、マシンガンでもないかぎり無理や。こらあかん、絶体絶命か……と思ったところで助けに入ったんが、意外にもガイジンさんたちやった。

近くに居たガイジンヤクザが国産ヤクザの後ろから襲いかかって、完全に油断していた外道どもをボコボコにして、ノックアウトしてしもうたんや。

「ハ〜イ、ディック！　また会ったわね。どうしてここに？」

じゅん子が舶来ヤクザに声をかけた。ワシは英語が判らんが、たぶんそう言うたんやろ。

「ヤアじゅん子。君こそこんなところでどうしたんだい？」

「イェイ、ディック。ワタシも仕事なの。この席にいたら、コイツらが襲いかかってきたのよ」

と、ワシの頭の中では吹き替えのセリフのイメージで再生されとる。思い起こせばワシらの世代は「ローハイド」の昔から吹き替えドラマで育ってきたんやで。

「会長。紹介しておきます。こちら、合衆国陸軍特殊部隊群、通称グリーンベレーで一緒だったディック」

退役しとるが、元は小隊長だったそうや。

「ディック・マックィーンだ」

白人の舶来ヤクザはかけていたサングラスを外し、ガイジンが日本ではよくやる、顔の前で合掌してお辞儀するポーズを取った。

「ワシは少林寺拳法の師匠とちゃうで」

グリーンベレーを去った後もディックとは何度か一緒に仕事をした、とじゅん子は言う。

「ディック。あなたは今何をしているの？」

「オレは今、ある国際的に有名な経済人の、身辺警護をしているんだ。プライベート・ガードってヤツさ」

ディックはトム・クルーズのような爽やかな笑みを浮かべた。

ワシらの足元で倒れていた国産ヤクザの一人が呻いた。意識が戻ったのだ。

「ヘイユー。貴様はどうしてこのひとを襲ったんだ？」

ワシの脳内では相変わらずの吹き替え調でディックが日本語を話している。

「この女が……大事なブツを持っているから……そう聞かされた」

「なんやて？」

ワシは反射的にその外道の脇腹を蹴った。

「きっちり説明して貰おうかい」

げほげほと咳き込みながら、その国産外道は切れ切れに言葉を吐いた。それを総合すると……。

「去年の春に開かれた、政府のある重要なイベントに関する極秘情報……招待者名簿と参加者名簿を、政府関係者からウチのじゅん子が盗んで逃げた、そう言いたいんやな?」

ワシが要約すると、クソ外道はヒイヒイ言いながら頷いた。まあ、ここまで吐かせるのにずいぶん蹴ってしもうたんやけど。

「盗まれた? そんな証拠があるのか?」

ディックが訊いた。

「じゅん子は私の昔からの知り合いだ。ソウルメイトだ。そんなことをする人ではない」

「そうや。なに因縁つけとんねん。ウチのじゅん子がいつ、どこでそんなもんを盗んだんか、ハッキリ言うてみい」

ワシが蹴り上げると、外道は「×月×日、朝の七時五十八分から八時十五分の間の……埼京線の車内」と切れ切れに言った。

「オー。その日ならじゅん子には完全なアリバイがある」

ディックは大きく頷いた。

「その日は、彼女もワタシも幕張メッセの武器見本市に出席していた。ゆえにその日の朝、埼京線に乗っていたなどはありえない。証拠はこれだ」

ディックはスマホに残してある写真を見せた。タイムスタンプは朝の八時三十分。

背景にはJRの海浜幕張駅が写り込んでいる。ディックとじゅん子が仲よく並んで自撮りをしているセルフィーだ。

「ね？　アリバイとしては完璧でしょ」

じゅん子が言い、ワシも同意した。

「せやな。……オラ、そうですねすみませんでしたと謝らんかい！」

そう言って脇腹を蹴ると、国産外道はしぶしぶ納得して「すみませんでした」と言いつつヨロヨロと立ち上がった。

「しかし……この女、いやこのヒトじゃないのなら、ブツを盗んで逃げたアマは誰だ？　この車両に乗っている筈なんだ……さっき出て行った女、あれは妊婦だったし……。おい、お前、そこの女」

ヤクザはふたたび捜索にかかった。他の国産ヤクザも数名が意識を回復して目を開けた。

僕

「おい、お前、そこの女」

日本のヤクザと外国人たちの揉め事を茫然と見ていた僕と飯島さんに、ボコボコにやられたヤクザたちの一人が迫ってきた。顔中血だらけの、物凄い形相で飯島さんを詰問する。

「お前がその女だろう？　年格好からして、お前しかいない！」

だしぬけに血みどろのヤクザに追い込みをかけられたら、誰だってビビる。飯島さんも僕も恐怖で縮み上がった
「メモリーを盗んだのはお前だな！」

「ちっ違いますっ！」

飯島さんは必死に否定する。それは当然だ。盗って逃げたのは、あの美女なのだ。

「うそをつくな！　じゃあ誰が盗ったんだ！」

全裸で多目的トイレから飛び出した彼女が持っているはずだが、ぼくも彼女を見失ってしまった。行くところも限られている新幹線の車内から忽然と消えるはずがないのに、彼女は居なくなってしまったのだ。

大昔のヒッチコックの映画で、夜行寝台特急の車内から忽然と老婆が消えてしまうというトリックがあったが……。

「と、とにかく、飯島さんは絶対に違います！　違うからっ！」

僕が大声で叫んだ、その時。

急ブレーキの音がして、新幹線に急制動がかかった。僕は前の座席に顔をぶつけ、

飯島さんも通路をふっ飛んでしまった。

私

どういうことだ。日本は平和な社会が唯一の取り柄じゃなかったのか？　不平不満があっても声を荒らげずに従順に従う。デモで意思表示すれば顰蹙（ひんしゅく）を買い、会議などで自己主張すれば空気を読めと非難される……。

なのに、今日はどうしたことだ。同じ車両に国内外のアウトローが結集している。しかも彼らは大声で人を威嚇するだけではなく、暴力沙汰まで起こしているではないか！　私が知っている羊のような日本人、御しやすい日本人はどこに行ったのだ？

「おいディック。一体、何が起きたんだ？」

新幹線が急停車したことが非常に気になった。立っている人がふっ飛ぶほどの急制動だから、なにか緊急事態が起きたに違いない。

「サー・クリフォード。このままでは危ない。何かが起きたのは間違いないです。すぐに、鉄道警察に属する捜査官がこの車両にやってくるでしょう。彼らは警察官である以上、サー・クリフォード、あなたの情報も握っている。忘れないでください。あなたは保釈の条件、東京を離れてはいけない、という東京地裁との約束を反故にしています。今、あなたが新幹線に乗っているという、この事実を絶対、警察に知られてはなりません」

ディックは怖い顔で私に言った。

「判ってるよ」

私は答えた。

「普段使わない、別のパスポートを見せればいい」

「サー・クリフォード。あまり日本の警察を舐めない方が宜しい」

私の身辺警護のチーフを務めるディックは真剣な表情で私に迫った。その後ディックは知り合いらしい日本人女性の窮地を救い、ナニやら情報交換を始めたのだが、彼に全幅の信頼を置いている私は、彼がここまで強く主張する以上、その意見を無視は出来ない。

「さあ、では、事前の打ち合わせ通りに、例のシークレット・ボックスに入ってください。当初のプランに戻りましょう」

「D'accord」

なぜかフランス語で返事をしてしまった。

「しかし、誰もが見ている前であのボックスに隠れても、バレてしまうのではないか？」

　当然の疑問を口にしたが、ディックは胸を張った。

「大丈夫です。今ならみんな、日本人同士の揉め事に気を取られています。その隙を突くのです。我々が全員でボックスを取り囲んで、視界を遮りますから」

「判ったよ」

　私はディックに従って、車両最後部の、シートの後ろにある荷物スペースに行った。

　そこには通路を挟んで、二つのボックスが置かれていた。

「どっちだ？」

　どちらも同じようなサイズで同じように黒い。人ひとりが入るのにやっとの大きさで、入口、というか蓋の形状もほとんど同じだ。

「どっちに入ればいいのかね？」

　再び問うたが、ディックも首を傾げている。

「おかしい。発車前は一つだけだったのに」

　どうも、心許ない。

　右側のボックスに触れてみると、蓋が閉まっていて開かない。が、左側のボックスは蓋が開く。押すと内側に折れるタイプだ。

私の移動のために用意されたボックスである以上、入る時に蓋が開くのは当然だろう。

「さあ、今のうちに！」

ディックが促し、私は左側を選んだ。

「判ったよ」

私はアクロバティックな体勢でボックスの中にカラダを滑り込ませた。肥満体の腹が邪魔だが、なんとかへこませて通過した。

全身が入ったところで、蓋が閉じられた。内側から簡単な鍵がかかるようになっている。鍵と言ってもシリンダー式のロックで、ツマミを回すだけだ。

真性の閉所恐怖症なら一秒も耐えられないだろう。しかし、私は大丈夫だ。この身が自由になるのなら、何時間でも耐えてみせる。

僕

新幹線が急停車した理由は判らない。しばらく経ってからようやく「運行上の支障が発生しております。少々お待ちください」という意味不明のアナウンスが流れたっきりだ。

乱闘までが起こって殺伐（さつばつ）とした車内では、乗客たちの間に不安が広がっている。なんせ車内がヤクザだらけだ。マフィアか傭兵にしか見えない、ガタイのいい外国人も大勢いる。そして「ヤクザではないと言うがヤクザにしか見えない」プロレスラーのような、いかつい男も。

実になんというか、一触即発な、ピリピリした雰囲気だ。ピンが落ちても誰かが銃を抜きそうな、そんな張り詰めた空気が漂っている。早く鉄道警察なり車掌さんなりが来てほしい。そもそも、この急停車は、さっきの大乱闘が通報されたからではないのか？

静まり帰って張りつめた、この雰囲気に僕も居たたまれない。が……。

それを破る、脳天気な声が車内に響いた。

「は〜いみなさん。お退屈あるね？」

ド派手なチャイナ服を着た初老の男が立ち上がった。

「わたし、ゼンジーマギー。中国は岡山生まれのマジシャンね！」

普通なら舞台でワッとくるはずの摑みが見事にスベった。

「この派手な衣裳、寝間着じゃないね。ステージ衣装ね。この殺伐とした雰囲気、よくないね。電車いつ動き出すか判らないし、みんなピリピリしてるね。わたし、今から手品して、その雰囲気を和らげるね」

　少し前、テニスのウィンブルドン大会が雨で中断したとき、客席に居たクリフ・リチャードが即興で歌を歌って見事に場を繋ぎ「さすが世界的スター！」と絶賛されたことがあったが……このマジシャン氏はその役を買って出ようというのか？　この人はそんなに有名なのか？　少なくとも僕は名前を聞いたことがないぞ。しかもこんな、ヤクザだらけの車内で……。僕はゼンジーマギーの蛮勇に呆れた。

　しかしゼンジーマギーに悪びれる様子はない。

「取り出（いだ）しましたるこのカード、種も仕掛けも……チョトあるね！」

　ゼンジーマギーは慣れた手つきで一瞬にしてトランプを全部ハートのエースに変えて見せた。すぐ傍に立っていた元グリーンベレー、ディックのスーツの襟からコインを取り出したりするマジックも披露した。

　いずれも小ネタだが、それを惜しげもなく見せて、ワザと失敗したりネタバレも織り交ぜるので、車内には小さな笑いも起きて、ようやく和んだ空気が漂いはじめた。

「みなさん、オモロかったらもっと笑（わろ）てください。笑いは人類を救うね！」

　怪しい大阪弁に、藤村有弘（ふじむらありひろ）やタモリが開発したニセモノ中国訛（なま）りも織り交ぜて、車内がゼンジーマギーの、あたかも独演会のような雰囲気になり始めたとき。

「こら、このエセ芸人が！」

調子に乗るな！　と罵声が飛んだ。

「お前の芸は、あの偉大なるゼンジー北京(ペキン)師匠のパクリじゃねえか！　しかも劣化コピーしやがって、このアホンダラ！」

喚いているのは前の方に座っている、冴(さ)えない中年男だ。こいつもヤクザとは違った意味でカタギには見えない。芸人になろうとして挫折したような、煮え切らない雰囲気の人物だ。

「エセ手品師が！　だいたいお前の芸はセコいんだよ」

「出たな！　またお前あるか。破門したのを根に持った、出来損ないのクソ弟子あるね！」

どうやらゼンジーマギーは、破門した元弟子に逆怨(さかうら)みされているらしい。

「どこまで粘着すれば気が済むあるか？」

ゼンジーマギーがそう言うと、アンチの男は大笑いした。

「お前なんぞに破門されたのはオレの黒歴史だ。消し去りたい過去だ」

アンチ男は言い切り、さらに煽った。

「お前など、本物のゼンジー北京師匠みたいな大技の出来ない、真っ赤なニセモノの癖に！」

「お前わたし大ワザできない言うあるが、それ間違いのことあるよ」

ゼンジーマギーはカードやコインを床に投げ捨てると、言い放った。

「こういうこともあろうかと用意した、大きなマジック、ここで披露するあるよ。お代は要らない。タダで楽しんでチョーダイ！」

そう言うと、車両の最後部にスタスタと歩み寄り、左側のボックスを引っ張り出して、ゴロゴロと通路を転がしてきた。

そういえば先刻、このボックスが置いてある最後部でナニやら動きがあったみたいだが、僕は見ていなかったのでよく判らない。ボックスの周囲に集まっていた外国人たちも、今はなにやらスマホで連絡をしたりして忙しそうだ。最後部から運ばれてきたボックスを完全無視している。

「ハイみなさんお退屈さま！　中国は岡山生まれのこのゼンジーマギー、渾身（こんしん）の大マジックをご覧に入れるあるよ！」

黒い大きなボックスの前に立ったゼンジーマギーは、自分の座席に置いたカバンから、派手で巨大なツルギ……アラビアの剣士か、モンゴルのジンギスカンが持っているような、湾曲したデカい、あの剣……を何本も取り出した。

「なんだ！　また古臭いものを持ち出したな！　『箱の中に人が入ってるのに剣を何本も突き刺す』ってあれかよ！　へっくだらねえ。ありがちありがち！　こんなネタ、見飽きた見飽きた！」

囃し立て煽りまくるアンチ元弟子。

「おいそこの兄ちゃん、うるさいデ！」

そこでヤクザの一員なのか、プロレスラーみたいな、ガラの悪そうな男が大声で割って入った。

「ゼンジーマギーと言えば、大阪では有名なマジックの師匠や。お前みたよな弟子崩れがあれこれ言えるお人ちゃうわい、この身の程知らずのアホンダラが！」

「なんだお前は？　クソエラソーに」

アンチ男はそのプロレスラーみたいな男に口答えした。命知らずというかなんというか、この元弟子には、恐怖の感情が欠落しているのかもしれない。

「おう？　お前、ワシが誰か知っとってそんな口利くんか？」

プロレスラーのような男が立ち上がった。

「知らねえな。自分のことみんなが知ってると思ったら大間違いなんだよ、このトンチキが！」

次の瞬間、アンチ男は床に崩れ落ちていた。プロレスラーのような男の拳がみぞおちに決まり、イッパツでノックアウトされたのだ。

「ワシは黒田っちゅうケチな探偵や！　名前だけでも覚えて帰れ！」

　それを聞いた僕は飛び上がって驚いた。

「あ、あなたが黒田さん？　ぼ、ぼ、僕は依頼人の……」

「おお、あんたかいな！」

　これまで電話でしか話した事がなかった探偵さんに、ようやく会えた。

「よもや依頼人のあんたが乗っとるとは思わんかったで」

「心強いです……けど、肝心の女性は、見つけてもらえるんですか？」

「いや……それが、なんとも言えんのや」

「なんとも言えないって……」

　僕はガッカリした。

「だって、あの人でしょう？　さっき、ここに座っていたら妙なじいさんに絡まれて、車掌さんに連れて行かれた」

「あ、ああ、あああ」

　黒田はポンと手を打った。

「あんたはんも、探してる相手の顔かたちをもっと詳しゅう教えてくれんと困る。あんたは知り合いかもしらんが、ワシは初対面でっせ。しかもあのヒトは妊婦やったやんか」

「お腹にクッションを入れてたんです！」

「そら判らんわ……なあ、じゅん子もそう思うやろ?」

黒田は自分の助手に同意を求めた。

「ワシらかて、このじゅん子が疑われて、エラい目に遭うてたんや」

「あ～。そこの人たち、お話中、申し訳ないけど、そろそろ宜しいか?」

僕たちの話が終わるのを待っていたゼンジーマギーが痺れを切らした。

「お客さんが退屈しておりますんで、ボチボチやらせて貰いまっさ」

マジックの師匠は、例の湾曲した剣を大きく振りかざした。

「これを、今からこの箱にブスブスと刺していくあるね！　もちろん中に誰か入って貰うけど、まずは、ご覧ください！　種も仕掛けもございません」

ゼンジーマギー師匠はボックスの大きな蓋を開けて中を見せた。

中には何も入っていない。空だ。

「お判りですか、皆さん。中にはなーんもないし、種も仕掛けも無いあるね。そこに、この剣を思い切り、ブスッと……」

ゼンジーマギー師匠は手にした剣を、ボックスにブスッと突き刺した。

私

やっとのことで、私のカラダが狭いボックスに納まった。こうなると自分の肥満が憎い。無事脱出に成功したら、もっと痩せなければ……などと思っていると、ボックスが、ガタガタと動いた。何者かがボックスを移動させているのだ。

もう新大阪駅に到着したのか？　イヤそんなことがあろうはずがない。新幹線は、さっきからとまったままなのだ。

「ハイみなさんお退屈さま！　中国は岡山生まれのこのゼンジーマギー、渾身の大マジックをご覧に入れるあるよ！」

突然、ボックスの外で妙な男が妙な訛りを帯びた日本語で喋り始めた。そして……シャキーンという刀か、あるいは剣がぶつかるような音もした。

え？　もしかして……。

暗闇とは言え、中にずっと入っていると目が慣れてくる。このボックスには、いくつかのスリットが開いている。

これは……もしかして……。

私は恐怖とともに悟った。昔、パリのムーラン・ルージュやクレイジーホースで見た、あのマジック、それがこれから行われるのだ。

ボックスに入れた美女に、何本も剣を突き刺すアレだ。美女の生命やいかに！

とのスリルを観客に与えておいて、やがてちゃら〜んという音楽と共に、無傷の美女が笑顔で現れるという、あのマジックに違いない。

いやしかし、そういうショーのルーティーンとしては、まずこのボックスには種も仕掛けもないことを見せるはずだ。空のボックスを見せて……。

ならば大丈夫。ボックスが開いた瞬間に飛び出せばいい。

私は自分を懸命に落ち着かせた。

「まずは、ご覧ください！　種も仕掛けもございません」

外にいる、たぶんマジシャンだろう男が叫ぶとともに、かぱっという音がした。

ボックスのフタが開いたようだ。いや……音はしたが、私がいる空間には何も起こらない。

「お判りですか、皆さん。中にはなーんもないし、種も仕掛けも無いあるね」

おい、これはどうしたことだ？　中には私が入っているぞ！　中にはなーんもないって、どういうことだ？

そこで、聡明な私にはすべてが理解出来た。

このボックスは外見に比して中は極度に狭い。スレンダーな女がやっと入れる程度の空間しかない。そこに肥満体の私が入ったのだから苦しいわけだ。
ということは……このボックスは二重構造なのだ。目の錯覚を利用して、客には
その二重構造が判らないようになっている。つまり、
人が入る方には剣は刺さらない。剣は空いている方に刺さるのだ。私はホッとし
た。確かに狭くて死ぬほど窮屈だが、私がいるのは剣が刺さらない側なのだ……。
だが、その安堵も束の間、べりべりバリッと耳元でイヤな音がした。同時に私の、
極限まで圧縮されていた肥満体が一気に解放され、新たな空間一杯に広がった。
なんということだろう！　二重構造の箱のチャチな仕切りが、私の肥満体の圧に
耐えられず、ついに破断してしまったのだ。よりにもよって、こんな時に。
私は箱を間違えて窮屈な思いをさせた護衛の連中を激しく呪った。いやしかし
……もう一つの箱は、そもそもフタが開かなかったのだから、こちらに入るしかな
かったのだ……などと思い惑ううちに、私は怖ろしいことに気がついてしまった。
現在、私の肉体は二つに分けられていた空間の両方を占有している。ということ
は……剣が刺さる側にも私はいるのだ！　少なくとも私の半分が!!
「そこに、この剣を思い切り、ブスッと……」
それに気づいた瞬間、いきなり剣が刺さった。
湾曲した剣がスリットから差し込まれて、私の顔の、頬すれすれを掠(かす)めたのだ！

「ぎゃーっ！」

私は断末魔の悲鳴を上げ、必死に身体をくねらせて恐怖の箱から転がり出た。

僕

「ぎゃーっ！」

何も入っていない、まだ誰も入っていないはずの黒い箱の中から、この世のものとも思えない物凄い悲鳴が響き、ボックスがガタガタと揺れた。

「ポルターガイストや！　この箱は取り憑かれとる！　悪霊の仕業や」

と探偵の黒田が叫んだ、その瞬間。

ボックスの脇にある蓋がバタッと外れて、中から中年の外国人が転がり出てきた。

「うわ〜！　突然オッサンが湧いたデ！　ゼンジー師匠、あんた、凄いやんか！」

黒田は歓声を上げたが、当のゼンジーマギーは何が起こったのかも判らずに呆然としている。

「ワッザヘルアーユードゥーイン？」

外国人ヤクザのリーダー格がゼンジーマギーの襟首を掴んで食ってかかった。

「アイヤ！　ワタシ英語判らないのことあるよ！」

助けを求める師匠に、黒田の助手・じゅん子さんが通訳した。

「これはどういうことだ、どうして私のボスがこの箱に居たのだ、どうしてお前は私のボスを殺害しようとしたのだ？　と訊いてます」

「トンでもない！　全部なんかの間違いね！　あなた、そう通訳するあるよ！」

言われるままにじゅん子さんが英語で通訳したが、マフィアだか何だかのリーダー格は全く納得する様子がない。

ボックスから転がり出たのは……よく見ると、今ニュースで話題の時の人、東京地裁の命令をぶっちぎって絶賛逃亡中の「ヴォーン氏」ではないか！　そして血相を変えてゼンジーマギー師匠を吊し上げているのは、ヴォーン氏の身辺警護の連中に違いない。

「なんかの間違いや。もうその辺にしとき」

黒田が割って入ったが、外国人ヤクザは、やはり納得しない。

「ディック、ドントゲットアプセット！　トワズジャスタミステーク」

じゅん子さんも言ったが、彼はそれでも納得しない。

「ブルシット！　我々の世界では、ミスは言い訳にならない。ミスをしたら死ぬからだ！」

「ここは戦場じゃないのよ、ディック！　頼むから落ち着いて」

「訳の判らん外人やのう！」

アタマに来た黒田が、ディックと呼ばれた外国人ヤクザを殴った。ディックも反射的に殴り返す。そうなると騒乱はパイ投げ式に広がって、日本人ヤクザも外国人ヤクザも黒田も、そしてマジシャンの元弟子までが入り乱れての乱闘になってしまった。そこに何故かさっきの老人も杖を振り回して参戦している。それに応戦すべく飛び込んで行こうとする飯島さんを、僕は必死に止めた。

プロ野球の乱闘騒ぎみたいだ、と呆れながら、僕は呆然と見ていた。野球なら乱闘に参加しないと逆に罰金モノらしいが……。

「待ちなさい！　やめなさい！　落ち着きなさい！」

ようやく鉄道警察と車掌の面々が乗り込んできて、この騒動を鎮圧しようとしたが、腕に覚えのある連中が揃っているので、乱闘は収まる気配もない。

座席のシートを外して盾にして突っ込んでくるヤツがいるかと思えば催涙スプレーを噴射したヤツがいる。結果、全員が激しく咳き込みながら、それでも殴る蹴るを止めないという惨事になった。

上方落語なら「わいわい言うてますと」、というところだが、そうこうするうちに止まっていたのぞみ三十三号はゆっくりと動き出して最寄り駅に進入し、停車した。

「お客様にご案内致します。この『のぞみ三十三号』はお客様のトラブルのために、浜松駅に臨時停車いたします。お急ぎのところ、まことに申し訳ございません……」

車内アナウンスが流れ、ドアが開いた。

途端にプラットフォームに待機していた大勢の警官が雪崩込んで、一気に内外のヤクザや元グリーンベレーなどモロモロを制圧してしまった。

僕や飯島さんは完全に巻き込まれたわけだけど、乱闘に加わっていなかったので、警官に逮捕されて手錠をかけられることもなく、とりあえず新幹線から降りた。

そんな僕の目の片隅に、運送会社の制服を着た男たちが数人、黒くて大きな箱を運んでいく姿が映っていた。

プラットフォームでは、かのヴォーン氏が手錠をかけられている。

「クリフォード・ヴォーンだな？　あなたは東京から離れてはいけないことになっているはずだ。明白な保釈条件違反である以上、現時点で保釈は取り消され、あなたは収監される」

警官の中にいたスーツ姿の、刑事なのか検事なのか判らない男が、ヴォーン氏に手錠をかけた。

「そしてあんたはヴォーンのボディガード、ディック・マックィーンだな？　逃走幇助の容疑で逮捕する」

　ディックの手にも手錠がかかった。

「この手錠を即座に解除しなさい！　私はこの不当逮捕を、英国政府を通して貴国政府に断固、抗議する！　私は神戸から船に乗って日本を出国する手筈になっているのだ！」

　ヴォーン氏が叫んだ。

「ボス！　ここでそれを言ってはいけません！」

　ディックが慌てて制止したが、ヴォーン氏は聞き入れない。

「大丈夫だ。どうせコイツらは英語なんか判りっこないんだ！」

「残念だな。全部判っているし、全部、聞いてるよ」

　ヴォーンを逮捕した刑事がニヤリとして英語で答えた。

　まあ、僕も、これくらいの英語ならなんとか判るのだ。

　僕と飯島さんを除いた騒ぎの関係者全員が逮捕されて、プラットフォームから連れ去られていった。その中には、あの杖を振り回す老人もいたし、ゼンジーマギーも、その元弟子も、そして、あの韮山もいた。

　しかし、僕のまぼろしの女である、彼女。彼女だけは、ようとして、再び行方が知れなくなってしまった……。

第三話　阪堺線の女

初夏の阪堺線の車内には、おだやかな陽光が射し込んでいる。ゴトゴトという、路面電車特有の振動とあいまって眠気を誘った。

堺市と大阪市を結ぶ阪堺線は、古い古い、昔からの路面電車だ。堺市の浜寺駅前から、大阪市の恵美須に向かう阪堺線の沿線を、僕は営業のために回っていた。

一般道路を車に囲まれて進む車窓から見える景色は、庶民が住む大阪の町を、まさに縫って走っている感じだ。東京で何度か乗ったことのある都電と雰囲気が良く似ている。規模は大きく違うが、都内に唯一遺された都電、荒川線も静かな住宅街を縫うように、控えめに走っていた。阪堺線は「控えめ」とは言えないかもしれないが。

荒川線の沿線には花が植えられて、いつも綺麗に咲いていたが、この沿線にも色とりどりの花が線路に沿って咲いている。住民が植えたんだろうな。

堺で営業して京橋にある支社に戻るために阪堺線に乗っている僕は今、大阪で暮らしている。

埼京線で運命的に出会った、と僕は思っている「まぼろしの女」に、僕は何としても、もう一度会いたかった。仕事そっちのけで探し続け、探偵にも依頼して、東海道新幹線の車中でやっと再会できたというのに、彼女は再び消えてしまった。彼女に付きまとうストーカーの韮山がまたもや姿を現し、なぜか彼女を付け狙う、反社の連中が同じ新幹線に乗り合わせていたのだ。果ては逃走中の大物外国人までがその場に居合わせたため、僕は収拾のつかないトラブルに巻き込まれた。そのどさくさに彼女は姿を消してしまったのだ。

彼女を探すことに夢中になっていた僕がマトモに仕事を出来るはずもなく、ついに上司に呼びだされたので、てっきりクビになるのかと思ったら、大幅減俸の上、大阪転勤を命じられた。そういうわけで、僕は現在、大阪にいる。

「このご時世でクビにならなかったのは会社と私の温情だと思え！」

上司に何度も恩着せがましく言われたけれど、大阪転勤は僕にとって事実上のクビ宣告だった。東京から離れてしまったら彼女を探せなくなるではないか。

ところがそこで、僕が彼女を探してくれと依頼した探偵の黒田から耳寄りな情報がもたらされた。

「彼女は大阪に居るらしいデ」

「大阪の、どこです？　彼女は何をしてるんですか？」

「いや、そこまでは判らん。判らんが大阪に居るらしい。例のＧＴＰたらＧＤＰたら言うアレで」

電話の向こうで「それを言うならＧＰＳ！」と叫んでいる女性の声が聞こえた。新幹線の中で黒田と一緒にいた、美人の助手さんだろう。

「大声で言わんでもわかったがなじゅん子……ほんでな、そのＧＰナンタラが示すところが大阪なんや」

「大阪って言っても広いですよ。大阪のどの辺なんですか？」

「転々としとる」

聞けば、その「転々」としている範囲は京都から神戸まで広範囲らしい。

「恋の京阪神や。気張って探せば何とかなるやろ」

雲をつかむような話だが、僕は、大阪に転勤してからも仕事の合間を縫って、というよりハッキリ言えばサボって、「彼女かもしれない女性」が目撃された場所をしらみつぶしに訪ね歩いているのだ。

新しい上司とはまったく上手くいっていない。そもそも僕は仕事が出来る方ではないし、転勤に至った、というより飛ばされた事情も東京から伝わっているのだろう。

「お前な、東京より大阪の方が商売厳しいの判ってるか？　おれは人情抜きだからな」

自分も東京から飛ばされてきた支社長は、成績を伸ばして本社に戻りたいから、僕のようなお荷物社員は邪魔で仕方がないらしい。

なんとか僕に辞表を書かせようと、ノルマを厳しくして締めつけてきた。一方、僕としては出来るかぎり仕事をサボって彼女を探したい。

当然、誰にとっても、楽しいとはとても言えない状況になっている。

それでも大阪の街には、すぐに馴染んだ。東京といろいろ違っているところが面白い。言葉や食べ物については今更言うことではないけれど、細かいところで大阪独自のカルチャーがある。

例えば、「ルーフアート」。大阪環状線に乗っていると、屋根に意味不明の数字や、QRコードみたいなローマ字の組み合わせが描かれているのを見かける。ある芸術家が始めたもので、その家に住んでいる人についての情報を伝えるものらしい。

環状線各駅の発車メロディーが、駅ごとに違っていて、しかもそれぞれ駅名にちなんでいることも興味深かった。たとえば森ノ宮（もりのみや）駅の発車メロディーは「森のくまさん」、焼き肉で有名な鶴橋（つるはし）は「ヨーデル食べ放題」、沖縄料理店の多い大正は「てぃんさぐぬ花」だ。東京の山手線よりも短い時間で一周できる、こぢんまりした感じも好きになった。そのほかにも、電車内で耳に入ってくる会話がほぼ全員漫才ノリなことにも驚かされた。大阪弁だから、というだけではない。ごく普通のサラリーマンがボケてみたり、すかさずノリツッコミをしたり、ハナシにも巧みなオチがついていて、とにかく会話を楽しんでいる。これは愉快だ。生活が豊かになる。観光で来ているのか住んでいるのか、アジアの青年が、妙に緊張した顔でお年寄りに席を譲っていたりする光景も、なんだか心が和む。

それ以上に食べ物が安くて美味しいことが素晴らしい。たとえば激安で有名な某スーパーで売っているお総菜の「スパゲッティ・ナポリタン」。百七十八円なのにボリューム感満点で、玉ねぎやベーコンなどの具材が、どっさり使われている。こんなのは西洋焼きそばだ、全然アルデンテじゃない、などと文句を言うのはヤボだ。パック入りのスパゲティがこの内容でこの価格なのだ。ウインナーが二本に、大きなオムレツまで入っている。これで二百円を切るのだ。

そういうわけで、大阪暮らしは楽しい。だが、会社勤めは辛い。まぼろしの彼女も、いっこうに、見つける糸口すら摑めない。

その日も僕は阪堺線の中で自問自答していた。いったい僕は何をやっているんだろう？　どうして慣れない土地で、無茶なことをしてるんだろう？　こんなことを続けていて、意味はあるのか？　だいたい大阪に彼女がいるというのも、どこまで本当なのか判らない……なんせ情報源はあの探偵なんだから……。

「これ、ニイチャン」

と、阪堺線のチンチン電車に揺られながらあれこれ思い悩んでいる僕に、突然、見知らぬおばあさんが話しかけてきた。

「ニイチャン、あんた、誰かを探しとるのと違うか？　そんな暗い顔しとったら、見つかるもんも、見つからんようになるんとちゃうの？」

いきなり図星を突かれた僕は、驚いた。

それは、ごく普通の、どこにでもいるようなおばあさんだった。浴衣(ゆかた)の生地で作ったようなワンピース（いわゆる「アッパッパ」ってやつ？）を着て、足はくすんだ色のソックスにサンダル履きだ。

「な……なんでそれが判ったんですか！」

僕の問いには答えず、おばあさんは言葉を続けた。

「気に障ったらごめんやけど、あんたが探しとるのは……女の人やろ？　たぶん近くにおるよ。ほんのちょっとの行き違いで、今は会えんだけや」

「ほんとですか？　ほんとにまた逢えますか？」

僕は思わず前のめりになって訊いてしまった。

「彼女のこと、知っているんですか？　どこにいるんです？　ご存じなら是非、教えて欲しいんです！」

　思わず詰め寄ってしまった。

「凄い美人なんです。目が凄く綺麗で印象的で……そう、まるで……怯えて立ちすくんだ鹿みたいな」

　おばあさんは困った様子で黙ってしまったが、その時、向かいのロングシートの端に座っていた若い男がハッと顔をあげたのが、僕の視界に入った。リーゼントにアロハの、見るからにヤクザっぽい男だった。

「ごめんな。ウチが知っとるわけではないんよ」

　おばあさんは済まなそうにそう言うと、僕の手をとってあめ玉を握らせた。

「まあ、アメちゃんでも舐めとき……。悪いなニイチャン。突然、おかしなこと言うて。せやけど、ウチな、いろんなことが視えてしまうねん」

　おばあさんはよく判らない事を言った。

「普段は黙っとるのやけど、ニイチャンがあんまり辛そうやったさかい、な」

　このおばあさんには、霊感でもあるのだろうか？

　そう思ってしげしげと観察してみたが、おばあさんは普通の老婆にしか見えない。

「アメちゃん、剝いたげようか？」

　おばあさんは僕の手の中にある飴の包装をわざわざ剝いて、僕の口に放り込んでくれた。

扇雀飴の「はちみつ100%のキャンデー」だ。関西ではおなじみの、蜂蜜オンリーの飴。

「な、さっぱりした甘さで美味しいやろ？　後味もスッキリや」

口の中で飴をコロコロ転がしながら、ふと車内を見渡すと、乗り合わせた乗客たちが全員、僕とおばあさんを興味深げに見ていることに気がついた。

その中でも、さっき顔を上げたヤクザっぽい若い男が一番、熱心な様子でこっちを見ている。

そのうちに電車は「北天下茶屋」停車場に停まった。天下茶屋は大阪の典型的な下町だ。

ガタガタとドアが開き、そこで三人の男たちが乗り込んできた。全員がガニ股でサングラスの、見るからにガラの悪そうな男たちだ。

彼らは僕を見て、「おや？」という顔になると、ズカズカと近寄ってきた。

「オイお前」

先頭の男が因縁をつけてきた。一番ガタイがデカくて凶暴そうな顔をした、まるで「人間凶器」みたいな男だ。前歯が上下とも銀歯というのも気味が悪い。異様に面長な顔が「フランケンシュタインの怪物」に似ている。

「お前だな、あの女を捜してるのは？　お前は何を知ってるんだ？　あの女から何を聞かされた？　え？」

僕が彼女を探していることを、どうしてこの男が知ってるんだ？　僕とは初対面だぞ。この男は……エスパーなのか？

だが男は構わずに話し続けた。

「全部話してもらうぞ。一緒に来い」

男は僕のネクタイを摑んで引っ張った。

「なっ何をするんです！　やめてください」

僕は叫んだが、乗客はみな見てみぬふりだ。無理もない。こんな、見るからに凶悪そうな男が絡んでいるのだ。割って入る物好きなど居るわけがない。

「さっさと吐け！」

男はそう言いながら、ポケットから錠剤の入った瓶を取り出してフタを開けた。その中身を、まるで飲み物のように、ざーっと口の中に流し込んだ。錠剤をボリボリと噛み砕く音が派手に響く。まるで子供の駄菓子のクッピーラムネみたいに、クスリを破砕しては飲み込んでいるのだ。絶対にアレは胃薬とかではない。ヤバい系のヤクというヤツだろう。

それでいっそうエキサイトしたのか、男は、僕を激しく揺さぶった。

「吐け吐け吐け吐けっ！」

　乗客は全員目を伏せて、こっちを見ないようにしている。人情の大阪も、こうなると冷たいものだ……と僕が思った時。

「あんたら何しとるの？　誰か……誰かこのニイチャンを助けたげてぇな！」

　敢然と叫んだのは、アメちゃんをくれたおばあさんだった。

「よっしゃ」

　すかさず立ち上がったのは、リーゼントにアロハの、向かいに座っていたヤクザっぽい若い男だ。

「やめとけや」

　若い男はそう言って僕のネクタイを握っているフランケンシュタイン男の肩を右手で掴み、向き直らせると同時に、男の顔を左手で殴った。

　フランケン男がよろけた。態勢を立て直そうとするその僅かな隙を狙って、若い男は立て続けに右アッパーを食らわせた。

　だが二発を食らっても、フランケン男は微動だにしない。むしろニヤリと笑って「それで終わりか？」と挑発してきた。

　若いヤクザのパンチは鮮やかかで、まるでボクシングの試合を観ているようだ。だが、なぜかこの男には全然効いていない。

それを見た他の二人も、若いヤクザ恐るるに足らずと見たのか、同時に襲いかかってきた。

だが若いヤクザは咄嗟にその二人の首根っこを摑み、顔と顔を正面から激突させた。

「うわ」

二人は鼻血を勢いよく噴出させて昏倒し、そのまま戦意を喪失した。

「よくもやってくれたな！」

リーダー格のフランケン男は指の根をポキポキ鳴らしながらニヤリと笑った。銀歯が光る。わざと間を置いて怯えさせる作戦か？

その時。電車は次の「松田町（まつだちょう）」停留所に止まった。駅と言うよりレールの脇に屋根があるだけの、まさに「停車場」そのものといった感じの、簡素な駅だ。

その瞬間、すくっと立ち上がったのはおばあさんだった。歳にも見かけにも似合わない、実に素早い動きだ。

「降りるで！　あんたらもこっちおいで！」

停留所は商店街に密接している。

僕と若いヤクザの兄ちゃんは、走るおばあさんのあとを追って電車を降り、逃げた。

電車からは例の三人の男が降りてきた。鼻血が止まらない二人はヨロヨロしているが、リーダー格の男は長い脚を使って俊足だ。

「待て！」

男は走りながらポケットから何かを出した。シュタっ、という音に続き、きらりと銀色に光るものが見えた。まずい。ナイフを持っている。

「思いっくそ走るで！」

おばあさんは驚異的な足の速さと敏捷さで走り出した。

「おい。この糞ババア！　止まれ！　止まらんかい！」

リーダー格のフランケン男、それにあとの二人も罵声を浴びせながら追ってきた。が、お婆さんは突然、商店街から横丁に折れた。そのまま、迷路のように入り組んだ路地をどんどん走っていくうちに、罵声は次第に遠くなり、やがて聞こえなくなった。

「撒いたんでしょうか？」

息が上がりそうになりながら僕が訊くと、おばあさんは無言で頷き、なおも走り続けた。

僕と若いヤクザはおばあさんの後を走りながら、何度か後ろを振り返ったが、三人の姿は見えない。

ああよかった……とホッとしたところで、迷路のようになった路地の脇道から、三人がナイフを持って、ぬっと姿を現した。

「あかん、こっちや！」

俊敏に身を翻して別の路地に飛び込むおばあさん。土地勘がまったくない僕たちは、おばあさんに必死でついていくしかない。

僕の後ろから走ってくる若いヤクザは、阪堺線の中であれだけの腕前を見せたのだ。逃げないで立ち向かってほしいと思ったが、しかし連中は凶器を持っている。立ち向かえなどと僕の口からは言えない。

僕はさらに息があがり足がもつれて、何度ももう駄目だと思った。だが追ってくるやつらがとにかく怖いので、普段は出ないパワーが出た。

「ここや！」

狭い路地の奥まったところにある、吹けば飛ぶような小さなボロボロの家。そこにおばあさんは飛び込んだ。

「さああんたらも！」

言われるままに、僕と若いヤクザが玄関に駆け込んだ瞬間、おばあさんはぴしゃりと引き戸を閉め、つっかえ棒をした。

「静かにしとき」

僕たちは忍び足で靴を脱ぎ、玄関に続く、狭い四畳半の部屋に上がり込んだ。がたんごとんとレールの音が聞こえる。すぐ近くを鉄道が走っているようだ。四畳半に続く六畳間にある窓から外を見ると、家のすぐ脇を、見覚えのある車両が通過してゆく。さっき降りたばかりの阪堺線だ。

「停車場からあんなにえんえん走ったのに……こんなすぐ近くに！」

驚く僕に、おばあさんは皺深い顔をくしゃくしゃにして笑った。

「あの人らを撒くために遠回りをしたんよ」

軒すれすれに走っているかのように思える阪堺線は、浅草の「花やしき」のジェットコースターみたいだ。あれはわざとコースタースレスレに民家のセットを作ってあるというが、そう言えば、都電荒川線でも江ノ電でも、民家のすぐ裏を走る箇所はたくさんあった。

そんなことを思ううちにも、次の電車が走ってきて、小さな家はガタガタと揺れた。

狭い台所にある鍋や食器がガチャガチャと音を立てたが……電車が行ってしまうと静かになった。

室内にはごちゃごちゃと色々なものが置いてあるが、一応片付いていて、ゴミ屋敷ではない。

「まだあの人らがこのへんにおるかもしれんからね、ここにしばらく隠れとき」

「なんか、申し訳ないです……巻き込んでしまって」

僕がふたりに頭を下げると、若いヤクザが言った。

「かまへんよ。あいつら最近、この辺でデカい顔してる余所者や。特にあの銀歯のデカいヤツ。僕らウチウチでは『ジョーズ』ちゅう渾名つけとるけどな。あのジョーズは一回シメたらなアカンと思うとったところやし」

そう言うと「おれ、順平いうねん。日高順平。順平でエエよ」と自己紹介をした。

僕も名乗って、頭を下げた。

「僕も余所者で……東京から転勤してきたばかりなんです」

「しかしそれやったら、なんであの人らがあんたの事知ってて、絡んできたん?」

おばあさんが当然の疑問を口にした。

「さあ……それがまったく判らないんです」

「あんた、お尋ね者やったりして?」

冗談を言いながらも、順平の目は笑っていない。

「とんでもない！　僕はしがないサラリーマンですよ。あんな連中に追われるようなことは、全然」

「でも、アイツらはあんたに、『女を捜してるんだろ』とか『何を知ってるんだ』

とか訊いてたやないですか。アレはなんなん？」

　順平が突っ込んできた。

「うん……そのことを、どうして知ってるのか……それが気味悪くて」

　僕は、彼女との埼京線での出会いから、新幹線での大騒動までをかいつまんで話した。

「なんやよう判らん話やな。運命の出会い、いうたら純愛のエエ話のようやけど、ぶっちゃけ、吉本新喜劇みたいな展開や」

　順平は首を傾げた。

「結局、あんたが正体不明のけったいな女に勝手に惚れて、尾け回しとるだけの話やないか？　あ〜めんどくさ〜」

　順平はタバコを取り出したが、灰皿もないし他人の家だし、吸える雰囲気ではないので仕舞おうとしたところで、おばあさんが灰皿を出してきた。

「私も吸うから、ええで」

　二人はタバコを吸い始めた。順平はケント、おばあさんは両切りのピースだ。

「おばちゃん、そんなキツいタバコ吸うたら早死にするで」

　順平が注意すると、おばあさんは「これだけ生きたんや。もういつ死んでもエエがな」と笑って応じた。

「つまり、こういうことか？　そのめんどくさい女が持ってるＵＳＢメモリーとか言うもんを狙うて、他の連中も追っとるわけやろ？　おれやったらそんな面倒でヤバい女、止めとくけどな」

彼はそう言ってタバコをネジ消した。

「それにあんた、仕事中やろ。こんなとこで油売っててええんか？」

「いいわけはないけど。でも今、出ると……」

僕が口ごもるとおばあさんも言ってくれた。

「そうや。あの連中がまだウロウロしてるかもしれん。もうちょっとここに居とき」

灰皿にとんとんと灰を落としながら続けた。

「あんたがヤクザにボコボコにされても、会社なんて冷たいもんやで。どうせ」

そう言いながら立ち上がる。なにやら辛い過去がありそうだ。

「四時か……中途半端やけど、ご飯食べて行き。作ったげるから」

「イヤそれは……悪いです」

「気にせんとき。お腹減ってる？　食べられる？」

訊かれた瞬間にお腹が鳴った。営業先の都合で昼ご飯を食べる時間がなくて、空腹をペットボトルのジュースで誤魔化していたのだ。

「順平ちゃん。あんたもロクなもん食べてへんのやろ？　カップ麺とかパンばっかりやったら栄養偏って悪いアタマが余計悪うなるで」

「アタマが悪いんは余計や！」

大阪の人は一言多いが、それが人と人との距離を近くする。居酒屋や食堂に入って、知らない人に話しかけられることにも、最初は戸惑ったが、段々慣れてきた。

「ほな、チャッチャと作るから、待っとき」

おばあさんはそう言って台所に立つと、本当にチャッチャと手際よく、鮮やかな緑色のキュウリに似た野菜を刻み、豆腐や豚肉と炒めて卵を割り入れ、フライパンごとテーブルにどん、と置いた。

ガスコンロには味噌汁の入った鍋が湯気を上げている。

「でけたで」

ゴーヤチャンプルーに散らしたかつお節がオイデオイデをするように揺れている。

お椀によそわれたのは、炊き込みご飯だ。

「これ、大阪のかやくご飯とちゃうで。沖縄のジューシーや。食べるときにゴマ油をこう……」

おばあさんは、炊き込みご飯にゴマ油を少し垂らした。

「温かいうちに食べてや」

お言葉に甘えて、僕と順平はご馳走になった。

「美味い！　どっちも美味いで！　おばちゃんこれ、充分売りもんになるで」

もりもり食べる順平が嬉々として言った。

「そうか。お代わりあるで」

おばあさんもうれしそうだ。

確かに美味しい。沖縄料理の店で食べる味付けとちょっと違って、素朴だけど親しみやすい。普段着の味というか、いつも家で作って食べている、安心できる味だ。

「おばあさんは、沖縄の人なんですか？」

僕が訊ねると、「親がな」と答えた。

「両親が沖縄から大阪に出て来てな。まだ沖縄が、日本やない頃にな」

言外に「苦労したデ」という気持ちが伝わってきて、僕は返事に困った。それで、話を順平に振った。

「そういや順平さん、でしたよね？　さっき、どうして僕を助けてくれたんですか？　面倒な事になるの判っていただろうに」

「うん、それは、さっき言うたように、あの連中がデカい顔してるから一回、シメたらんなあかん思てたんや。それに……」

順平は僕をじっと見た。

「あんたが言うてた女、もしかして知ってるかなと思うてな。電車の中で言うてたやろ、『目が凄く綺麗で印象的で……怯えて立ちすくんだ鹿みたいな』って」

「ああ、その時、アンタ、『うん？』っちゅう感じで顔上げたもんな」

おばあさんがその時の順平の反応を指摘した。このおばあさん、いろいろと鋭い。

「知ってるんですか、そのひとを？」

僕は順平に詰め寄った。

「まあ……話せば長くなるんやけど……」

彼は、そもそも、と自分の境遇から話し始めた。

*

おれはまあ、自分で言うのもアレなんだけど、けっこうイケメンやんか。そのせいでもないいけど、いまひとつクールっちゅうかハードボイルドっちゅうか、非情になりきれんとところがある。売り飛ばした女にも、ついつい情をかけてまう。売り飛ばす？　そうや。ヤクザ稼業における主な仕事のひとつや。問題は大人しゅう売り飛ばされる女ばかりやない、ちゅうことや。騙されたり逃げられたりすれば、その分を損を被るのはおれや。

女衒みたいな事をやる前は、ヤミ金の取り立てをやってた。これも失敗続きや。おれのツメが甘いのか、それとも相手が悪賢いのか、取りはぐればっかりや。

「あいつら、なんで約束通りに返さへんのですかねえ……借りた金返すって、人間として当たり前のことやないですか」

アニキに愚痴っては「こいつどうしようもないな」という顔をされるのは毎度のこと。

しかもおれは気が利かないタチなので、アニキやオジキやオヤッサンがタバコを出した瞬間にライターを差し出すタイミングが遅い。というか、出さなかったりして殴られる。

ヤクザも一般企業も、機転が利いて愛想が良くて上に可愛がられないとアカンのや。おれはそのへんがアカン。それは自分でも判る。

アニキには「ええか？　こんなアホなドジばかり踏んでたら普通ならとっくに破門やが、お前はナンパの腕がピカイチやから組に置いたってるんやぞ。飛田で働かせるにも、AVやらデリヘルやらせるにも、新鮮な女の供給は、なんぼでも必要やさかいな」と言われている。

そうや。おれの唯一の長所ちゅうか、ヒトより優れたところは、ナンパの腕なんや。

戎橋でもクラブでもパブでもどこでも、この娘いけるな、と思うた娘やったら、ほぼほぼ成功する。

とは言え……自分のカノジョにするナンパやったらなんぼやってもかまへんけど、カラダで稼がせる女のスカウトやからなあ……。

本人がその気で仕事を紹介するならおれの心が痛むこともない。けど半分以上騙してフーゾクに送り込むのは目覚めが悪い。そこがおれの、ヤクザとして駄目なところなんやろうけど。

そんな殺伐とした毎日の中、芦原橋にある組事務所に通うのによく乗る大阪環状線で、ある日、おれは目の醒めるような美女に出くわした。

「怯えて立ちすくんだ鹿みたいな」とは、よう言うたもんや。東京から来たこの変な兄ちゃんの言うとおり印象的な目を大きく見開いて、全身の神経を尖らせとった。まるで、誰かに追われてるみたいに。ちょっと突ついたら悲鳴をあげそうなその様子が、おれにはモーレツにエロかった。カラダは細いのに、胸はデカい、そのアンバランスもフェロモン全開や。要するに躰も心も、めっちゃ不安定なところがそそるんやな。

おれは鶴橋から乗ったんやけど、その女は既に座っとった。そして、おれが降りる芦原橋の手前の、新今宮で降りていった。

おれはその女に惚れた。ひと目惚れっちゅうやつや。

最初はまた会えたらええなあ、ぐらいの気持ちやった。そう思っていたら、また会えた。前と同じように彼女は新今宮で降りた。時間は夕方の四時頃。

おれも極力、その時間に、環状線に乗るようにした。彼女がおれの心のオアシスになっていたから。

うまいこと乗り合わせると、どうしてもその女のことを見てしまう。気づかれんようにチラ見しているけど、彼女が気づくこともあった。けど彼女がこっちを見ると、おれはすかさず違う方を見たりして、知らん顔をした。

けど……ある日、ついに、目を逸らすタイミングが合わんようになって、モロに目と目が合ってしもたやんか。

やばい、あかん、と思ったけど、彼女はおれに、ニッコリ微笑んでくれた。

おれは、まるで童貞の中学生みたいに有頂天になってしもうた。

彼女に憎からず思われていることは、それで判った。けどなんでか知らん遠くから眺めるだけにしておきたい、そんな気持ちになった。そっとしておきたい。大切なモノに簡単によう触らんというか、そんな気持ちや。

が、しかし、ここは大阪や。そんなノンビリしたことは言うてられへん。

ほのぼのした空気が突然、破られた。

「ねえちゃん、ちょっと一緒に来て貰おか」

美女がいきなり三人の男に囲まれた。無理矢理腕を摑まれて、拉致されようとしたのだ。

悪い事に、その男たちはおれのアニキ分だった。同じ組の先輩だ。

「おはようさんです。アニキ、いったいどうしたんです？　この人が何か失敬なことでもしはったんですか？」

驚いたおれは思わず割って入った。もちろん相手は先輩だから言葉遣いにも態度にも、細心の注意を払った。

「なんや、どこのドアホかと思うたら順平か。お前には関係ない。引っ込んどれ」

アニキは、どん、とおれの肩を突いた。

「いやしかし……おれ、ずっとそこで見てたんですけど、この人、黙って座ってただけですよ？」

「うるさいわ。お前に関係ない。黙っとれや」

眉毛（まゆげ）を剃（そ）った昔風のチンピラ顔のアニキは、おれに凄んだ。

「こっちは訳あってやっとるんや。なんも知らんお前は黙っとれっちゅうこっちゃ。こいつはな、顔に似合わずトンデモない女やねんぞ。事情も知らんと口出すなや」

アニキはそう言って、おれの顔を殴った。

「いやいやいや、アニキ。そんなこと言わんと、頼みますよ」

それでもおれはめげずに、彼女を何とか助けたかったので、割って入った。

「なんやオマエ、この女となんか関係あるんか？　え？」

そう言われてみると……まったく何の関係もない。ただ電車で乗り合わせて、好意をイダイテイル関係やなんて、恥ずかしくて口が裂けても言えんやんか。

おれは、何も言えないまま、彼女の前に立って、アニキに対峙(たいじ)した。いや、そら怖かったよ。目上に逆らうんは、この世界では御法度やからな。

「こらワレ。ワシに逆らうんか、え？」

アニキはそう言いながらおれの顔を平手でびしばしと往復ビンタしたけど、おれは耐えた。口の中が切れた感じがして、唾と一緒に血が湧いてきた。

「アホかワレ。退(ど)けや。殺すぞ」

そこまで言われても、おれはただ、彼女を守って背中に隠すことしか出来へん。

アニキの暴力に耐えているおれの手に、そっと押しつけられるように渡されたものがあった。もちろんそれは彼女からや。同時に、おれの耳元でそっと囁く声がした。

「お願い、これを預かって」

電車は、天王寺(てんのうじ)駅に滑り込んだ。いつも彼女が降りる、新今宮の一つ手前だ。

「おら、ええ加減にせえ」

アニキはおれの顎を思いっきり殴った。

さすがにおれも気が遠くなって、電車の床に倒れ込んだ。

霞む目で最後に見たものは、彼女がアニキたちに連れ去られていく姿だった。

彼女はどうなってしまうのか……。

嫌でも最悪の想像をしてしまう。カネかヤクか……彼女が何かを隠しているのなら、その在り処を白状させられる。もしくは組関係の、ヤバいことを知ってしまったのかもしれん。どっちにしてもひどい目に遭って、最後はフーゾクに沈められる……。

おれはなんとか起き上がろうともがいたが、頭が痺れてどうにもカラダの自由が利かない。

「やめとけ順平」

声のした方を見ると、アニキ分の一人、テツのアニキが残っていた。

「お前は行かんほうがええ」

「なんでです？」

やっと声が出た。大阪環状線はもう新今宮も通り過ぎて、大正駅に着こうとしていた。

「お前とあの女にどういう事情があるかは知らん。けど、こうなったらしゃあないやろ。お前が乗り込んでもどないもならんし、話がややこしくなるだけや。下手したらオマエ、指詰めさせられて破門になるで」

「それでも構わんと思うてます」

おれがそう言うと、テツのアニキは「アホ」と言って手を伸ばし、おれを床から立たせてくれた。

「あのな、使いを頼まれてくれ。茶屋町（ちゃやまち）のカフェでクスリを仕入れてこい」

茶屋町の裏の方に、脱法ドラッグを扱う連中がウロウロしている。ヤクザがそいつらから仕入れるのは逆やとか言われるんやろうが、ハーブも含めた脱法ドラッグの流通は複雑やねん。

まあ、それはテツのアニキのおれへの配慮やった。アツくなったままのおれが彼女を追ってもロクな事にならん。最悪の場合、おれが大阪湾に浮くことになる。

さすがにそういうことは、おれにも判る。判るけど、惚れた女が、しかもおれはまだ一度もやってないのに、清らかな気持ちでずっと憧れてただけやのに、その女がどこぞのフーゾクに売り飛ばされる、ちゅうのは耐えられん話やで。判ってても どうにも出来んのやから、尚更や。

しばらく経って……彼女の居場所が判った。

ウチの組が……いや、正確にはウチの組の息のかかったヤツが経営してる飛田の料亭や。もちろん、「飛田の料亭」言うのんは表向きの言い方や。ヤクザも警察も一般人もみんな、飛田の料亭と言うたら売春するとこやと知ってる。

考えてみたら不思議やで。大阪のど真ん中、あべのハルカスの根元に近いところに飛田があって、あいりん地区もある。そこから少し行ったところには帝塚山っちゅう高級住宅地がある。天国と地獄がホンマに隣り合わせで密着してる。まあ、ニューヨークは通り一本違うだけで天国と地獄やとアメリカ帰りのツレに聞いたけどな。大阪はニューヨークに近いのかもしれん。

すぐそばの店で、おれが惚れた女が働いてる。それも、カラダ売っとる。

しかし……商売モンに手を出すのは御法度や。いくらカネを積んでもアカン。

これは辛いで。拷問や。

すぐ近くで、彼女が、股開いてカネで買われとるんやで。しかしおれはどうすることもできん。会いにも行けんし抱くことも出来ん。

そして、彼女は知らん男に毎日抱かれてる。

な？　考えてたら頭おかしいなるで。

そんな時や。阪堺線でアンタらに会うたのは……。

*

順平の話を聞いて、僕も頭が破裂しそうになった。順平が彼女のことを好きなのは判ったし、彼女が今どこに居るのかも判った。それはいい。しかし……その場所が、まさか飛田だとは……。

「じゃあ……」

僕は言いかけたが、次の言葉が出てこない。

僕は、どうしたいのだ？　彼女を救い出すために、ヤクザと戦うのか？　マーベルの映画のヒーローみたいに？　それは無理だ……。「本職」である順平でさえ手が出せないのに、僕に何ができるのだ？

言葉に詰まって黙っていると、順平のスマホが鳴った。

相手がかなりデカい声で喋っているので、その声は僕にも聞こえた。

『順平おれや。すぐに出て来い』

順平はマイクの部分を押さえて「テツのアニキや」と僕に言った。

「はい。で、どこに行ったら……」

『飛田の、ウチの店や。ちょっと頼みたいことがあんねん。店におる女から聞き出してほしいことがあってな。ええな。すぐ来い』

　ぶつっ！　という通話が乱暴に切れる音も聞こえた。

「しゃあない……おれ、行くわ」

　順平はそう言うと、「あ、おばちゃん、なんか書くもんある？」と訊いた。

「このチラシの裏でも使うて」

　おばあさんがちびた鉛筆とチラシを差し出すと、順平は下手くそな字を殴り書きしたメモを僕に押しつけた。電話番号とハヤシテルオという名前、そして「新月（しんげつ）」という店の屋号らしい。

「これな、夜の七時までにおれから連絡がなかったら、この『ハヤシテルオ』に順平がヤバいと連絡して。ハヤシ言うんはおれの弟分みたような半グレや。飛田のこの店の前で騒ぎを起こせ言うてくれへんか。頼むで！」

　順平は、「ごっつぉはん！」と言いながらおばあさんの家を出て行こうとしたが、思い直して戻ってきた。

「おい、あんたの連絡先、教えといてくれ」

　拒む理由もないのでメモを書こうとしたら、順平はスマホを取り出して、自分の番号を言った。

「かけてみてくれ。そのまま登録するわ」

その通りにすると順平のスマホが鳴った。

「よし、これでいい。登録する」

東京から来たアイツ、と口でいいながら画面に入力している。

「よっしゃ。ほなまたな！」

順平はそう言って飛び出していった。

「……どうしよう」

彼を見送ってから、僕は判断に困ってしまった。

ずっと探していた彼女の居所が判ったのだ。そして、多分、彼女に関係するトラブルが起きているのだ。

僕は、順平と一緒に行くべきではなかったのか？

しかし……。

正直言って、僕は現実を知るのが怖かった。飛田にいる、という現実に向き合うのが怖かった。しかも、彼女の周辺にはヤクザが居る。

そんな僕の情けない弱腰を、おばあさんはすぐに見抜いていた。

「あんた、この期に及んで、なに迷ってんの？　探してたヒトが見つかったんと違うんかいな」

「そのようなんですけど……」

「そのようなんですけどって、アンタ、アホか！」

おばあさんは僕の躊躇をひと言で撃破した。

「アンタの『想い』ちゅうのんは、そんな程度のものやったんか。え？　ホンマに好きやったら、相手が鬼でも夜叉でも、取って食われてもええと、腹くくるもんとちゃうんかいな？」

そう言われて、僕は、絶句した。

正直、そこまでの根性と決意はなかった。

しかし、訳ありの女を好きになってしまったのだ。相応の覚悟が必要なのか。

僕の顔色が青くなっていたのかもしれない。おばあさんは笑った。

「まあ、そうは言うても、人間、自分に正直な方がええ。無理しても、いずれ続かんようになる。なあ。ニイチャンも、別に無理せんでええんやで。無理やと思うたら、諦めて身を引くだけの事やんか」

「いや、それはできません！　絶対に」

反射的に言ってしまったので自分でも驚いた。

「そうかぁ。それやったら、その線で正直に生きなあかんなあ」

おばあさんは湯呑みを手にとり、お茶をずずずと音を立てて飲んだ。

「まあ、決めるのはニイチャン、アンタや。じっくり考えたらええ」

＊

テツのアニキに呼び出されたおれは、あの女がいる店、飛田の「新月」へと急いでいた。こういう時はソッコーで駆けつけんとヤバい。

飛田の店はちょうど営業を開始する時刻だった。昔ながらの建物の、一階の入口の玄関のところに女の子と、「遣り手ババア」が座るスペースがある。そこで女の子の顔見せと客引きをするのだ。交渉がまとまると、背後の階段で二階に上るようになっている。

一応、「料亭」ということになってはいるが、女の子が客引きする料亭が、あるわけないやんか。その辺の「暗黙の了解」が、ヤクザというギョーカイにいてるおれでも、実に不思議やと思う。

おれが裏口から帳場に入ると、所在なげにタバコを吸うテツのアニキがいた。

「アニキ！　店におる女から聞き出してほしいことって、なんですか？」

おうと応じたアニキはゆっくりとタバコの煙を吐き出した。

「最近入った女おるやろ。あの子がやな、ヤバいブツをなにやら隠し持っとるらしゅうてな。上の方から、そのブツを取り上げろっちゅう命令が下って、ワシらがあの子を追い込んどるんやが、口を割らんのや」

テツアニキは強面の、Vシネの悪役顔で、自分でも文太兄ィ似と言っている。そのアニキが溜息をつき、首の骨を鳴らした。

「飛田で働く子はみんな、顔は可愛くても海千山千やからなあ。そうでもないと、やってられん商売ではあるけどもや」

「で、おれはナニを？」

「お前、あの子と顔見知りなんやろ？　連れていかんといてくれって庇っとったやないか。ちゅうことは、お前にならホンマのことを言うかもしれん。ちょっとお前、コマしたれや」

「はあ」

アニキはおれの肩をドンと突いて、こっちこいと店の裏に連れて行った。

店の裏には小さな倉庫がある。彼女はそこに連れ込まれていた。まさか、店の中で女をいたぶるわけにはいかんやろ、とアニキは言った。たしかに悲鳴や怒号が聞こえては、店の商売に差し支える。

天井から裸電球がぶら下がっただけの薄暗い倉庫の中に、一応、地べたにはシートが敷かれていて、その上に彼女はいた。しかし彼女が着ていた原色のワンピースはビリビリに破られて、きれいな顔にはビンタの痕もある。なにより彼女は、取り囲んでいる強面の男たちに怯えきっていた。

おれも、その一人に加わる形になってしもた。

こういう形で彼女に再会したくはなかった、と言うとええカッコしすぎやと思うけど、それは本心や。もっと普通の、普通の男と女で会いたかった。

「おら、痛い目に遭いとうなかったら、隠してるモン、早よ出せや」

テツアニィはそう言って彼女に迫った。

「出せと言われても、そんなもの、持ってません！」

彼女は答えた。

「そんなに痛い目に遭いたいんか、ええ？」

テツのアニキはそう言って、彼女の髪をぐい、と引っ張り、派手にビンタした。

このままだと輪姦が始まるのも時間の問題なのは、おれにもハッキリ判った。

あかん、このままではアニキに殴りかかってしまう。そう思ったおれは両手をポケットに突っ込み、拳を握りしめた。

と、その時。

着た切り雀のブルゾンのポケットの中で、拳に当たったものがある。

「あ」

思わず声が出た。ポケットに入っとった「異物」に気がついたからや。

上納金がキツくてカネがないおれは、夏も冬もこのブルゾンだけを着ている。この前、大阪環状線の車内で彼女から渡されたブツをポケットに入れたまま、完全に忘れていたのだ。さっきオバハンの家で喋った時にそういうことがあったと言うたけど、実際に拳に当たったものを感じて、ハッキリと思い出した。

アニキたちが探してるモンはおれが……と言いかけたが、彼女はおれを見て、目で訴えた。「お願い、黙っていて」と。

しかしこのままだと、彼女は輪姦される！　なんとかしなければ！

「おら、お前、おれらを舐めとったらあかんどこら」

テツのアニキは、彼女に無理矢理ディープキスをしようとしたが、彼女は意外に気が強いのか絶対に口を開かず、アニキの舌の侵入を許さない。

「おら、口を開けんかい！」

バシバシと平手打ちをかまされても、彼女はアニキを睨みつけるだけで、唇は噛みしめている。

「東京の女は気ィ強いな……」

アニキは彼女の下半身に手を伸ばして秘部を撫で回したが、それでも怯む様子はない。環状線の中で怯えていた様子、あれは何やったんや？　アニキも同じことを思ったらしい。

「飛田でカラダ売っとるクセして、なんやこの身の堅さは」

テツのアニキは別のアニキに「お前やってみ」とバトンタッチしたが、譲られたアニキは首を横に振った。

「いや……おれはエエわ。遠慮しとく。舌噛み切られそうやし」

「往生するな……」

テツのアニキは困った顔になった。

「このままやったら、おやっさんにワシらがヤキ入れられるで」

そう言いながら、おれを見た。

「順平。お前に任せるわ。せやからお前を呼んだんやしな。ここで手柄あげたら、ワンランク昇格や」

テツのアニキはテレビの俳句ランキングみたいなことを言った。

「ナニしてもエエ。ただし、売りもんやから傷つけたり殺したらあかんど。コマして気持ちようさせて口を割らせてみ」

「それはええですけど……」

おれはそう返事をしながら、悪い頭をフル回転させた。

「おれ、人に見られてたら勃(た)つモンも勃たんのですわ」

アニキたちを外に出せば、なんとか出来るんちゃうかと思うたんや。

「おれ、AVの汁男とちゃうし、この娘もAV嬢ちゃうから、見られたら気分でぇへんやろうし」

「AV嬢かて本気でイッってへんけどな……まあええわ。外でタバコ吸うてるわ」

合体は見飽きているアニキたちは、タバコを吸いに倉庫から出て行った。

「済まんな。こんなふうに、あんたとこうなりとうはなかったんやけど……」

おれは服を脱ぎながら、言った。

「嫌やったら、やった事にしてもええんやで」

「それじゃあ、アナタが困るでしょ？　私はいいのよ」

どうせ、と彼女は付け足して、自分でビリビリに裂けた服を脱いだ。

その下は全裸だった。

バン、と突き出したオッパイに、見事な腰のくびれ。彼女はウチの店でも売れっ子らしいけど、その理由はこのカラダを見ればよく判る。やりたくなるカラダや。

続いて黒々としたインモーがおれの目に飛び込んで来た。

「いやホンマ、どうせなら、もっときちんとした形で……」

おれは自分で思っていたよりずっと、ウダウダ考えるのをやめられん、鬱陶しい男やった。嫌ならやらんかったらエエだけの話やのに、それも出来ん。

そんなおれを、彼女は面白いと思ったのか逆に挑発してきた。脚を広げて、なんと、特出しのようなポーズを取ったんや！

アソコの谷間から、ピンク色のオ＊コが顔をのぞかせた。赤貝の上には、小さなクリちゃんまでが見えて、おれは中学生のガキみたようにドキドキした。

それを見た彼女は、さっと立ち上がると後ろ向きになり、両脚を広げてお尻を突き出した。そうすると、お尻の穴から＊メコまで丸見えや。

彼女はそのままの姿勢で指を延ばして、アソコをぱっくりと広げて見せた。

「ちょっとそれ……何の真似や？　おれをおちょくっとんのか？」

「だから、やるならさっさとやれば？」

彼女はおれを挑むような目で見た。

「せやから……こういう形でするンが嫌やって、何べんも言うとるやないか」

「じゃあどうするの？　やったフリで行く？」

「いや、それも……」

このチャンスは、逃がしたくはないやんか。彼女は商売物やし、商売物に手を出すのは御法度やし……普通にルールを守ってたら彼女が足を洗うか、おれが足を洗うてカタギになるかせんかったら彼女とは合体できんわけや。

「この前は、私を守ろうとしてくれて、ありがとう。ずっとそのお礼をしたかったの。だから、いいんじゃないの？　そういうことで」

「そういうことでって……」

「ああもう、面倒くさいのよね！」

彼女はおれの腕を引っ張って自分にぐい、と引き寄せた。彼女はそのままおれの前にひざまずいた。

「あんたもいい加減、覚悟決めや」

ドスの利いた声でそう言うと、おれのナニを口に入れていきなりフェラし始めた。

「洗てないのに……ええのんか」

無粋なことを言うなというように、彼女は無言で舌と口を動かした。

彼女はフェラを続けつつ、自分で自分のオッパイを揉み、乳首を摘んで「あはあ」と肩を揺すってみせた。彼女も気分が出てきたのか、全身を紅潮させている。

頬をすぼめた彼女の唇を、ツバで濡れて黒光りするおれのナニがゆっくりと出入りしていた。筋を立てて怒張した肉棒が、唇を出入りするたびに、ぴちゃぴちゃとイヤらしい音がしてる。

おれは、急いで靴を脱いで右足の甲を彼女のアソコに押し当てた。そこはもう、アツくなってて濡れとった。

「うっ！」

おれの足の指で秘所を嬲られて、彼女はフェラを中断した。

「やめて。続けられなくなるよ……感じちゃって」

だがおれは続けた。足の指を遣って彼女のアソコを弄れば弄るほど熱い蜜が沸いてくる。

「どうする？　そろそろ入れる？」

彼女はそう聞いた。だから、こういうんはイヤやったんや。こういう即物的っちゅーか、ダンドリみたいな合体は好かん。とは言っても、おれのナニはもうギンギンに勃っていて、穴があったら入れたい状態や。ここで中止するわけにはいかん。オ＊コは急には止められへんて……あったか、そんなコトワザ？

カッチカチのナニを彼女の口から引き抜いたおれは、彼女の後ろからハメにかかった。彼女の顔を正視出来ん感じやったんや。我ながら気の弱いことや。

それでも、たっぷり濡れたアソコに、おれのナニはするすると入っていった。

彼女の中は、なかなかエグかった。

締まりはエエし……いや、おれには食レポならぬマンレポは無理や。そんなに表現のバリエーションちゅうもんがないからな。

それでも、おれが腰をグイグイ使うと、彼女はすぐに喘ぎ始めた。

「ああっ！　あふっ！」

腰をがくがくと揺らして、おれの突きに応える。

おれの先端が彼女の奥深くをぐいぐいと突き上げるたんびに、アソコもおれのナニに吸い付いてきたで。

彼女の肌にも汗が浮かんで、いっそう赤くなった。それがまた色っぽいんや。

「あんた、これが好きなんか？」

おれはそう言いつつ腰をグラインドさせた。おれのナニがアソコを掻き乱すたんびに、彼女は切なそうな声を出した。

「ああっ、そ、そうなのっ！　そうなのよ！　ここで働くのも、私が自分で決めたことだしっ！」

彼女の背中が反り返り、脚の力が抜けていった。

「まさか……自分からここに？」

「そうよ……この辺の娘はみんなそうよ。お金って事もあるけど、昔みたいに無理矢理っていうのは、違うんじゃない？」

そんなものなのか。おれは彼女のムッチリして曲線が色っぽい肉体をひっくり返して、次は正常位になった。

彼女の＊メコはぎりぎりとおれのチ＊ポに絡みついて離そうとせん。美人で色っぽいだけやなかった。これほど燃える女やったとは……。

「あうあうあう……か、感じる……もう、ダメ……」

男殺しの声や。ナンバーワンなのもよう判る。

おれが腰を動かすたびに、湿った音が倉庫に響く。

恥も外聞もかなぐり捨ててメロメロになっていく彼女を見ていると、おれも全身がカッと熱くなって、体の奥深くからマグマのような奔流がせりあがって来た。

ここで終わらせてしまうのはもったいない、と切実に思った。これは一回しかないチャンスや、ただ合体を楽しむ時間ではない、おれとの、消えない記憶を彼女に残したいと、心から願った。

その気持ちに駆り立てられるままにおれは、彼女のアヌスに指をぷにゅっと入れてみた。

まったく開発されていないらしい後ろの穴は、ぶるんと指を押し返してきたけども、力ずくで押し入ると、彼女の声が変わった。

「あうっ!　あふうっ!」

腸の壁越しにおれのチ＊ポをごりごりとくじると、彼女のカラダはヒクヒクと細かな痙攣(けいれん)を始めた。

その前震はほどなく本震に変わり、彼女は一気にアクメに達してしまった。

おれも、きゅううううっと締まった彼女のオ＊コの威力にかなうはずもなく……果てた。

「まあまあ……だったわね」

彼女は強気なことを言うた。しかし、本気でイッたのは判ってる。

「で……これからどないする？」

おれは彼女に囁いて、脱ぎ捨てたブルゾンを見た。

「あん中に例のものは入っとる」

「何考えてるの？　まさか……アレを持ち歩いてるわけ？」

彼女は驚いて目を見張った。

「馬鹿じゃないの？」

「知らんがな。おれは預かってくれ言われただけやし……どこかに置いとくより持ち歩いてる方が安全や」

倉庫の外に居るアニキたちが気になった。今の状態は、ただセックスをしただけだ。しかし、何か喋っていないと間が持たないというか、何かやってる格好をつけないとマズい。

おれは、おばちゃんの家で聞いた、あの男からの伝言を伝えた。

「あのな、あんたに埼京線で逢ったっていう男が、どうしても、もう一度逢いたいと言うてるんやけど」

それを聞いた彼女の顔はパッと明るくなった。

「それはきっと……あの人の事よね。私、名前も聞いてないんだけど……同じことを考えてたのよ。私からも、その人に伝言を伝えて」

彼女はおれに、呪文のような言葉を囁いた。

おれにはまったく意味がわからん。

「覚えた？　今の言葉をそのヒトに伝えて欲しいの。いい？　大丈夫？　覚えた？」

意味不明の、暗号のような文句を、彼女は何度もおれに繰り返させた。

「オッケー！　覚えたで。まかしとき！」とおれが答えたその時。

倉庫の扉が乱暴に開くと、見覚えのある大男が入ってきた。

「おう。やっと見つけた！　その女だな！」

そう、阪堺線でおれと戦った、あの男だ。ガタイがデカくて凶暴そうな顔をして、前歯が上下とも銀歯という気味の悪い「人間凶器」みたいなアイツ。おれたちが「ジョーズ」と呼んでいる、あの男だ。

「あんたもこのひとを探しとったんか。どういう筋や、あんた？」

おれは半ば虚勢を張った。

「それはお前には関係ない。お前の知ったことではない。どうでもいいことだ」

ジョーズはそう言って迫ってきた。

「その女はまだ口を割らないのか？」

裸のおれたちを一瞥したジョーズは、バカにしたような笑みを浮かべた。

「なんだ、セックスで吐かせようとしたのか？　拷問ではなく？」

ジョーズはおれの頭を指で何度も強く押した。

「お前、バカだろ。それとも、この女に惚れてるのか？」

そう言って、おれを突き飛ばし、腹を蹴った。

「退け！　そんなヌルい遣り方ではラチが開かない。おれが〆てやる」

ジョーズはそう言うと彼女の首に手を掛けて、ぎゅうっと絞めはじめた。

「吐け！」

「吐く前に絞め殺す気か！」

おれはなんとか止めようと怒鳴った。

「バカに指図される筋合いはない。おれはお前みたいなトーシローとは違う！」

ジョーズが手を緩めると、彼女はゲホゲホと咳き込んだ。

「さあ、吐いてしまえ。こっちは依頼人に『絶対取り戻すから』と約束したんだ。だから、どんな手を使っても喋らせるぞ！」

彼女はおれに、目で「逃げて」とサインを送ってきた。ブツを持って逃げろ、いうことや。それは判ったけど、彼女を見捨てて逃げるわけにはいかん。

おれは携帯を操作して、「ハヤシテルオ」の番号をタップした。まだ七時にはなってへんけど、あいつはこの店の近くで待機しとるはずや。

すぐに表がやかましくなった。同時にアイツの電話番号が表示された。東京から来たアイツや。おれと同じ女に惚れとるアイツは約束を守って、ハヤシテルオに伝言をしてくれたんや、と判った。

外ではテルオが怒鳴っている。それに混じって外国なまりの日本語も聞こえる。どういうことや？　外国人が外に居るんか？

「なんだ！　うるさいぞ！」

ジョーズが動いて、倉庫の扉を開けた。外には小さなビデオカメラを構えたアジア系の若者が五人いて、アニキたちとやり合っている。うしろについているのはハヤシテルオと、その仲間の半グレたちだ。

「ここ、売春宿ね？　日本では売春禁じられてるのに何故？」

「いやだから、ここは料亭であってやね、売春やってるんと違う」

「料亭？　でも玄関に色っぽい女のヒトが座ってるね。何故ですか？」

「それは……店の看板娘ってやつやんか。あの子らは仲居やから。美人に料理運んで貰うと嬉しいやろ？」

「でも、出て来たお客さん『スッキリした！』と言ってました」

「そりゃ、オイシイもの食べればスッキリするやろ」

「お客さんは女の話ばっかりしてました」

「そら男ちゅうもんはそんなもんや。キミらも美人を見たらその話するやろ？」

「金額のハナシも出てましたけど？」

「そら何かの聞き違いと違うか？」

「ナントカちゃんはいくらやった、とか話してましたけど」

「それはチップのハナシや。まあ、部屋の中での『自由恋愛』は止められんしな」

「ならば、こういうお店がどうして日本中にないのですか？」

「知らんがな。キミら、ソープ知らんのか？　ソープランド。あそこやって、そんなもんやで。いいや、アッチの方がグレーと違うか？　お風呂に行って自由恋愛は、さすがに無理があるやろ」

アニキたちはあんまり頭が良くないので、ほとんどボロを出している。アジア系の若者たちは、テレビの取材らしいが、疑問をどんどん出していって相手の逃げ道を潰していく。

「こらお前ら。他所の国に来て、そういう微妙なことを突つくな！」

そこで苛立ったジョーズが割って入った。

「お前らの国にも、こういう場所はあるだろ！　グレーな商売はどこの国でもあるはずだ」

「はい、それではグレーな商売をしていると認めるんですね？」

「誰がそんなこと言った？」

「あなたです」

アジアのテレビクルーはあくまで冷静に論理で攻めてくる。そんな彼らの後ろには……アイツが居た！　テルオにこういう仕込みをする頭は無い。アイツや。東京から来たアイツが助けてくれたんや。

「よし……逃げるで」

おれは急いで服を着て、彼女も裂けているとは言えワンピースを身につけ、素早く外に出られる態勢を整えた。そのあいだにもテレビクルーとアニキたちとのやりとりは続いている。

「私たち、あなた方の説明、納得出来ません。オモテに警視庁ＯＢのエライ先生を呼んでますので、エライ先生と問答、オーケイ？」

カメラを持ったクルーのリーダーがそう言うと、アニキたちが顔色を変えた。

「アホ抜かせ！　事を荒立てるな！　こっちは波風立たんようにと大人しゅうにやってるのに……」

「そうだ。何も判らん外国のテレビがあれこれ言うな！」

手が早いジョーズはリーダーからカメラを毟り取ると地面に叩きつけて壊した。

「なにをするんですか！」

リーダーは摑み掛った。一見ひ弱そうでインテリ風に見えた彼やのに、意外に強い。ジョーズの喉元に鋭いチョップを決めて怯ませると、すぐに飛び膝蹴りやら後ろ回し蹴りやらの、カンフー技を惜しげもなく繰り出した。これにはアニキたちも驚いて固まってしまった。

「今や！」

おれと彼女は倉庫を飛び出した。

待ち構えていたアイツが、店の外に案内した。それは知っとるっちゅうねん！

「こっちだ！」

ウチの店なんやから！

＊

「今や！」

と叫びながら順平が倉庫を飛び出してくる。手を引かれているのは……夢にまで見た彼女だ！

「こっちだ！」

僕も叫び返し、店の外に向かった。

「とにかく逃げよう！」

彼女と再会できた喜びを味わうヒマもなく、僕たちは逃げた。

時間はそろそろ七時になろうとしている。完全に夜になり、飛田は色街の風情に染まっている。

ジョーズの逆襲に遭ったタイの若者たちは倒されてしまったようだ。僕たちのあとを店のヤクザたち、そして何よりも怖ろしいジョーズが追ってきている。

「そもそも、あのカンフーたちは誰なんや？」

逃げながら順平が聞いてきた。

「彼らは本物のタイのテレビ取材班だよ！　彼らはトビタに興味をもっていて、取材してたから、ちょっと話しかけて協力して貰ったんだ」

「カメラ壊されて散々やんか」

「弁償しなきゃ！」

その間にも追っ手はじりじりと迫ってくる。

「こうなったら、分かれて逃げるしかない！　てんでんこやで！」

三人がちりぢりになって、バラバラの方向に逃げようと順平は言った。

「いや、僕は彼女を守って一緒に逃げる！」

やっと彼女を見つけることが出来たんだ。ここで分かれることは考えられないじゃないか！

「ダメよ！　私一人の方が身軽で逃げられるから。この辺は詳しいし」

彼女は走りながら僕の手をぎゅっと握って、すぐに放した。

「また会いましょう。とりあえず時間は午後。場所と曜日は追って伝えるから！」

「えっ？」

「だから時間は午後。今はそれだけ覚えておいて！」

彼女はそう繰り返して僕を見て、輝くような笑顔を見せた。

「きっと、また逢いましょう。必ず逢えるようにしておいたから」

「は？」

またしても、僕はマヌケな声を出してしまった。

じゃあね、と言い残して、彼女は狭い路地に入り込み、風のように消えてしまった。

彼女を見送ってマゴマゴしている僕の首根っこを、順平が掴んだ。

「何しとんねん！　こっちや！」

二人で必死で走って、空き地に転がっているボロボロの廃車に飛び込んだ。タイヤがパンクして、ボディもボコボコのライトバンだ。

「たまにこの中で昼寝することがあるんや」

順平はそう言ってニヤリと笑った。

「あのな、あの娘からあんたに伝言があんねや。聞きたいか？」

「それはもちろん」

「おれな、彼女とやったんや」

順平はドヤ顔で言った。

「しかしや……あのコの気持ちがあるんは、あんたやな。なんか敗北した気分や」

僕は焦れた。

「それはいいから、伝言を教えてくれ」

「くまさんが、屋根の上からすぐにお返事をくれる」

「は？」

またまた、僕はマヌケな声を出してしまった。

「だから『くまさんが、屋根の上からすぐにお返事をくれる』や。あの子はそう言うた。伝えたデ。まあ、判じモンやな」

そう言った順平は、試すような顔になった。

「あとはあんたがどう解くかや」

話しているうちに、空き地にヤクザたちが入ってきた。その先頭にはジョーズがいる。

「ヤバいな……ここに一緒にいたら、一網打尽や」

少し考えた順平は、「よっしゃ」と呟いた。

「おれが飛び出して暴れる。要するにおれが連中の目を引きつけるっちゅうこっちゃ。な、その間にお前は逃げろ。ええな」

そう言うと順平は「わー！」と叫びながらライトバンから飛び出して、走り去ってしまった。

「このガキャ！　どういうつもりや？」

ジョーズたちも、まさか僕が残っているとは思っていないのだろう、全速力で順平を追い、あっという間に視界から消えた。

一人残った僕は、どうしようか考えた。土地勘がないから、下手に動き回ると捕まってしまうだろう。

弱ったなと思っていると、スマホが鳴った。

うわ！　ヤバい！　音でバレる！

僕は大慌てで応答した。

「もしもし」

『こら！　どこで油を売ってるんだ！　お得意さんのところを出て、何時間経ってると思ってるんだ！』

相手は、僕の折り合いの悪い上司……支社長だった。

『今すぐ、新今宮に来い！　スパワールド、知ってるな？　駅の裏というかスパワールドの脇に潰れそうなお好み焼き屋がある。そこに来い。判ったな！』

言うだけ言って、支社長は通話を切ってしまった。来いと言われてハイとは言えない状況なのに……。しかし、上司の命令とあらば、無視は出来ない。実際、外回りをしていてサボった形になってるんだし……。

外の様子を見ると、ありがたいことに、どうやら僕はまったくノーマークになっているようだ。

……みんな、順平を追って行ってしまったのか？

僕はゆっくりとライトバンの残骸から外に出て、ビクビクしながら通りに出た。

支社長の言う、「潰れそうなお好み焼き屋」はすぐに判った。営業してないんじゃないかと思いつつ引き戸に手を掛けると、引っかかりながらもあっさり開いた。

夜も更けたのに客の姿は、ない。薄暗い店内には、険悪な表情の支社長と、今まで会ったことのない男だけがいた。二人ともお好み焼きのテーブルに座ってビール

赤川次郎
花嫁をガードせよ！
実業之日本社文庫
赤川次郎
花嫁をガードせよ！
JIRO AKAGAWA
HANAYOME WO GUARD SEYO!
実業之日本社文庫
暗殺を防いだ
勇敢な花嫁を救え！
警察官の仁美は政治家をかばい撃たれてしまい、その怪我が原因で婚約破棄になりそう。捕まえた犯人は取り調べ中に自殺をしてしまい――。シリーズ第31弾！
定価（本体620円＋税）978-4-408-55591-1
6月の新刊
100年たっても
本が好き。
実業之日本社文庫

田中啓文
文豪宮本武蔵

定価（本体700円+税）978-4-408-55596-6

剣豪・宮本武蔵が、なぜか時を越え明治時代の東京に。人力車の車夫になった武蔵だが、樋口一葉、夏目漱石らと知り合い、小説を書く羽目に…爆笑時代エンタメ。

梓林太郎
私立探偵・小仏太郎
遠州浜松殺人奏曲

定価（本体700円+税）978-4-408-55593-5

静岡・奥浜名湖にある井伊直虎ゆかりの寺院で倒れていた男に名前を騙られた私立探偵・小仏太郎。謎の男の正体をさぐるが意外な真相が…傑作旅情ミステリー！

草凪優
知らない女が僕の部屋で死んでいた

書き下ろし

定価（本体680円+税）978-4-408-55595-9

眼が覚めると、知らない女が自宅のベッドで、死んでいた。女は誰なのか。記憶を失った男は、女の正体を探る。怒濤の恋愛サスペンス！

実業之日本社文庫

が好き。

©山下以登

花房観音

秘めゆり

定価（本体680円＋税）978-4-408-55598-0

「夫と私、どちらが気持ちいい？」――男と女、女と女が秘める恋。万葉集から岡本かの子まで、和歌を題材にとった極上の性愛短編集。

睦月影郎

昭和好色一代男 再び性春

定価（本体620円＋税）978-4-408-55600-0

文庫オリジナル

昭和元年生まれの昭一郎は偶然幽体離脱し、魂が孫の若い肉体と入れ替わってしまう。久々の快感を得たいと町へ出ると、人妻や処女との出会いが待っていた！

津本陽・二木謙一

信長・秀吉・家康 天下人の夢

定価（本体720円＋税）978-4-408-55597-3

戦国時代を終わらせた三人の英雄の戦いや政策、人間像を、第一人者の対談で解き明かす。津本作品の名場面再録、歴史的事件の詳細解説、図版も多数収録。

100年たっても

定価（本体720円+税）978-4-408-55599-7

本城雅人
Honjo Masato
善場圭一の事件簿
代理人
Agent
実業之日本社文庫

本城雅人
代理人
善場圭一の事件簿

不祥事勃発——ヤツの出番だ！

女性問題、暴行、違法な賭け事……契約選手をめぐる様々なトラブル解決に辣腕をふるう代理人の奮闘を活写。実力派

安達瑶
悪女列車

絶品エロス×鉄道×ミステリー！

間違って女性専用車両に飛び乗ってしまった僕。通勤電車、新幹線、寝台特急……機密情報入りのUSBを持って鉄路で逃げる謎の美女を追え！

悪女列車
安達瑶
実業之日本社文庫
いきなり文庫

定価（本体720円+税）978-4-408-55594-2

※定価はすべて税抜本体価格です（2020年6月現在）13桁の数字はISBNコードです。ご注文の際にご利用ください。

を飲んでいた。

「この男です」

　支社長はその男に僕を紹介した。

「……君か」

　そう言って僕を品定めするようにじろじろと見るのは、背が高くて顔立ちが整った、二枚目俳優ならエリート役がいかにも似合いそうな、中年手前の男だった。キッチリ横分けされた髪に銀縁メガネという、エリートを絵に描いたような男だ。

「君は、私の妻とどういう関係なんだ？」

　その男はいきなり僕を詰問した。

「つ、妻？」

「そうだ。君が埼京線の中でチョッカイを出した女は、私の妻だ。それも知らなかったと言うのか」

「知りません……それに僕は、電車の中で彼女を見掛けただけで、チョッカイを出したとか、そんなことは全く全然……」

「つべこべ言うな。君が、妻をその気にさせたんだ。それは判ってるんだ」

　エリート然とした男は妙に自信のある口ぶりで決めつけてくる。

「その気って……？」

「つまり独立というか、自分の思いのままの生活というか、勝手な行動というか……」

「あの……ナニをおっしゃってるのか、まったく……」

抗弁しかけた僕を上司が遮った。

「いやもう、成瀬（なるせ）さんのおっしゃるとおりで。この男のウカツで身勝手な思慮浅い行動で、成瀬さんには多大なるご迷惑を」

僕のハナシに被せてきた支社長は、男に平身低頭して、僕を睨みつけた。

「コラお前、成瀬さんに土下座しろ！」

「え？」

「とにかく謝るんだ！　君が余計なことをしたのは確かなんだ。それで成瀬さんのご家庭がめちゃくちゃになったんだぞ！」

「いや……そう言われても……」

本当に、何のことだか判らない。それに……彼女と最初に出会った時のことを思い出しても、僕はただ見ていただけなのだ。彼女を多少は庇ったし、その後も必死に探そうとはしたけれど……。

まったく納得出来ないでいると、支社長はいきなり僕の頭を摑んで無理やり押し下げた。

「いやもう本当に相スイマセン……本当に常識のない、礼儀も弁えない男でして」

「そうだね。最近は若いヤツにこういう手合いが増えてるね。礼儀作法……イヤそれ以前の、人の道というものを知らない。ウチの役所でもそうだ」

男は完全に僕を見下している。背も高いから物理的にも見下されているのだが、目の中にある侮蔑の光がひどく不快だった。

このエラそうな男は何者だ？　上司の平身低頭ぶりを見るに、どうも、ウチと繋がりのある役所の、それも相当偉い人間のようだ。ウチの会社に行政指導にくる役所の幹部なのだろうか？

「ええもう、まったく、成瀬局長のおっしゃるとおりです」

と支社長が唯々諾々と従っている様子を見れば、この成瀬という男が大きな力を持っていて、支社長に、というより会社全体に圧力をかけようとしていることはハッキリ判る。

「で、妻はどこなんだ？　君が隠してるんだろ？」

「いえ……ですから、それは違います」

「違う？　どう違うんだ？　人の妻を隠しておいて、その言い草はないだろう！」

成瀬という男は勝手に激昂した。

「いや、ですから、僕はあの方とは全くそういう関係ではなくて……まず最初に大きな誤解があると思うのですが」

「君は！　君は、私が間違っていると言うのか！　ショボい、いち民間企業の、それも大阪支社の社員でしかない君が、特に名は伏せるが中央官庁の局長である私に、誤りを指摘すると言うのか？　ほう、なかなか偉いんだねえ、キミは」

成瀬はイヤミ攻撃をし始めた。

「しかし君がさっさと本当の事を話せば、私だって君のことを考えてやらなくもない。君だって、失業したくはないだろう？」

成瀬は妙なほのめかしをした。事実上の脅迫だ。しかし僕は何も知らないのだ！

「さあ君！　成瀬さんにすべてお話しするんだ！　じゃないと、わが社の今後にまで禍根を残す事にもなりかねないぞ！」

「あの……知っていればすべてお話するんですけど、本当に何も知らないんです。知らないことはお話し出来ないので」

実際、本当に知らない。だが、どう説明しても、この男には判ってもらえそうもない。彼女をここに連れてでも来ない限り、どうしようもないようだ。

僕が知っていることと言えば……あんたの奥さんはついさっきまで飛田にいて男相手の商売をしていて、今はヤクザから逃げているようですよ……なんて、そんな事実はとても言えない。これをそのまま口にしたら、このやたら高圧的な男が、どこまで逆上するかわかったものではない。

そして……こういう男だから、彼女は家を出て（ってことなんだろう？）あちこち逃げ回って、とうとう大阪まで来てしまったんじゃないのか？　ということは、この男の自業自得じゃないのか？　エラそうにしているけれど、コイツはダメ男なんじゃないか……。

そこまで考えると、不覚にも笑いが込み上げてきてしまった。

「こら！　お前！」

肩を震わせて笑う僕を見て慌てた支社長は、怒鳴ると同時に、僕を殴った。

ごん、と鈍い音がして、頭に衝撃が走った。

「成瀬局長がここまでおっしゃっているんだ。大変なことであると忖度（そんたく）できないのか？　お前は？」

支社長も激怒している。しかも、自分でもどうして激怒しているのか理由が判っていない怒り方だ。

「あの……ここまで激怒されるのは、どういった理由で……」

「妻に出奔（しゅっぽん）された。それ以上の理由が必要だというのかね君は？」

成瀬はますます激昂して、言い放った。

「しかも妻は現在、とても重要なモノを持って逃走中なんだ。それを使って、私と私のバックにいる人たち……有り体に言えば首相官邸を脅そうとしてるんだ！」

妻は私を憎んでいる、だから坊主憎けりゃ袈裟まで憎いで私もろとも、日本で一番エラい人を道連れにする気なんだ！　と成瀬は更に逆上し、訳の判らないことを喚（わめ）き散（ち）らした。

だからか。だからこの男は彼女を追っているのか。重要なモノ……それは埼京線の中で彼女につきまとっていた韮山が落とした、ＵＳＢメモリーのことだろう。それを盗（と）って逃げたのは彼女だ。だが僕はその中身を知らない。表沙汰になったら内閣の一つや二つ吹っ飛びかねん、ヤバい情報……探偵の黒田はそう言っていたが。

何も言えないでいる僕に、支社長はますます焦れてきた。

「もういい！　成瀬局長の前で、なんたる失態！　なんたる非礼！　たった今、そして今日限り、お前はクビだ！」

成瀬という男は憎しみに満ちた目で僕を見ている。それが無言の指示になったのか、支社長はまたもや僕に暴力を振るってきた。

「おい。クビだと言ってるのに謝らないのか？　謝って許しを請わないのか？」

拳と平手が僕の顔を殴り、叩き、すぐに足蹴りが加わった。

「やめてください！」

僕は雨あられと浴びせられる鉄拳、そして蹴りを必死に回避しながら訴えた。

「謝ろうにも……何を謝っていいのか全然、判らないので……」

「まだ言うか、貴様ァ！」

古い映画で見た、旧日本軍の鬼軍曹による新兵へのリンチさながらの雰囲気になってきた。こういう暴力を黙って見ている成瀬は、悪の張本人である将校か。

「お前は馘だ！　お前はもう無職だ。警察に行くか？　無職の人間の言うことに警察は耳を貸さないぞ。成瀬局長からも警察に話が行くだろうしな」

支社長は成瀬という男に強大な権力があることを匂わせた。

……冷静に考えればそんなはずはないと判る。しかし、立て続けに衝撃的な出来事が続いて、僕はもう、どうでもよくなっていた。何もかも、もう、どうでもいい。なるようになれ。なってしまえ！

そう思った瞬間、僕は、今までなら考えられない行動に出てしまった。

上司に公然と反抗したのだ。

「うるさい！　知らないことは知らないんだ！」

そう叫んだ僕は、店を飛び出した。背中に「待て！」という声を聞いたが、無視した。

新今宮にある店を飛び出して、地理がよく判らないままに、阪堺線に沿って走った。

路地を走るうちに、夜とはいえ、見覚えのある景色の中にいることに、やがて気づいた。

それでも僕は、走ったり歩いたりして、見覚えのある景色の中を進み続けて……あの、沖縄出身のおばあさんの家の前に立っていた。

「大変やったね」

まるで僕を待っていたかのように引き戸が開き、すべて承知、というような笑顔のおばあさんが迎えてくれた。

「逢えたんやろ？　あんたが探しとった人に。けどまた引き離された。そやな？」

まるで見てきたように言う。

「え……どうして判るんですか」

僕は、驚くしかない。やっぱりこのおばあさんには特殊な能力があるとしか思えない。

「ウチには判る。判るんや。きっとそのヒトとはまた逢えるよ。その場所は……」

しばらく目をつぶって考えていたおばあさんは、ゆっくりと口を開けた。

「やっぱり電車の中や。そのひとに初めて逢うたんも電車の中やったんやろ？　ウチがあんたらに逢ったのも電車の中や。あんたの人生には電車の中、いう場所が、大きな意味を持っているんよ」

　おばあさんは、僕の生年月日を訊いた。

「生まれた時間は判る？」

「朝だったそうですが……時間までは」

　ふんふんと頷いたおばあさんは、ちびた鉛筆でチラシの裏に何やら書き付け、古いタンスの引き出しから取り出した、古い暦のページを繰って、しばらく見ていた。

「やっぱりそうや。年と月と日と、そして生まれた時刻にまで『駅馬』いう星が入っとる。あんたの人生の鍵は電車や駅にあるんよ」

　おばあさんは自信を持って言い切った。

　そこで僕は、謎の伝言について、おばあさんに訊いてみようと思い立った。このおばあさんなら、何かの答えを教えてくれるのではないだろうか。

「あの……この意味が判りますか？　くまさんが、屋根の上からすぐにお返事をくれる」

「なんやの、それ？」

「彼女が僕に残した伝言です。だけど、意味が全然判らなくて……でも、これしか手掛かりがないんです」

　おばあさんは両切りのピースを取り出すと、火をつけて考え込んだ。

「くまさんが、屋根の上か……あんたの人生には電車が大きな意味を持ってるって、さっき言うたよね？　電車、屋根、くまさん……」

　その時僕は閃(ひらめ)いた。

「あっ！『森のくまさん』だ。違いますか？」

「なにそれ？」

　僕はおばあさんに、大阪環状線の発車メロディーについて説明した。

「環状線のすべての駅の発車メロディーは違うんです。面白いなあと思って気になって。天王寺駅のメロディーが『あの鐘を鳴らすのはあなた』だったり……中でも『森ノ宮駅』で聞こえるメロディーが、『森のくまさん』で、それはもうハッキリ覚えています」

　なるほどな、とおばあさんは頷いた。

「そして……屋根、屋根……屋根って、なんだろう？」

「ここで考えてても仕方ないわ。一緒に行こ。今から環状線に乗ってみよ」

　おばあさんはそんな事を言いだした。しかしもう遅い。まだ環状線は走っているけど、暗いし、夜には見えないモノのなかに手掛かりがあるかもしれない。

「ほなまあ、今晩はウチに泊まり。ゆっくり寝て、明日の朝、環状線に乗ろ」

　まだ夕食も口にしていなかった僕は、おばあさんにヤキメシを作って貰って貪るように食べて……どっと疲れが出て、寝てしまった。

翌朝も、おばあさん手作りの美味しい朝ご飯を戴いて、「ほな行こか」と家を出た。

阪堺線と大阪環状線が連絡するのは「新今宮駅」だ。

ここで僕とおばあさんは一緒に環状線に乗った。

新今宮から森ノ宮は、外回りで二十九分かかる。内回りだと十三分。僕らは、まず外回りに乗った。

初めて電車に乗る子供のように、車窓から見える景色を目を皿のようにして眺めたのだが……まったく判らない。というか、普通の風景にしか見えない。

もう一周することにしたが、「今度は逆に回ってみよか」とおばあさんが言うので、それに従った。外回りと内回りでは見えるモノも違ったりするだろう。

内回りと外回りを繰り返して何度も乗っているうちに……沿線の屋根のさまざまな模様が気になってきた。

それが大阪名物の、というか、大阪のアーティストがやり始めた「ルーフアート」だということは知っていた。知ってはいたけれど、そこに、アートではないものが混じっているとしたら……。

今まで、アートとして模様の面白さを眺めていたけれど、アートではなく暗号になっている可能性に気づいたのだ。

そう思って車窓から見える屋根のアートを見ていると、けっこう暗号めいた文字や数字の羅列が描かれた屋根が多い。今までは、あんなもの誰がチェックするんだろう、いちいち解読するなんて酔狂だなとしか思っていなかったのだ。

とは言っても、いくつかの屋根にカラーで描かれた数字やひらがなの羅列が、彼女に関係しているとは思えない。

「くまさんが、屋根の上からすぐにお返事をくれる……森ノ宮駅の近くの屋根……すぐにお返事とは……たとえばそれを英語にしてみたら？」

考えたことをそのままブツブツと声に出したので、おばあさんは「あんたナニを言うてるの？」と気味悪そうに僕の顔を覗き込んだ。

「『すぐに』が『クイック』、『お返事』が『レスポンス』……Quick Response……QRコードか！」

僕は謎が解けた喜びで飛び上がり、おばあさんの肩を摑んだ。

「判った！　判りましたよ！　屋根の文字を片っ端から見ていく必要はないんだ。あの、四角の中のグジャグジャ模様、QRコードに注目すればいいんです！」

折しも電車は森ノ宮駅に近づきつつあった。その瞬間、僕の目に「それ」が飛び込んできた。屋根に描かれたQRコード。

僕は咄嗟にスマートフォンをかざし、コードを読み取った。すると……。

スマートフォンの画面にはあるサイトが表示され、そこにはひとつの音声ファイルが置かれていた。

「これです。たぶん、このファイルに手掛かりがあるんです！」

「なんのことやらさっぱり判らんけど」

戸惑っているおばあさんをそっちのけに、僕は震える指でその音声ファイルのアイコンをタップした。

数秒後。

一秒たりとも忘れたことのない、彼女の懐かしい声が流れ始めたではないか！

「初めて逢った場所からほぼ真東の方向……五つの色の乗り物……晴れた、金曜日の午後に、きっとまた逢える」

判らない……また謎が増えてしまった。

そもそもこのサイトをつくったのは誰だ？

彼女なのか？

おばあさんと別れた僕は環状線を降りて、例のQRコードが描かれた屋根のある家を探した。ようやく探し当てて、躊躇なくその家のドアチャイムを押した。

家としては古い。かなり古い家をリフォームして住んでいる感じで、外の壁の素材も一定ではない。トタンだったりコンクリートを吹き付けてあったりの継ぎ接ぎになっている。

硝子の引き戸の向こうで人影が動き、玄関が開いた。

出て来たのは、中年の男だった。髭面で太って顔色が悪い。

「あの、お宅の屋根の、ルーフアートについて、伺いたいんですけど」

僕がそういうと、この家の住人の男はニヤリとした。

「ようやく来たか。待っとったんやで」

男性は「まあまあ上がって」と気安く中に入れてくれた。

「ぼく、こう見えてシステムエンジニアやっとるんですわ」

男性はそう言いながら狭い廊下を歩いて行く。

古い木造の家で、狭い。敷地いっぱいに建っている狭苦しい家なので、その分、上に伸ばした感じだ。

「狭いやろ。建ぺい率無視やから、建て替えできへん。せやからリフォームとか改築とか繰り返して、収拾つかんようになってな……大改造！　劇的ビフォアアフターに来て貰おか思たりするくらいや」

凄く狭いが三階建てだ。だから環状線から屋根が見えたのだ。平屋か二階建てでは、他の家に埋もれてしまって見えなかったかもしれない。

中は散らかっているようで、そうでもない。狭いからいまひとつ片付かない感じだけど、男の一人暮らしの割りには、それなりに整理整頓がされている。

ギシギシ言う階段を上って、三階に行った。

そこは男性の仕事部屋だった。ハイスペックのパソコンや電子機器が、たくさんラックに詰め込まれている。

「音声関係のウェブサイトとか、そういう感じのものが専門やねん」

そう言えば、今どき珍しいオープンリールのテープデッキやカセットデッキなどの、レトロな機器も揃っている。

「おれ、あの子の常連やったんや。飛田のな」

男性は、よかったら飲んでと、小さな冷蔵庫から缶コーヒーを出してくれた。

「頼まれたんや。伝言したいヒトがいるんやけど、どこに居るか、連絡先も判らんと。だから、誰にでも目に入るけど、伝言とは判らんように巧いこと、出来んやろかと相談されて、さんざん考えたんや」

「それで、ルーフアートを」

そや、と彼はドヤ顔になった。

「電車から見えるけど、注意せんと判らん。なんや屋根にけったいな模様があるけど、あれはなんやろか。普通のヒトはそこで終わるわな。で、ＱＲコードやと判ってスマホを向けてサイトに飛んで、音声ファイルを再生しても、中味は判じ物やさかい、意味不明や。そこで、ほとんどの人は終了。あんたみたいにわざわざ訪ねてくる人はおらん。あんたが初めてや」

「もう少し誰かが来てもいいようなものですけど……」

いやいや、と相手の男性は首を振った。

「音声の内容が、なんや、頭がおかしい女の戯言(ざれごと)みたいに聞こえるやろ？　知ってる女の声なら、ん？　と思うかもしれんけど」

男性は、僕を見た。

「あんたも、この声の主を知っとるんやな？」

僕は素直にハイと返事した。

「この人をずっと探してたんです。まだ一度、二度……三度、それもほんの短い間しか、逢ったことがないけれど」

僕は指を折って、彼女との出会いを数えた。

「昨日、やっとまた逢えたんです。三度目の正直、今度こそ、と思ったのに、トンデモない事になってしまって……」

男性は腕組みをして考え込んだ。

「そらそうやろうなあ……飛田の女やさかい、いろいろあるわなあ。訳ありや。それにあの人は、何かにひどく怯えていた。こういう、ややこしい伝言をするのも、よっぽどのことがあるんやろうし……」

この方法を考えるのに苦労したで、と男性は念を押すように言った。

「どうしても、このメッセージをある人に伝えたいけど、それを他の人に読み解かれるのは絶対に困るって。で、おれは、何度も店に通いながら……もしかしてこれは、おれを店に呼ぶための商売かも、と思うたこともあったけど、まあ、それならそれでエエと思うたし」

「それだけ、イイ女なんですよね」

せやな、と男性は頷いた。

「けどこうしてあんたが来るまで、おれも半信半疑やった。あの子の作戦にまんまと引っ掛かったと思うてたくらいや」

そこまで苦労して方法を考え、サイトをつくってくれた男性にも、彼女は本当のことは教えていなかった。

＊

「このガキャ！　どういうつもりや？」

アニキたちの罵声が追ってくる。

とにかくおれは逃げた。

絶体絶命やんか。ようやく振り切ったが組には戻れん。しかもあの、凶悪なジョーズがおれを追っている。どないしたらこの窮地を抜けられるんや？

今、武器として使えるのは……彼女から預かったアレか？　おれには正体不明の部品としか思えんけど、アニキたちには物凄く価値があるようやった。これを巧く使えば、どうにかなりそうや。

しかし使い方がわからん。中身を知らんのやから、どのくらいの値打ちがあるのかも……。

おれはポケットの中のアレを握り締めて、とにかく夜の街を歩いた。歩きながら、考えた。しかるべき誰かに頼らんと……。

この中身が読める賢いやつで、組とは関係のない、おれを売ったりはせんような人間。

思い浮かぶのは、ある男ただひとり。

ずっと前に、やってもいないことで捕まったことがある。警察はおれの言い分なんかまるで聞いてくれず、アニキたちも請け出しに来てくれずにブタ箱でクサッていた時、救い出してくれた、ヤメ検の男や。ヤメ検言うても懲戒免職や。大阪地検特捜部時代に重大事件の証拠を捏造して、その事件そのものが冤罪やったんやが、その不始末の罪を全部着せられて法律の世界から追い出された、元特捜のエースや。ヤメ検、いうよりヤミ検やな。法律の知識は抜群でも弁護士のライセンスが無い。法律の世界のブラックジャックみたいなヤツやけど。まあ自分だけ辞めるんやのうて、自分の上司も全員道連れにした、根性のあるヤツや。

そのヤミ検は弁護士とは名乗れないから、口八丁手八丁で刑事をやり込めて、おれを自由の身にしてくれた。あとで礼金はたんまり払わされたけど。

『おれは偽善は嫌いや。だが、きっちりカネを取れば偽善ではなくなる』

とか言うてた、あの男……割屋とか言うたな。

おれは路地に身を隠してスマホを出して、連絡先を表示させた。当時何度もやりとりしてたから、電話番号は残っているはず……あった、ありました。

電話をかけると、かなり鳴らしてから、やっと出た。

「誰や？　こんな時間に。殺すぞ！」

と寝ぼけた声がした。

「すんません。しかし、ちょっとご無沙汰してるウチに、ずいぶんガラが悪うなりましたな、センセイ」

「あ……誰や、お前は？」

割屋センセイは寝ぼけた声のままだ。

「おれです。順平です。その節はエラいお世話に」

「お、おお。あの順平か。まだ未払いの分、あったんと違うか？」

「もうとっくに完済しましたがな。ちゅうか、こんな時間に、ホンマすんまへん」

時間を見ると、真夜中の三時だった。割屋センセイは酔っ払って寝ていたんやろう。

「で、なんや？　またなんかやらかしたか？　あ、ハナシが長うなるんやったら話さんでエエ。こんな時間に電話してくるっちゅうことは、ヤバい事になってるんやろ？　ほたら、とにかく、こっち来い。場所、覚えてるな？」

カネにはがめついが、その分頼りになる男。それが割屋センセイだ。

おれは環状線伝いに鶴橋まで歩こうとした。

だが……大した距離やないけど、今も追われてるんと違うかと、それが不安になった。ワザと遠回りしたり途中で休憩したりしているウチに、疲れ果ててしまった。

そういや、この近くにちょっと前にコマした女が住んでたな……こんなボロボロの格好でセンセイに会いに行くのもアレやし、時間も時間やし……。

思い直したおれは、ほんのちょっと立ち寄るだけやと自分に言い聞かせ、スケの部屋に転がり込んだ。

「なんやのん！　こんな時間に！」

すまんすまん、と謝りながら部屋に上がり込み、女のぬくもりが残るベッドに倒れ込んだら……そのままあっけなく眠り込んでしまった。

目が覚めると、女が呆れ果てた様子でおれを見ている。

「人間て、こないに爆睡出来るんやね。あんた、寝ぼけてトイレに行って粗相しかけた以外、ずーっと寝てたわ」

「今、何時や？」

おれは、ぶっ倒れた時のまんまの格好で起き上がった。

「昨日の今ごろやんか。あんた、ほぼ二十四時間、寝とったで」

えええええ！　なんたる失態！

女の部屋の安物のカーテンの向こうには、朝日が昇ろうとしている。

「お前は全然、起こそうともせんかったんか？」

「あほか。何度も起こしたわ。仕事行かなアカンし。せやけどあんた、全然起きへんのやもん。しゃあないから放ったらかしにして仕事行ったけど」

この女の仕事はヘルス嬢だ。マッサージのベッドで本番までやる。シロウトだったのを、おれがこの世界に引き摺り込んだんやけど。

「シャワー貸せ。冗談やないでこれホンマ」

おれは慌てて服を脱いでシャワーを浴びた。この部屋にある、男が着てもおかしないトレーナーとかを強奪して、外に飛び出した。

朝日が当たる中、丸々二十四時間遅れとはいえ、おれはやっとのことで、大阪環状線ガード下の空間にあるボロ家に辿り着いた。そこが割屋センセイの自宅兼事務所や。

「おう、ようやく来たか」

眠そうな顔で玄関の鉄扉を開けた割屋センセイは、四十前のオッサンや。背は高いからスーツを着せたらサマになるけど、今はヨレヨレのTシャツに短パンや。そのへんのしけたオッサンにしか見えない。エリートっぽい銀縁メガネもちょっと歪んでいる。

「エラい時間かかったやないか。まる一日、道草食うてたんか？　死んだかと思うとったで」

「いえ……真っ直ぐここに来たらセンセイに迷惑かかるかもしれんと、あちこち……あちこち寄ってるウチに意識不明になってもうて」

そうか、とセンセイは笑顔を浮かべた。

「どうせ女の部屋で寝てしもた、ちゅうところやろ。まあええわ。気ィ使わしたな」

センセイは笑顔ながら、その目は笑っていない。

「せやけどこっちも、電話受けてからずーっとお前を待ってたんやで」

そう言った先生は盛大なゲップをした。その息は酒臭い。どうせずーっと飲んでたんだろう。

「ビールでも飲むか？」

台所のテーブルにおれを案内したセンセイは、冷蔵庫から缶ビールを二つ出し、一つを渡してきた。

台所の流しは汚れた皿とコップで溢れている。独身のオッサンの典型的な暮らしぶりや。

「しかし……しばらく会わん間に、センセイもすっかり大阪弁が板につきましたね。ほとんどネイティブや」

そう言うと、センセイはブスッとした顔で頷いた。

「大阪で小さい商売するのに東京弁やと、相手にしてもらわれへんからな。正規の弁護士ならまだしも、こっちはモグリやし」

元大阪地検特捜部の鬼検事でもヤミ検だと、苦労が多いのだ。

「メガネ、歪んでません？」

「ああ、さっき書類読みながら寝てもうて、メガネを背中に敷いてしもたんや」

センセイはメガネの歪みを直そうとしたが不器用そうな手つきなので、おれが代わって直してやった。

「おお、ほとんど直った。おおきに」

「ときに、センセイの大阪弁は吉本新喜劇が教科書でっか？　ベタすぎですよ？」

「そうか。過剰適応っちゅうやつやな」

そう言ってビールを飲んだセンセイは「で？」とおれに訊いた。

「何があった？」

おれは、話せば長くなる話をかいつまんで説明した。

「こういうことですわ。環状線で出会ったエエ女を助けようとしたらその女は追われていて飛田でバイシュンもしてて、その女を東京から探しにきた男がおって、そこに別の連中が殺し屋みたいな男を大阪に送り込んできて……もう、ワヤですわ」

センセイは憮然とした表情になった。

「相変わらず日本語が残念なやつだな。お前が何を言ってるのか、全然判らん」

「そらそうでしょう。おれ自身、なにがなにやら、よう判ってへんのですから」

おれはイライラとポケットを探った。煙草とライターを出そうとした、その指先に触れるものがある。

「これや！　これがすべての始まりなんや！」

センセイは、おれが取り出したそのブツを手に取り、ためつすがめつ眺めた。

「どうやらUSBメモリーのようやな」

「なんですねん、それは？」

「パソコンの外部メモリーちゅうやっちゃ。これにデータを入れて持ち運べる。CD－Rと違うて、何度でも中味を入れ替えられる。ほたら中味を見てみよか。お前が訳の判らん騒ぎに巻き込まれた理由が判るかもしれん」

センセイはノートパソコンを起動させて、そのブツを脇に突き刺した。

画面には髑髏（どくろ）マークのアイコンが出現した。センセイがそれをクリックすると……。

なにやら山ほどのリストが出て来た。

「おー。なんや、特捜部時代の血が騒ぐな」

半分眠そうだったセンセイの顔がいきなり光り輝き、次いで、おうおうおー！と叫びだした。

「なんですのん？　何が入ってるんです？」

「順平、これはお前……エラいことですよこれは！」

大昔のギャグを口走ったセンセイはおれに説明しようとして口を開けたが、すぐには言葉が出てこず、ビールをごくり、と一口飲んで気を落ち着けようとしている。

「あのな、これは、大変な機密文書や。今までずーっと、どれだけ野党から追及されても、政府が言を左右にして絶対に出さんかったファイルが、ここに全部あんねん！　ええか、全部やで！」

センセイは、そのファイルを次々に画面に表示して見せた。

「これらは政府主催の、『日本の春をことほぐ会』に関する名簿だ。関係者が口を揃えてすべて廃棄した、この世には存在しないと言い切った公文書だ。まあおれは、役人が書類をハイそうですかと命じられるままに、簡単に廃棄するとは思ってなかったんだけどな」

画面に表示されているのは、招待者名簿と出席者名簿だ。二種類の名簿が、なぜかそれぞれ二つずつ、都合四つある。

「これは……それぞれの改竄前と改竄後、いわばビフォーとアフターだ。だから二つではなく四つあるんだ！」

センセイはキーボードとマウスを操り、おれの理解力は一切無視して、なにやら難しい説明を始めた。

「招待者名簿は電子ファイル、出席者名簿は画像だが、画像の方もＰＤＦとして読み込ませると……簡単にＯＣＲ出来てしまうんだ。つまり画像にある文字列の電子化だな。その上で、内容の差分を検出するソフトに読み込ませると……ほら！」

センセイはドヤ顔で画面を指差した。

「な！　判るだろ！　比べると、改竄されて名簿から削られた名前も、その逆で付け加えられた名前も、全部が一目瞭然なんだ！」

センセイは、液晶画面を指でコンコン突つきながら言った。

「つまり、あとから、招待したことがバレると困る人物を消して、その人物が実際に出席していたらその痕跡も消す。逆に招待していなかったことがマズければ、招待していたことにして、必要があれば出席していたことにもする。一種のアリバイ工作だ」

先生の口調が東京弁に変わっていた。頭の中が鬼検事に戻ったんか？

削除された名前が二十人分、そして一人の人物の名前が追加されている。それぞれに理由があるんだろう。

「この名前をそれぞれ精査して、どういう人物かを特定していけば、見えてくるものがあるはずだ」

というより、とセンセイは自分で付け足した。

「そもそもこの件が政治問題化したのは、呼んではいけない連中を大量に呼んだ疑惑を、野党とマスコミに突っ込まれたからだ。税金でまかなわれるイベントに反社の連中を招待したとなれば言い訳のしようがない。だから関係書類はもう存在しない、誰が招待されたのか出席したのか、もはや判らない、と言うことにして、無理矢理決着を付けたんだ。しかし、存在しないはずの書類は、ここにある」

しかも……とセンセイは画面にキスするほど目を近づけて凝視した。

「改竄までされている。電子ファイルのリストを書き換えるのは実に簡単だ。書き換えた日付だってワンタッチで直せる。こっちの出席者名簿は手書きで、画像だけど……ホラ見ろ！　フォトショップかなんかの画像修正ソフトで消したり書き込んだりした跡がある。それもシロウトの修正だからすぐ判る。見ろ！　紙の白さの濃度が違うだろ」

言われてみると、たしかにセンセイが修正しているという箇所は妙に白すぎたり、文字の鮮やかさの度合いがハッキリと違う。ド素人のおれでさえ判るレベルの下手糞な修正や。

「改竄がハッキリ判るのは、ええと……『仁俠摂津組総裁・漆原徳治郎』、これだ。改竄の結果、漆原の名前が招待者と出席者、両方の名簿から削られている。そして、新たに付け加えられているのは一名、『会社員・木村一郎』だが、これ、誰のことか判るか？」

そう訊かれても、心当たりがない。

「まあいい。調べれば判ることだ」

センセイはそう言って、なおもマウスをクリックさせているうちに、「あ！」と叫んだ。

「どないしました？」

「見ろこれ！　隠しフォルダの中に画像があったぞ。『日本の春をことほぐ会』の、前夜祭の写真だ！　これはホテルの大宴会場か？　あの会はどこでやったっけ」

センセイは自問自答しつつ自分で調べて答えを出した。

「ホテル・ニューオーニタだ。それがハッキリ判る写真もある。そして……なんだこれは？」

おれが覗き込んだ画面には二つの画像があった。一見して同じ宴会場で撮られた、同じ構図の画像が二枚。

写っている人物のうち一人は同じ人物だ。だが、もう一人が違う。

一枚目には、どう見てもヤクザの組長らしき男と「あるとても偉い人」がホテルの宴会場をバックに並んで写っている。二枚目も、まったく同じ場所、同じ構図で、やはり「あるとても偉い人」が写っている。だが、その隣にいる人物が一枚目とは違う。長身でガタイのいい、不気味な面長の男。笑顔のつもりだろう、歪めた口元には銀歯がずらりと並んでいる。

「こっ、これはジョーズやないですか！」

思わずおれは叫んだ。

「しかも……なんやこれは？　へったくそな合成やな！」

おれはいわゆる「エロコラ」を商売上、嫌と言うほど見ている。人気女優の顔にAV嬢の裸を組み合わせる、アレや。だからこれもすぐにフェイクやと判った。顔の輪郭の不自然さがバレバレやし、光の当たり方が逆やし、身長にくらべて顔も妙に大き過ぎる。

「これ、下手な切り貼りですね。おれでも判る。しかも、コイツは、ジョーズや。エラいヤバいやつですよ？」

さっき、飛田の店の倉庫で襲ってきた男。阪堺線の中でも、おれと東京から来たアイツを襲ってきた、銀歯で顔の長い、ジョーズ！

「ジョーズ、こと木村一郎か……たしかに、この切り貼りはひどい。今どきの中学生でも、もっと巧く画像を加工するだろう。何らかの意図を以て合成したものの、さすがにこれではすぐにバレると、作った連中にも判ったんだろう」

「この銀歯の男、殺し屋です。おれを殺しに来たんですよ！」

なるほどね、とセンセイは頷いた。

「そういうヤバいヤツが『とても偉い人物』と並んで写ったこのツーショット、マスコミが飛びつくはずなのに、全然流れていない。あまりに不自然すぎるし、こんなものを特ダネとして流すと笑われるからだろうな」

　おれもセンセイもその出来の余りのヒドさに、しばし笑いがとまらなくなった。が、センセイは急にマジになって「ちょっと待て」と、何かに気づいた様子で、隣の部屋からファイルを持ってきた。

「ええとな……思い出した事があるんだ……殺人未遂事件なんだが」

　センセイによれば、それは政府要人が絡んだある民事訴訟の、証人が殺害されそうになった事件、いうことやった。

「その証人による証言が決定的役割を果たして、訴訟は一審原告勝訴になった。つまり政府要人の負けだが、その証人が襲われた」

　何者かに襲われて意識不明の重体のまま、その証人は現在も入院しているはずだ、とセンセイはファイルを捲って確認し、ウンウンと頷いた。

「やっぱりそうだ。その証人の意識が戻らず、控訴審で法廷に立てないと、控訴審では逆転判決が出るかもしれないと危惧されているんだ。なにしろ最高裁の判事が、政権寄りの人物に入れ替えられたばかりだからな」

　高級ホテルのベルボーイだったその証人が証言した裁判は、某政府高官による強制性交事件だった。政府高官が無理やりホテルに連れ込んだ女性が意識朦朧状態で、合意があった状態にはとても見えなかった、とのベルボーイの証言が決定的で、政府高官は有罪になった、とセンセイはおれに言った。

「だが裁判のあと、そのベルボーイが何者かに襲われ、頭部を殴打されて昏倒した。襲った人物については目撃証言がある。長身で顔が長くて、前歯が銀色だそうだ」

「ジョーズやないですか！」

そう、とセンセイは重々しく頷いた。

「お前がジョーズと呼ぶ、この男」

センセイは出来の悪いコラ画像を指さした。

「『日本の春をことほぐ会』に出席したことになっている、この男が、まさに、証人を襲った実行犯だ。そしてもっと重要なことがある」

センセイは立ち上がって台所をウロウロし始めた。

「証人が襲撃されたその日時こそ、まさに、この『日本の春をことほぐ会』の前夜祭と同じ日の、同じ時間帯なんだ。つまりこいつがこのイベントに出席していたことに出来れば、こいつのアリバイが成立する。そう仕組んだやつがいる」

センセイは座り、考え込んだ。

「なんとかこのネタを公にしたいもんだが……マスコミに流して、このジョーズが殺し屋だと煽り立て、仮に証人が意識を回復しなくても、一審での証言が重要視されれば、逆転判決は回避できる……」

センセイは、ジョーズの顔写真を切り取って画像検索にかけた。

「おお。このジョーズの名前も裏が取れたぞ。改竄された名簿にあるとおり、木村一郎だ。コイツの友人がインスタグラムに写真をあげてる。『キラー木村一郎ととことん飲んだぜ』って」

「木村一郎って言うんか、あいつ……」

平凡な名前や、とおれは笑ったが、その時、大変なことに気がついた。

アイツが危ない！　東京から来た、あの男が危ない！　アイツはとんでもない相手を敵に回している！

あの女と、そしてアイツを付け狙っているジョーズのバックには、「日本で一番権力のある人物」がついているのだ！

うろたえたおれは慌ててスマホを取り出した。アイツの番号をタップする。

しかし、全然繋がらない。何度かけても「ただ今電話に出られません」の留守メッセージが流れるだけだ。

「あいつ、何しとるんや？　電源は入っとるのに、無視するのはわざとか」

おれは、焦った。

僕のスーツのポケットの中でスマホがずーっと振動し続けている。

それは判っているのだが、今、通話できない。それどころではないのだ。

僕は、会社にいた。まだ朝の八時だが、支社長はもう出社していて、パソコンに向かっている。昭和のモーレッサラリーマンを理想像にしている支社長は、「おれが若い頃はこんなもんじゃなかった」が口癖だ。部下のケツを叩く材料を懸命に集めているのだろう。

＊

僕が入って行くと支社長は顔を上げ、馬鹿にしたように言った。

「どうしたんだ？　お前はウチを辞めたんじゃなかったのか？　成瀬さんにあんな無礼な真似をしておいて、よくもまあノコノコと顔を出せたものだな！」

それはよく判っている。しかし……彼女が伝えてきた、あの音声メッセージの意味がどうしても判らない。昨日からずっと考えて考えて、万策尽きて……そこで成瀬のことを思い出した。「夫」だというのなら、彼女のことを知っているはずだ。

そこから手掛かりを得るしかないと思ったのだ。

「あの成瀬という人物について、教えてください」

単刀直入に言った。他に誰もいないから、言いやすい。

「なんだ？　俺の話を聞いてなかったのか？　お前はどこまで図々しいんだ！　帰れ！」

支社長こそ僕の話を聞いていない。内容のない罵声だけを発して、僕を問答無用に追い返そうとした。

「いいえ、帰りません！　教えてもらえないのなら僕にも考えがあります。僕を解雇すると言いましたね？　僕に一方的に濡れ衣を着せて、あの成瀬という人物の言い分だけを信じて僕をクビにするなら、労働基準監督署に駆け込みます。労働組合にも行くし、中労委にも行くし、その筋のＮＰＯとか議員さんとか、とにかくあらゆるところに相談に行きますよ！」

「お前は……何を言ってるんだ」

支社長はそう言って鼻先で嗤（わら）おうとしたが……脅しがジワジワと効いてきたようで……だんだんと顔が強（こわ）ばってきた。

「僕は一応、正社員なので、支社長の一存では解雇できないはずです。それでも僕をクビにするというならば、どうぞ、正式な手続きを踏んでください。退職金と失業保険のこともあります。うやむやにするつもりはありません。僕が泣き寝入りするとでも思ってましたか？」

「貴様……何を言い出すんだ」

支社長の顔が青くなり、次に赤くなった。

「そんなことはさせないぞ！」

「そうですか。支社長がそうおっしゃるなら」

今から東京の本社に出向いて、とりあえず人事に全部話す、と僕は言い、そこでわざとらしく言葉を切って支社長を見た。

「でも、成瀬という男について教えていただけるのなら、僕の依願退職ということにしてもいいです。これ以上、波風は立てません」

僕自身、この会社には居たくないという思いが強くなっていた。それは東京で勤務していた時から感じていたことだ。じゃあ何かしたいことがあるかと問われたら、彼女を探す以外、何もないのだけれど。

が、解雇で揉めなくても済むという一条の光を失うまいと、支社長は乗ってきた。

「判った。それでこそオトナだ。オトナの交渉と言うものだ。君が依願退職と言うことにしてくれるなら、俺……いや、私も、いろいろ考えてやってもいい」

「成瀬という男について知りたいのです。役所の上の方と言ってましたが、どこの役所の、何という部署なんですか？　そもそもあの男と、奥さんの間に何があったんですか？」

「いや……私も、成瀬さんのプライベートはよく知らないんだが」

そう言いつつ支社長は、成瀬についていろいろ明かし始めた。

「あの人は……内閣府のかなり上の方にいる人で……局長クラスのエラい人だ。とにかくそのレベルになると、監督官庁の枠を越えた権限を持っているから、民間の我々としては、どんな無理難題にも、平身低頭するしかないんだよ！」

「いや、だからと言って、向こうの言い分は丸呑み、僕の言い分はまるで聞こうともしないなんて、そんな遣り方はおかしいでしょう！」

僕は、思ってもみなかったほどの勇気が湧いてきて、言いたいことが全部口から出るようになっていた。

「そうは言うが、君」

いつの間にか、「お前」が「君」になっていた。

「考えてもみてくれ。内閣府の局長という、官僚の仕組みの一番上の方にいるエラい人が血相を変えて乗り込んできたんだ。まずはその人の顔を立てるのが民間企業と言うものだ」

「何を言ってるんですか！　相手がエラい人なら、何でも言うことを聞くんですかあなたは？　頭の中が江戸時代じゃないですか！」

「失敬だな、君は！」

　言い争っている間にも、何度もスマホが振動した。もちろん話を中断して応答する余裕などないので、無視するしかない。

「だいたい成瀬という人物は、奥さんと何があったんですか？」

「そんなこと、君とは関係ないだろう？」

「ありますよ！　あの人物は奥さんと僕のことをまず最初に疑ったんですよ！　まったくの濡れ衣なのに……。ならば僕だって、あの人のことを知る権利があるでしょう！」

　自分でも強引な理屈だなあと思ったが、なんとしても彼女のことを知る必要がある。彼女が音声データで伝えてきた謎は全然解けないし、このままでは身動きが取れない。

「判った。君、落ち着いてくれ」

　血相を変えた僕の様子に、上司は怖くなったらしい。

「知ってることは話すから。あのあと、つまり、君が飛び出していったあと、私は激怒する成瀬さんを宥めるために、あの店でしばらく飲みながら話をしたんだが……成瀬さんが言うには、家庭にはまったく問題はなかった、妻は完璧な妻だった、自分との関係も良好だった、と言うばかりなんだ。とは言え、話していると、必ずしもそうではないような……」

支社長はのらりくらりと話をした。

「成瀬って人は、どこに住んでるんですか！」

まずはそういう簡単な事実から聞き出そう。そう思った。

「それはわからないが、たしか……奥さんの実家が千葉県だと言ってたな……千葉県の、どこって言ったかな……たしか、北のほう、とか言ったような……」

「思い出してくださいよ！」

僕はジリジリしたが、千葉と判っただけでも前進だ！

と、思ったその時。

支社のドアが、ガーンという音とともにぶち破られた。

鉄製のドアが破られるのを僕は初めて見た。

蝶番（ちょうつがい）ひとつでぶら下がり、ぐらぐらするドアを押し開けて無理やり入ってきたのは……長身に長い顔、歪んだ表情にきらめく銀歯。

ジョーズだ！

「うおおおおおお！」

ジョーズは絶叫し、近くにあった事務椅子を摑むと放り投げてきた。

咄嗟に僕は避けたが、椅子は固まっていた支社長の頭を直撃した。

「う」

頭を強打した支社長は床に倒れた。

リノリウムの床が、支社長の頭から流れ出る赤い血で染まっていく。

「やっと見つけたぞ、お前！」

ジョーズが、じりじりと僕に迫ってきた。

第四話　流山線の女

僕

僕は昼下がりの流山線に乗っていた。もう何度目か判らない。平日の午後の流山線……。

なぜここに来てしまうのか、この短い私鉄路線に繰り返し乗ってしまうのか、僕にはその理由が判らない。なぜなら僕にはここ数ヶ月間の記憶がところどころ欠落しているからだ。

医師からは、頭を強く打った結果の「逆行性健忘」だと言われている。だが、なぜそんな事に巻き込まれてしまったのか、その記憶もないのだ。

僕の記憶、連続した、まともな記憶は、混雑した埼京線の、それも女性専用車両に間違って乗ってしまったところで途切れている。

その車内で、何かとても大事なことが起きたというぼんやりした感覚はあるのだが、それが何だったのか、どうしても思い出せない。思い出そうとするたびに、ひどい焦燥感に駆られる。

だが、現在、僕の一番身近にいて、何くれとなく世話をしてくれる女性、僕の婚約者でもある恵利子さんは、そんなことは忘れるべきだ、と強く言うのだ。

『それはただの気のせいなの。今のあなたにはもう、何も心配することはないのよ。大丈夫。私がついているのだから』

僕のような者に、ここまでよくしてくれる恵利子さんは本当にいい人だ。僕には過ぎた女性だとも思う。けれども、どうしても「これじゃない」という気持ちが消えてくれない。

これからの（たぶん）長いだろう人生、僕が共に過ごすべきひとが、本当はどこかに居るのではないだろうか……。

そんな気持ちに駆り立てられるまま、僕は今日もまた、この流山線に来てしまった。

大手私鉄のお下がりの、古い車両がゴトゴトと大きく揺れながらゆっくりと走っていく。

車窓からはのどかな午後の陽射しが降り注ぎ、小春日和の車内は暑いくらいだ。

車窓を、沿線に建ち並ぶ瀟洒(しょうしゃ)な家々が流れていく。カナリア色の壁に白い窓枠の可愛い家、煉瓦づくりの重厚な英国風など、洒落た戸建てが続いている。

流山はもっと田舎で、田園風景が広がっているのかと思っていたが、とんでもない。今や流山は子育てに最高の街らしい。たしかに新築の家が目立つ住宅街が続き、公園もあり、その中に残っている古民家には歴史も感じる。

僕は東京で、以前とは別の会社で働いている。その前には、大阪で働いていた。大阪で巻き込まれた事件についても、断片的にしか憶えていない。

電車に揺られながら、僕の中では断片的なイメージが次々に甦り、勝手に再生されていった……。

突然、突き破られたドア。押し入ってきたのは大柄な人物だ。顔が長く、口からは銀歯が覗いている。まるでスパイ映画に出てくる、悪役のような男。

僕の目の前にいた人物が突然倒れる。床にひろがる血溜まり。その人の頭に激突したのは……椅子だ。

物凄い恐怖。次は僕だ！　と思った次の瞬間に受けた、激しい衝撃。目の前には床。そして、近づいてくる大きな靴。

ゆっくりと消えかける意識の中で、喉元に手がかかり、物凄い強さで絞めつけてくる。苦しい……息ができない。

ああ、僕はこの男に絞め殺されるんだ……。

が、急にその力が弱くなった……。

おれ

「電話に出んかい！　おれは順平やど！　このドアホ！」

悪態をつきながらおれは京橋にある会社に飛び込んだ。見ると、あの東京もんが首を絞められとる。絞めとるんはジョーズや。

とっさに飛びかかって、おれもうしろから腕でジョーズの首を絞めた。だがやつは見かけ通りの怪力やった。あっさり振り払われたおれは首根っこや胸ぐらを摑まれて、何度も放り投げられた。しゃあないわ。体格では敵わんのやから。それでも根性で何度も飛びかかった。けど渾身(こんしん)のパンチをなんぼ食らわせても全然、効かへんのや。

「こら！　ぼけっと見とらんと、加勢せい！」

床に倒れとる東京もんに、苦し紛れにおれは叫んだ。

「いや……カラダが動かない……」

「ゴチャゴチャ言うな！　なんか使え！」

無理を言うとるのはおれにもわかった。けど、藁にも縋る気持ちや。

東京もんがふらふらと立ち上がるのが見えた。相当、無理しとる。

渾身の力を振り絞って立ち上がった奴が、近くの事務椅子の背を摑んだ。こらアカン、支えがないと立っとられへんのか……と思ったら、奴はヨロヨロと椅子の背を摑み、持ち上げて、ジョーズの頭目がけて振り下ろした。

がしゃん！

大きな音のわりには効果はなかった。ジョーズは少しふらついただけや。すぐに体勢を立て直しよった。

けどその時、どっちを先に潰そうかとジョーズに迷いが出たのがわかった。

その隙を、おれは逃さへんかった。

用意のスタンガンをポケットから取り出して、ジョーズの首筋に押し当てたった。

バチバチとショートする音がして、ジョーズは硬直した。したんやけど、なんちゅう怪物や。すぐに倒れるはずやのに、動きが止まっても立ったままや。

「で……電圧が足りないんじゃないか？」

「これで目一杯なんやっ！」

要らんことを言う東京もんにおれは怒鳴り返した。スタンガンの電撃は、人によって効き方に違いがある、いうけど、たぶんこいつは図体がデカいし鍛えているから、効きが悪いんやろう。

長時間スイッチを入れてたら電源がなくなってまう。そうなったらしまいや……

とさすがにおれがビビり始めた時、さすがの怪物も力尽きたのか、ついに倒れた。

おれは東京もんに向かって叫んだ。

「逃げろ！　とにかく逃げろ！　おれも逃げる。またどっかで会お」

スマホにはお互いの連絡先が入っている。

「あの……彼女は、どうなった？」

「あの人は、タダモノやないで。生きるパワー満点や。ほなな！」

血溜まりの中にスーツのおっさんが倒れとる。ジョーズも倒れとるけど、いつ復活するかわからん。こんな場所からは一刻も早う、逃げるが勝ちや。

おれは会社を飛び出し、あとに続く東京もんの足音を聞きながら、そのまま逃げた……。

僕

『あの人は、タダモノやないで。生きるパワー満点や。ほなな！』

耳元で声が聞こえたような気がして、僕はハッと目が醒めた。流山線の中で、うとうとしてしまったようだ。

　誰だ、あの声は？　僕を助けてくれた人、それだけしか憶えていない。そして生きるパワー満点の「あの人」とは？　頭の中に霧がかかったように思い出せないけれど、それが僕にとって、とても大事な人であることはわかる。とても大事な、女の人。でも婚約者の恵利子さんではない……。

　何もわからないまま、声だけは思い出した。

『初めて逢った場所からほぼ真東の方向……五つの色の乗り物……晴れた金曜日の午後に、きっとまた逢える』

　そうだ。このフレーズと声を憶えているから、僕は今こうして流山線に乗っているのだ。

　大阪で路上に倒れていた僕は通行人に助けられて、大きな病院のベッドで目を覚ました。

　最初は、自分の名前も思い出せなかったのだが、ゆっくりと記憶は戻ってきた。でも、全部ではない。

　東京で生まれ育った僕が、どうして大阪にいたのか、そして結局は会社を馘になったわけだが、その経緯も、ぼんやりしてしまって、なにも判らない。僕を襲った、あのデカくて屈強な男は誰なんだ？　そして僕を助けてくれた、大阪弁の、あの若い男は？

記憶が錯綜し、もつれあって、全然繋がってくれない。言葉もイメージの断片も、全部が無秩序にばら撒かれてしまった状態だ。

免許証や会社の社員証はあるので、自分の名前や勤めていた会社の名前などは判ったが、スマホをどこかに落としてしまって、手元にはない。

マダラに記憶が失われてしまった事が不安で、なんとも言えない焦燥感に駆り立てられる。ごく一部だけは覚えているのに、その前後が判らない。一番辛いのは、なにか、とても大事なことを忘れているのに、それが想い出せない、という、灼けつくような強い気持ちだ。僕を流山線に導く、あの声の主は、一体誰なんだ？

医者は、そんな僕を「逆行性健忘」だと診断した。いわゆる「記憶喪失」だ。頭を強打した衝撃で、記憶の一部が飛んでしまったらしい。

『ある日、いきなり全部思い出すこともあれば、永久に思い出せないこともあります。人間の記憶のメカニズムについてはよく判らないことが多いので、ハッキリしたことは言えないんです』

神経内科の医師はそう言った。

そして……僕が勤めていたという会社からは何も言ってこないし、警察からも何もない。こっちから会社に行くのも、警察に行くのも怖い。

『大丈夫よ。私が付いてるから』

そんな僕を慰めてくれるのは、僕の婚約者だという恵利子さんだ。だけど……。

『本当に悪いんだけど……恵利子さんと僕はどこで出会って、どういうお付き合いをして、いつ婚約したんだろう？　全く覚えていないんだ』

そう言うしかないのだ。僕としては。

『そうなのね』

それをきいた恵利子さんは僕を見てニッコリ微笑んだ。真面目そうで清楚な小柄な美人。よく気がついて優しくて、僕には完全に「過ぎた女性」だ。仕事ができず給料も安くて、外見もパッとしない僕の、一体どこがよくて、こんな素晴らしい女性が、婚約までしてくれたのだろう？

納得できない僕は何度も訊いてみた。

『あら。そういうことを私から言うのは恥ずかしいじゃない？　おいおい思い出すでしょ』

そう言って、なんだか凄くもったいぶって教えてくれない。

だけど、彼女は本当にこまごまと、僕の世話を焼いてくれた。退院や退職の手続き、そして引っ越しの手配も、すべて彼女がやってくれた。記憶はないが、住んでいたという阪堺線沿線の安アパートを引き払って、僕は東京に戻った。

新しい仕事を見つけてくれたのも彼女だ。

彼女の紹介で小さな会社に職を得て、東京の北東部に安い部屋を借りた。保証人にも彼女がなってくれた。いやそれどころか、敷金礼金を貸してくれさえした。

『恵利子さんは、どうしてここまでよくしてくれるの？　僕なんかに』

『さん付けは止めて。だって、婚約者だよ』

そう言って抱きつかれて唇を封じられてしまうと、その先は訊けない……。

転職した僕だが、仕事の成績はいいとは言えない。口下手な僕には不向きな営業の仕事で、努力しても契約がまったく取れない。

仕事がうまく行かないと、給料にも響くし、お金がないと心もすさむ。この悪循環で、恵利子さんに対して申し訳ない気持ちが積み重なっていった。今では恵利子さんの好意を、逆に重荷に感じはじめている。

このままでいいのか、人生をどこかで決定的に間違えているのではないか？

そして、どこか恵利子さんにも、しっくりこない気持ちを感じはじめていた。

「なんか違う」「これじゃない」という強烈な思いが時々襲ってくるのだ。そのたびに、そんなことを思ってしまう僕自身に対して、とことん駄目なやつだと自分で自分を責めてしまう。頭の中で堂々巡りが暴走して、それに疲れて鬱屈してしまう。

そんな僕を救ってくれるのが、この流山線なのだ。どういうわけか、この電車に乗ると、心が和んで、追い詰められた気持ちがほぐれていくのが判る。

そんな流山線だけど、今日に限って、僕の心に安らぎはもたらしてはくれなかった。昨夜のデートでは、ついに恵利子さんと喧嘩になってしまったからだ。発端は、「仕事を無断で抜けてどこに行っているの？」と恵利子さんから問い詰められたからだ。

優しい恵利子さんも、こんな駄目な僕に対して、とうとう堪忍袋の緒が切れたのだろう。それに僕が応戦してしまった。

恵利子さんはそのまま帰ってしまい、僕は謝ろうとしたが、ケータイにも出ないしＬＩＮＥも返してくれない。

……何もかもがうまく行かない。

ますます気持ちが沈み込んでしまう。

そして僕はまた、営業の仕事で取手(とりで)の客先に行くために乗っていた常磐(じょうばん)線を馬橋(まばし)で下車して、このローカル線に乗り換えてしまったのだ。

流山線に吸い寄せられるように乗るようになる前は、関東近郊のローカル線をあちこち探して乗っていた。なぜかは判らない。特に鉄道オタクというわけでもないのに。そんなある日、流山線に乗った時、「これだ。この路線だ！」と強く思ってしまった。それからというもの、何度も流山線に乗りに来てしまうようになった。

そしてそれはなぜかいつも金曜日の、それも晴れた午後だった。

『初めて逢った場所からほぼ真東の方向……五つの色の乗り物……晴れた金曜日の午後に、きっとまた逢える』

記憶の底の方から、この言葉がふたたび、呪文のように聞こえてくる。なんなんだ？　この意味はなんだ？　この声のせいで、僕は金曜日の、この電車に乗ってるのだろうか？

考えてみても判らない。

窓外には依然として小ぎれいな住宅街が続いている。澄んだ秋の空の下、おだやかな陽光を受けて、大きめの家や庭の芝生が光り輝いて見える。いかにも住み心地の良さそうなコージーな家々。庭には白いブランコなど、子供用の遊具が置かれている家もある。夏はビニールプールで水遊びをしたりするのだろう。

通りには街路樹が並び、ところどころに公園もあるし里山も残っている。終点の流山は、江戸川（えどがわ）のすぐそばらしい。

幹線から分かれるように延びる、江ノ電のように小さなローカル線は、乗客をどこか違う世界に連れて行ってくれる感じがする。江ノ電なら湘南の海だが、この流山線（ながれやません）の、たどり着く先はどんなところだろうか。

首都圏のエアポケット。

こんな沿線に住めば、この鬱々とした気持ちも変わるのかも……と思っていたとき、突然、僕の隣のシートが沈み、温かくて柔らかい躰がぴったりと寄せられた。隣に座ったのは女性だ。どうして？　他の席はがら空きなのに、わざわざ僕の隣に？

そして僕の鼻孔を、どこか懐かしい、強烈に慕わしい香りが襲った。知っている……この匂い。女性の肌と髪が放つ、とても良い香り。それも、とても大事なひとの……。

僕は隣の女性を見た。だが、見覚えがない。

いや、とてもよく知っているような気がするのだが、どこかが微妙に違う……。歳はよく判らないけど、僕よりほんの少し年上か。ほっそりとして、痩せすぎかと思えるほどだ。髪は染めていないショートカット、色白の肌に、睫が濃く、見開かれた眼が大きくて美しい。その眼には見覚えがある。けど、顔のそのほかのパーツは……知らない女性のものだ。

開いたハーフコートの胸元からはクリーム色のタートルネックのセーターがのぞいている。その胸はなんとも形よく盛りあがっている。ボトムはスリムなジーンズで、活動的な感じがする。

しかも、その女性は、あろうことか、いきなり僕の腕にすがりついてきた。

耳元で熱い息が囁いた。

「やっと逢えた！」

「え？」

見知らぬ女性に、こんな事を言われて、僕は驚いた。いや……見知らぬ、と思ったけど、記憶の片隅に引っ掛かるものがある。その顔、その声……。だけど今は、記憶に濃い霧がかかっている。

動揺する僕を見た彼女は、首を傾げたが、深い呼吸をして、何かを切り替えたようだ。

「お願い！　とにかく今は私と知り合いだというフリをして。それと、出来たらあなたの彼女ってことにして」

「は？」

「いいからっ」

ひどく真剣な表情になっている。何かに怯えているようでもある。

窮鳥懐に入れば猟師もこれを射たず、という言葉が、何故か僕の脳裏に浮かんだ。

思えば……恵利子さんに世話になる一方の僕は、恵利子さんに全く頭が上がらない。恵利子さんも、僕に指図するばかりだ。恵利子さんから頼られたり助けを求められたりすることは、一度もなかった。なのにこの女性は、今……胸の膨らみを僕の腕に密着させて、助けを乞うている……。

昼下がりのローカル電車の中で、見知らぬ女性と隣あわせにぴったりと、身体と身体をくっつけて座り、しかも腕に縋られている気分は、不思議に心地良いものだった。

とても癒される。

けれども……見ず知らずの、赤の他人の女性に、いきなり距離感ゼロで密着されて頼られてしまう、今のこの状況は……。

どう考えても普通ではない。

この女性はどこかおかしいのではないか？

明らかに異常な状況なのだが、何故だかそうは思えない自分がいた。

激しく戸惑いつつも、ぴったりと密着してくる彼女の身体の柔らかさが快感だった。肌と髪の毛の甘い匂いも悩ましい。彼女が誰かが判らないままに、困るような嬉しいような、混乱した状態でいたとき……。

同じ車両の、少し離れた席にいる男が、こちらをじっと、睨むように見つめている視線に気がついた。昼日中からベタベタしやがって、という腹立ちとは違うようだし、不快さ故に睨んでいるのではない。はっきりとこちらを「注視」いや、睨みつけている。

座っているからハッキリとは判らないが、感じとしては身長が高そうだ。顔立ちは整ってエリート風。キッチリ横分けされた髪に、銀縁メガネの中年男。

この男は……どこか見覚えがあるような、ないような……相変わらず記憶が混濁して、ハッキリしたことが言えないのがもどかしいが、どこかで会ったことがあるはずだ、という強い感じがあった。

僕の頭の中で、「私と知り合いだというフリをして。それと、出来たらあなたの彼女ってことにして」というこの女性の言葉が再び反響した。なるほど。知り合いだというフリをする理由は、この女性もあの男に追われているのだろう。僕の「彼女」を装うことで、身を守ろうとしているのだ。きっとそうだ。

もしかして……この女性は、「僕が守らなければいけない」存在なのではないか？

心の隅、記憶の片隅で、そんな信号が点滅している感じがした。

……ようし！

得体の知れないファイトが沸き立つのを僕は感じた。女に頼られて逃げるのは男じゃないという、本能的な闘争心のようなものだ。

電車はもうすぐ、終点の一つ手前の「平和台（へいわだい）」に到着する。

義を見てせざるは勇無きなり。脳内に噴出したアドレナリンの命ずるままに、僕は彼女に囁いていた。

「いいですか。ドアが開いたら即、走ります。とにかく走って、この車両から出るんです」

彼女は小さく頷いた。こうして見ると、垢抜けた、なかなかの美人だ。

「そのあとは、僕の言う通りにして」

車両が少し揺れてブレーキが効いたと思ったら、電車は平和台駅のプラットフォームに滑り込んでいた。

プシューと音がしてドアが開いた。

「行くよ！」

僕は彼女の腕を取って電車から飛び出した。そして、後ろを振り返って様子を見た。

例の「目付きの悪い男」が、ゆっくりと立ち上がり、これまたゆっくりと車両から降りてくる。

これは……テキの方が上手ではないか？　急いで追いかけては警戒されてしまう。それを回避するために、わざとゆっくり降車したのか。それとも、この駅に別動隊が控えていて、あの男が慌てて追いかけるまでもないのか……。

しかし、次の手は考えてある。昔見た映画でやっていた手口を、僕は試すつもりだった。

僕は走るのを止めて、振り返って例の男の様子を見た。僕が立ち止まった位置は、隣の車両のドアの前だ。

プラットフォームに降りた男は、スマホを耳に当てている。誰かと連絡を取っているのだ。こっちを見ないようにしているのが、明らかにわざとらしい。

あの男は誰なんだ？　かすかに見覚えがあるような気もする。

車掌が「ドアを閉めま〜す」と言い、笛を吹いた。

そのタイミングで、僕は彼女の腕を取って、素早く後ずさりした。ドアに背を向けたまま再び電車に乗り込み彼女の腕をぐい、と引く。

僕に続いて彼女が電車に乗り込んだ瞬間、僕たちの鼻先で、ドアはがたがたと閉まった。

ぷあ〜んと警笛が鳴り、電車が走り始めた。

例の男は通話を止め、あたりをキョロキョロして、こちらを見た。

目が合った。

僕らが再び電車に乗っているのを目視したのだ。

男は一瞬、プラットフォームを走って電車を追いかけようとしたように見えたが、すぐに諦めたのか、足を止めた。

不審な男を振り切ることが出来て、僕は単純に嬉しくなった。

「してやったり。大成功ですよ！」

僕が彼女に言うと、彼女もにっこりと微笑み返した。

「ありがとう。助けていただいて」

笑顔の彼女がすこぶる美人であることに僕はあらためて気がついた。胸が高鳴る。

「やっぱり私のこと、判らない？　本当に？」

彼女は、そう繰り返した。

「ごめんなさい。ちょっと事情があって、記憶が飛んでるんです……だから、あなたのことは判らない……思い出せない……けれど、どう言っていいのか、あなたはとっても大切な人なんだと、なぜかそんな気がするんです。それだけは判るんです！」

そんな女性の役に立つことができた！　感謝された！　という喜びが、僕をいっそう奮い立たせた。仕事もダメでお金もなくて、婚約者とも喧嘩したダメ男が、人の役に立てたのだ！

生きる価値を認められたようながして、使命感のようなものさえ感じた。

このひとを守ろう。

いつの間にかそれは堅い決心になっていた。

やがて電車は、終点の流山に到着した。

プラットフォームに先回りした誰かが待機しているかも、と僕は警戒したが、そこまでのことはしないようで、駅にはそういう人影はなかった。

木造の、鄙(ひな)びた、小さな駅。

駅構内の留置線には、色とりどりの、編成ごとに色を塗り分けられた古い車両が、全部で四編成、停まっている。ピンク、黄色、黄緑、赤、そして今、僕たちが乗ってきた車両の銀色……。

『初めて逢った場所から、ほぼ真東の方向……五つの色の乗り物……晴れた金曜日の午後に、きっとまた逢える』

停まっている車両は四編成、僕たちが降りたものと併せて五編成。例の言葉が頭に浮かんだ。『五つの色の乗り物』って、このことか？

僕たちは改札から外に出た。流山線には何度も乗っているが、下車したのは初めてだ。そこにあったのは、東京にほど近い場所にあるターミナル駅とは到底思えない、古い、田舎めいた駅舎だった。

駅を出ると、すぐに小さな可愛いロータリー。そこからまっすぐに道が延びている。

どうしようか……？

僕が行き先に迷っていると、今度は彼女が僕の腕を取って、足早に歩き始めた。

「ちょっと待って。追っ手が来るかもしれないし、警察に行ったほうが……」

僕はそう言ったが、彼女は「大丈夫よ」と言って、どんどん先に行こうとする。

「どこに行くんですか？」

先に立っていた彼女が振り返って僕を見ると、ついてきて、と言うように目でうながした。強い眼の光に、僕は逆らえない。

彼女は、迷いのない足取りで足を進めた。

どこに向かっているのか判らないが、はっきりとした目的地があるようだ。

例の男は諦めたのか。何度か振り返ってみたが、うしろに追っ手らしい人影は見えない。

大きな道路を渡って江戸川方向にしばらく歩くと、古い寺があった。そこは新撰組ゆかりの寺らしかった。境内には小さな墓地もある。両側に古い民家が連なる通りを、袖口と裾に白い三角の模様のある、あの青い羽織を着た人たちが歩いてくる。着ているのは若い女性たちだ。観光客のために、地元の人が、この扮装でボランティア・ガイドをしているのだろう。

観光客もいる。平日なのにバックパックを背負い、あるいはウエストポーチを腰に巻いて、地図を片手に町歩きをしている高齢者たちだ。

のどかな陽射しが、古い木造の商店が建ち並ぶ街並みに降り注いでいる。ここが昔のメインストリートらしい。

さっき降りた駅に「小江戸、流山」のポスターがあったが、たしかに歴史を感じさせる街並みだ。

うららかな秋の陽射しの中にいると、追っ手に怯え、周囲に警戒する緊張もしだいに緩んできた。江戸時代から続くこの古い街に流れているのは、東京とは違う、ゆったりした時間だ。

彼女は黙ったまま、ひたすら前に進んでいく。その姿はこの街にしっくり馴染んでいる。どこに向かっているのかは判らないが、次第に目的地を気にする気持ちもなくなってきた。

このまま、彼女とこの街を歩いていたい。このままどこまでも歩き続けて、のどかな街並みの一部となって消えてしまいたい……。

ひそかにそう願った。

が。

彼女はそうではなかった。ふと僕を見た、その表情に緊張がある。なにか切迫したような表情は、さっきから変わっていない。僕だけが気を緩めて、緊張や警戒を解いてしまっていたらしい。

　彼女は何に怯えているのか。一体、何から逃げているのだろうか。

「大丈夫？　疲れない？　どこかで休む？　ほら、そこにカフェが……」

　そう言いかけても、彼女は僕の腕を取ったまま、早足で迷うことなく町の中を進んでいく。

　途中で、ガーリックを炒める美味しそうな香りが漂ってきた。古民家を利用したレストランのようだ。

　あんまり美味しそうな香りなので、僕はまだ昼を食べていないことを思い出した。緊張していても腹は減る。

　足取りを緩めることなく、彼女は言った。

「いい匂いよね？　ここは昔から有名なお店なの。でも今は寄ることができない。早く隠れなくてはいけないから。一緒にきてくれるよね？」

　嫌も応もない。彼女を守ると決めたのだ。ついていくしか、ない。

　道はやがて、大きな川の土手に突き当たった。江戸川だ。

　彼女が土手に登っていくので、僕も後に従った。

　土手から眺める江戸川は広々とした川幅で、中州には草が生い茂っていて、豊かな自然を感じさせる。昔ながらの美しい流れだ。

二十三区内の河川はコンクリートの護岸にしっかり囲い込まれ管理されているが、さすがにここ、流山あたりの江戸川は、昔からの姿のまま、と言われてもその通りだと思える。

「ほら、このずっと先。この川を遡った、利根川(とねがわ)との合流点のところで、昔の偉い政治家が引退して、牛を育てていたの」

夢見るような口調で彼女が言う。

言われてみればこの辺りは、波瀾万丈(はらんばんじょう)の人生を送った人が、世間から隠れ住むには格好の場所のように思える。彼女も何かから隠れたいのだろうか。

そこからしばらく土手を歩いた。彼女の歩みも、心なしか、少しゆっくりになっている。幹線道路からは遠く離れ、街の喧騒(けんそう)も聞こえてこない。冷たい川風に清められたせいか、空気も美味しく感じられる。

やがて現れたスロープを彼女は降りていく。

土手から降りると、江戸川に繋がる、本当に小さな川があった。

その細い流れを挟むようにして、家が建ち並んでいる。流山線の駅近くや線路沿いに建つ家は新しいものが多かったが、この辺にある家屋はかなり古くてくたびれているものが目立つ。庭にガラクタが放置されていて、長いこと空き家なんじゃないかと思える家もある。

小さな川に沿った細い道から階段を上がり、彼女はその中の一軒の敷地に入って行った。

石造りの古い門柱はところどころ欠けているが、「秋山(あきやま)」という表札が塡(は)まっている。

小川沿いに建つこの家の敷地は、道路から少し高くなっている。江戸川のそばだけに、過去に水害があり、それで嵩上(かさあ)げしたものかもしれない。

敷地の全体は、黒い金属のフェンスに囲まれていて、フェンスの内側には花の咲いている庭木がある。日当たりが良いので、手入れをしなくても咲くのだろうか？ほかにも伸び放題に伸びた雑草の中に、野草とも、園芸品種とも区別のつかない花々がぽつぽつと咲いている。

なんとなく遠慮して門柱のところで立ち止まっていると、彼女が振り返った。

「どうぞ。あなたも上がってきて」

そうは言うけど、ここも空き家にしか見えない状態だ。不法侵入になるのではないか？

躊躇う僕に彼女は言った。

「ここは私のうちだから。正確に言えば、私のうちだったの」

彼女は門扉をあけて狭い庭に入った。その中でひときわ目立つ、花の咲いた大きな木に歩み寄ると、その根元に屈み込んだ。

その地面に金属のプレートがあり、彼女が苦労してそれを持ち上げると、そこには水道の元栓があった。

バルブを開けて周辺の土を掻き分けた彼女は、土の中からビニールの小さな袋を取り出した。小袋の中に金属片が見える。

土のついた小袋からカギを取り出した彼女は、玄関ドアを開けた。

「早く入って。人に見られないうちに」

急かされるまま、彼女に続いて玄関に近づくと、石状のタイルが敷かれた狭い玄関ポーチには、枯れた植木鉢や壊れた家具などの廃物が放置されていた。

木目がプリントされた合板のドアは、下の部分が剝がれて反り返っている。

やはり、この家には長い間、人が住んでいないのだ。

生い茂る草木に埋もれそうになっている廃屋だが、カギのありかを知っているということは、彼女の言うとおり、ここは彼女の家なのだろう。正確に言えば、「彼女の家だった」のかもしれない。少なくとも、彼女はここに住んでいたことがある。

「床が埃（ほこり）だらけだから、靴のまま上がって」

彼女はそう言った。

ちらっと、「廃屋に誘い込む幽霊」という怪談のようなイメージが脳裡（のうり）をよぎったが、まだ昼間だし、かなり挙動不審だとは言え、彼女は生身の人間だ。

廃屋・不思議な女・時間が止まったような街、という三題噺みたいなシチュエーションだけに、怪談を思い浮かべてしまうのは無理もない。

玄関を入ってすぐの壁にあるブレーカーを彼女は上げた。すぐにブーンという、小さなモーター音が聞こえ始めた。冷蔵庫が作動したのだろう。

廃屋のように見えた家だが、インフラは生きていた。電気だけではなく、水道も来ていることがほどなく判った。

玄関を入って、短い廊下の突き当たりにある扉を彼女があけると、そこは台所だった。流しの蛇口を彼女がひねると、数回、激しく咳き込むような爆発音がした後、水が流れ始めた。空の製氷皿とポットに水道水を満たし、それを冷蔵庫に入れると、彼女は僕を見た。

「なにか食べる？　ありあわせでよければ、作ってあげる」

ここで？　この何年放置されていたか判らない台所で？　と一瞬思ったが、そこで僕は改めて激しい空腹を意識した。もう、午後の三時を過ぎている。

「あ、遠慮なく……お願いします」

気がついたらそう言っていた。

ハーフコートを脱いで食卓の椅子に掛けた彼女は、戸棚から乾麺や干し椎茸などを取り出して、手早く焼きそばを作ってくれた。なんだかどれも、賞味期限が大幅に切れている感じがするけれど、火を通せば大丈夫なんじゃないか、いやきっと大丈夫だと、根拠もなく自分に言い聞かせた。

戸棚からお皿を、引き出しから箸を取り出して、ざっと水洗いした彼女は、出来上がった焼きそばを皿に載せてくれた。

「さあどうぞ」

台所の食卓には湯気が立つお皿が二つ。卓上にはアジシオや醤油の瓶が埃を被っている。

僕もコートを脱いで隣の椅子に掛けて、座った。

「では……遠慮なく戴きます」

おそるおそる口にすると……美味い！

お腹が空いていたこともあって、僕はがつがつと、一気に食べてしまった。

完食してようやく人心地（ひとごこち）がつくと……彼女が僕を黙って見つめていた。

完全に彼女のペースというか、彼女の掌（てのひら）に載せられている感じがある。

でも、それはそれで全く悪い気がしない。一応彼女を隠れ家に送り届けた、と考えるべきなのだろう。僕のミッションはこれで終わりなのかもしれない。僕の理性は、立ち去れ、もとの生活に、現実に帰るべきだ、と囁いている。だが、僕は立ち去りがたかった。焼きそばをご馳走になって、じゃあこれでと帰ってしまうのか？　それは失礼だろう、などと自分に言い聞かせ、往生際悪く、ついグズグズしていると、彼女が冷蔵庫から水と氷を取り出した。戸棚からウィスキーのボトルも出してきた。

「私のこと、本当に憶えていないのね？　でもそれならそれでいい。ゼロからまた始めればいいだけなんだから」

彼女は、そんな事を言って僕を見つめた。

「忘却とは忘れ去ることなり。忘れ得ずして忘却を誓う心の悲しさよ……でも、あなたはそうじゃないのよね？　誓うまでもなく私のことは忘れてしまったのね？」

「……すみません」

僕には謝ることしかできない。今、目の前にいるこの女性が、僕にとって大きな意味を持っていることはわかる。でも、それがなぜなのか、彼女が誰なのかが、どうしても想い出せない。

「いいのよ、謝らなくても。ほら、急速冷凍にしたから氷も……」

まだミゾレ状態だけど、と言いながら微笑む彼女を見て、僕は完全に出て行くきっかけを失ってしまった。それがうれしくもあった。

レースのカーテン越しに差し込む夕陽を浴びながら、僕たちはウィスキーの水割りを飲み始めた。ネクタイを緩めた僕も、いつの間にかリラックス・モードだ。

口当たりのいいスコッチだったこともあって、気がつくと、僕は心につかえているすべてを見知らぬ彼女に吐き出していた。仕事がうまく行っていないこと、結婚を約束した相手と喧嘩していること……。

「どうしても今の仕事が合わなくて……出来るなら辞めて、もっとのんびりとした……それがなんの仕事なのか判らないし、それで生活出来るかどうか判らないけれど、とにかく今は辛すぎて……でも、恵利子さんが、恵利子さんっていうのは僕の婚約者なんですけど、彼女が許してくれないんです。今いるのは彼女が紹介してくれた会社だし、成績が悪くても、そこそこの給料は出るから……」

僕の話を彼女は黙って聞いてくれる。余計なチャチャも意見も挟まない。

「恵利子さんは、大阪で記憶を失った僕を助けてくれて、いろいろ恩を感じてるんですけど、考え方が違っていて……こんなことを言うのは自分でも本当にひどいと思うけれど『この人じゃない。彼女じゃない』……そんな気持ちが、日に日に強くなるばかりなんです」

本当は目の前の女の人に、あなたこそ『その人』なんじゃないんですか？……と僕は訊きたかった。僕が生涯を共にすべき人。これからの人生の時間を、一緒にすごすべき人は？

でも、それを訊くのが怖くもあった。

たとえば彼女が大阪で、たまたま僕の隣に住んでいただけの女性だったら？

思い込みの激しさに引かれてしまうのではないか？

それが怖くて、僕はひたすらに自分のことを話し続けた。彼女は黙って聴いてくれている。

自分でも驚くほど、鬱憤が溜まっていた。誰にも喋ったことがないのに、堰を切ったようにあらゆることを話してしまった。

話すことも尽きたとき、ずっと黙って聴いていた彼女が、ぽつんと呟いた。

「……だったら、逃げちゃえば？」

「え？」

想定外の反応に僕は絶句した。心のどこかで、ダメだよ我慢しなくちゃ、彼女のことが好きなんでしょ？　もしくは、もっと話し合うべきよ、あなたたちは……のような言葉を期待していたのだ。それなのに。

「あなたは、仕事も、それに彼女のことも、ほんとうは好きじゃないんでしょ？　だったら『逃げる』一択じゃない？　恩とかそんなのもう、バックレたらいいのよ」

冷えた水がなくなったので、それまで飲んでいたウィスキーの水割りをロックに代えて、彼女はぐっと飲み干した。

「そんな……まさか、無理だよ」

「どうして？　どうして無理なの？　私は逃げたのに？」

逃げて逃げて逃げまくったのに、と彼女は、自分のことを語り始めた。

「何もかも捨てて逃げたのよ、私は」

ここでようやく、この家の中の不穏なありさまに僕は気がついた。

壁のところどころには大きな穴があいている。柱や木の家具などにも、鋭い刃物で切りつけたとしか思えない、大きな傷がいくつもついている。

「実家まで追ってきたあの男と大揉めに揉めて……こんなことに」

そう言ったあと、彼女は黙った。何もかも捨てて逃げた？　何も言わずウィスキーのグラスをひたすら口に運ぶ彼女の、空中の一点に据えられた視線に、僕はすっかり気圧されてしまった。

あの、か細い腕で斧かナタのような凶器の柄を握りしめ、無表情に家の中を破壊してまわる、別人のように荒れ狂った彼女の姿が、映像として脳内に浮かんでしまったのだ。

「私が逃げたのは……大変なことをしてしまったから。人間として、決して許されないことを」

長い沈黙のあと、彼女はようやく口を開いた。

「何もかも捨てて逃げなくちゃならなかった。逃げないと、命すら守れないときが人生にはあるから」

その言葉には実感が籠もっていた。どういう事情なのかはまったく判らないけど、彼女が生きるか死ぬかの局面をくぐり抜けてきたことだけは直観的に判った。

彼女は……僕のように弱い、平凡な人間が、決して関わってはいけない女性なのかもしれない。僕は立ち上がろうとした。脚が震えているのが判った。

「じゃあ、あの、もう夕方だし……そろそろ僕は帰らないと」

そう言って玄関に向かい、この廃屋を後にするべきだ、と思ったのだが、そこで立ち上がる気力がなくなっていることに気がついた。この家から出たところで、待っているものは気に染まない仕事と、もう好きでもなんでもなくなっている婚約者だけ……そのことが、不意にはっきりと判ったからだ。

目の前の得体の知れない女性には不安をかきたてられる。恐怖すら感じる。

それでも、僕は彼女に激しく惹きつけられていた。

突然彼女が立ち上がり、テーブルを回ってこちらに近づいてきた。

恐怖と同時に、僕は歓喜を感じていた。彼女は怖い。得体が知れない。けれども、ようやく待ち望んだ瞬間が来た！　と小躍りする気持ちがあった。本心として、僕は彼女と、ずっとこうなりたかったのだ！

歓びのあまり、逆に緊張して固まってしまった僕に、彼女は顔を近づけると、いきなりキスをしてきた。

彼女の、ぬらりと熱い舌が入ってきて、僕のそれに絡まってきた。

いきなり彼女に主導権を取られて、僕はそのまま床に押し倒された。埃が溜まって白くなっている床だけれど、もう、そんな事を気にする余裕はない。

美女から迫られて、突然のことだけど、僕は完全に動転し、舞い上がっていた。

僕の上に跨がった彼女は、自分からセーターを脱ぎ、純白のブラも焦らすことなくあっさりとはずしてしまった。

形のいい乳房がまろび出る。

なんでこういう事に？　どうして僕なんかに……と思ったけれど、だからと言ってこの流れはとめられるものではない。全身に沸き立つアドレナリンが咆哮（ほうこう）している。

彼女はそのまま僕の服を脱がしにかかった。ネクタイを首から抜き取り、ほっそりした指で素早くシャツのボタンを外してはだけ、ズボンのベルトを緩めてずり下ろし……。

恥ずかしながら僕は、既に臨戦態勢になっていた。

それを見た彼女も、電光石火で立ち上がり、ジーンズを脚から抜き、ショーツもあっさり脱いでしまうと、ふたたび僕の上に腰を落としてきた。

彼女の裸体は、その美貌に勝るとも劣らない素晴らしさだった。抜けるような白い肌。スレンダーだが曲線豊かで、見事なシェイプを描く腰。その下にはむっちりと張ったヒップがあって、実に艶めかしいフォルムを見せている。

僕のペニスは彼女の蜜が溢れる秘腔の中にするりと埋没し、たちまち柔らかな肉襞に包み込まれた。

すでに濡れそぼっていた彼女のそこは、ぴたりと僕に密着して、ペニスを咥え込んで離さない。

あまりのことに、いいんですか、と訊こうとして、僕はやめた。彼女がいいと思ったからこうなっている。そう自分に言い聞かせた。

おそるおそる、僕は手を伸ばして彼女の双丘に触れた。

彼女の肌は陶器のように滑らかで、乳房は硬く、強い弾力があった。

その両方の乳首を僕は指で挟みつつ揉み上げ、同時に下半身も突き上げた。

彼女の裸身から、これがフェロモンかと思える、甘くて妖しい香りが漂い始めた。

「あ……あはあぁん」

清楚な顔の上品な唇から、甘く切ないため息が漏れるのがとても悩ましい。

その躰は機敏に反応して、乳首が硬く勃ってきた。それを指でくじって転がすと、

「はああん」とさらに呻いて腰をくねらせる。

女芯は容赦なく、くいくいと締めつけてくる。

それに負けじと、僕はグイグイと下から突き上げた。

積極的な彼女。僕を求める切実さには、彼女自身もなにかを忘れようとしている、なにかから逃げようとしているのでは、と思わせるものがあった。

素晴らしい曲線のトルソがうねる。艶やかな黒髪が揺れてきらきらと光る。盛り上がった乳房がふるふると揺れ、くびれた腰がくねり、引き締まった下腹部が僕の分身を咥え込んだまま、妖しく前後に蠢く。

その強烈に淫らな光景に、僕はすっかり悩殺されて……次の瞬間に決壊してしまった。

「あっ……」

すかさず躰を離した彼女は、射精直後のひくひく震えているペニスを、舌でキレイに舐め浄め、当然のように言った。

「もっと出来るよね？」

恥ずかしいことだけど、僕はすぐに元気になってしまった。

「じゃあ今度は逆ね」

彼女は仰向けに横たわり、僕は正常位で再度、挑んだ。

「あああああああ。あ」

彼女は、僕が挿入しただけで背中を反らし、女芯をきゅうきゅう締めつけてくる。

それを跳ね返すように、僕もがんがんと攻め込んだ。

「ひっ！」

彼女が感じている！　勇気百倍、僕はぐるんぐるんと腰をグラインドさせた。

「はあん」

彼女は僕のペニスに奥襞をまんべんなく突き上げられて、悩ましい声を放った。

僕は、欲望のままに彼女の乳房を揉み、両の乳首を指に挟んで同時にくじった。

「はうっ！　ひ、ひいいいいいっ！」

思いがけずあっけなく、彼女は絶頂を迎え、僕も二度目の絶頂に達した……。

何もかも忘れるほどの陶酔に身を委ねたあと、ぐったりと床に横たわり……気がつくと、窓外はすっかり暗くなっていた。

「僕も……逃げようかな」

ふと、そんなことを口にしていた。

「逃げられるんじゃないか、って気がしてきた。僕にも」

きみが一緒なら、僕と一緒に逃げてくれるのなら、と本当は言いたかったのだが、それは口には出せなかった。代わりに彼女の目を見つめると、彼女の大きな瞳が、じっと僕の目を見つめ返していた。

「ねえ、まだ訊いてなかったけど、あなたの名前は？」

名字は判っている。この廃屋の門柱に表札があった。ところどころ欠けた石の門柱に塡め込まれた表札には、色が落ちた黒い文字で、「秋山」と彫り込まれてあったのを覚えている。

「佐和」

彼女は名前を言った。

「でも私の名前は忘れて。今日が終わったら」

「どうして？」

「あなたがいい人だから。これ以上、巻き込みたくないの」

「え？」

それは、どういう意味だろう？

「私ね、夫を殺し損ねて、ずっと逃げてるの。だから警察からも殺人未遂で手配されているだろうし、逃げている間にもいろいろあって、危ない人たちからも追われてるの。私に関わったらあなたも……」

彼女がそう言いかけた、まさにその瞬間、ばりばりと物凄い音がした。

扉が無理やりこじあけられる音だ！

玄関ドアが物凄い勢いでガタガタ音を立てている。

おそるおそるドアスコープを覗くと、ドアを乱打しているのは大柄で銀歯、凶暴な顔の男だった。

「ジョーズ！」

気がつかないうちにその言葉が口から出ていた。同時に断片的な記憶とイメージが初めて一致した。

「最悪だ！」

大阪でこの男に殺されそうになった記憶もハッキリと蘇った。

彼女は僕の声を聞くとはっと目を見開いて素早く起き上がり、慌ただしく衣服をかき集めると、床を探った。

そこは蓋になっていた。床下収納の蓋だった。

蓋を持ち上げた彼女は、僕に囁いた。

「早く！　あなたもここに入って。服は持って。あとで着ればいい」

僕たちは靴と服を掻き集めて床下収納の中に降りようと……いやしかし、床下収納なんて狭いところに大人ふたりが隠れられるのか？

だが、中は意外にも広かった。

この家の床下収納は、大人一人が這って動けるほどの通路に繋がっていたのだ。

どういう家なんだ、この家は。忍者屋敷か？

それでも、僕は彼女の後に続き、通路を必死になって這った。やがて、彼女が扉のようなものを押し開くと、光が射し込んできた。彼女の頭がシルエットになったかと思うと、それが消え、続いて肩と背中、ヒップ、そして脚が消えた。彼女が這いおりたあとに続くと、僕の目の前にはさっきの小川があった。ということは……この通路は下水管だった？　いや、下水なら、小川の河原のような場所に繋がっているのはおかしい。

しかし……寒い。

殆ど全裸だった僕たちは、小川の浅い水路とコンクリートの護岸に挟まれた、狭い河原のような場所で服を着て、靴を履いた。

「いい？　逃げるわよ」

流山線の中とは役割が完全に逆転した。

彼女は僕の手を引いて、狭い河原を上流に向かって走り、やがて現れた階段を伝って護岸を登り、さらに小川に沿った道を小走りに走って、逃げた。

振り返ると、あの家があったあたりの場所は、かなり遠くなっている。

やがて彼女は川から離れ、何度か曲がると、駅に続く道に出た。この道筋にはバスも走り、いくつかの店が建ち並んでいる。

「もう、大丈夫。たぶん」

安全なところまで逃げられたのだ。

彼女は僕の目を見つめ、両手でぎゅっと僕の右手を握った。

「ありがとう。短い時間だったけど、あなたといて、とても楽しかった。やっぱり巻き込んじゃったね。ごめんなさい」

だけど、と彼女は続けた。

「やっぱりあなたは逃げないほうがいい。さっきは逃げちゃえばって言ったけど」

彼女は僕を正面からじっと見て、言った。

「つらいこともあるだろうけど、それはたぶん幸せなんだよ。居場所があるっていうのは」

だって私には何もない。安心できる場所も、私を知っている人たちも……。

そう言った次の瞬間、彼女の姿は夜の闇に溶けるように消えていた。

＊

こんなこと、本当に起きたのだと言っても、誰も信じてくれないだろう。僕自身、彼女が消えてしまってからしばらくの間、呆然とその場に立ち尽くしていたのだから。

夢か幻か。今日起きたことは、果たして本当の事だったのか？　それとも、流山線に揺られて見た、長い夢だったのか？　しかし僕は今、夜の流山の街に立っている。皮膚にはまだ、彼女の肌のぬくもりが残っている。甘い香りも、鼻孔に未だ鮮やかに感じられる。

僕は、彼女が忘れられなくなっていた。

いや、それにも増してつらいのは、やっとまた逢えたのに、と思う気持ちがあるからだ。僕は彼女を知っている。でも、どこで逢ったのか、彼女が誰なのか、それがまったく思い出せない。

もう一度、逢いたい。逢って、謎だらけの彼女が言ったことをもう一度、よく聞いて、彼女の力になりたい。彼女が誰なのか、僕とどういう関わりがあるのか、それを知りたい。

翌日から有休を取れるだけ取って、僕は彼女について調べ始めた。

どうしてここまで入れ込むのか、自分にも判らない。たった一度、逢っただけなのだ。

あくまでも記憶にある限りでは、だが。

そして彼女については名前と、夫を殺そうとした、という、嘘か本当かわからない話を知っているだけだ。

美貌と素晴らしい躰。そしてとても忘れられない、目くるめくセックスだったから、と言われればそうなのかもしれない。でも、絶対にそれだけではない。訳も判らず、そして心の底から突き動かされるようにして、僕は彼女の存在を求めていた。

覇気の無い僕が、生まれて初めて感じた「情熱」と言ってよかった。

何度も流山線に乗り、流山の町を歩いた。江戸川の土手も歩いて、あの家にも行ってみた。しかし……それっきり彼女には会うことはなかったし、彼女の消息を得る手がかりも杳として知れなかった。

やがて……僕は人事部長に呼ばれて、退職してくれないかと言われてしまった。

正社員なので一方的な解雇は出来ない。かと言って地方に飛ばしても、僕のような営業成績不良者では使い物にならない。飼い殺しをしておけるほど会社にゆとりはないし、組合の力も弱いのだ。

僕は、言われるままに辞表を書くしかなかった。

「最後にひとつ訊いておきたいんだが」

僕の辞表を手にした人事部長は訊いてきた。

「有休を使い切って、それだけでは足りなくて仕事を始終休んで、一体君は何をしてるんだ？　熱心に副業でもやってるのか？　それとも、なにかの趣味に熱中してるとか？」

「……趣味、かもしれません。それも、現実逃避の……。ある女性を探しているんです」

現実逃避。たしかにそれもあるかもしれない。でも、この気持ちは、仕事や恵利子さんとのことを考えたくないから、という理由だけでは説明しきれない。

辞表を出してから数日後の夜。

しばらく会っていなかった恵利子さんが、僕のアパートにやって来た。

流山線で出会ったあの日以来、恵利子さんからスマホに着信やメールが来ても、ずっと無視していた。電話に出ても、メールを返しても、絶対に理解してはもらえないと思ったからだ。とは言え、ずっと無視し続けるわけにはいかない事も、判っている。

だから、ドア外に立っていた恵利子さんが、どんな怖い顔であろうと、話はしなければいけないと覚悟は決めていた。

「外で話しましょう。部屋だと私、自分が抑えきれなくなるかもしれないから」

恵利子さんは怖い事を言った。でも、彼女が怒り狂っているのは当然だ。

アパートの近くにある、昭和の名残をとどめる古い喫茶店に入り、コーヒーを頼んだ。

「ねえ、どういうことなの？　どうして電話にもメールにも応えてくれなかったの？　どうして仕事を辞めたりしたの？　それに、あなたが探しているっていう女は何者なの？」

抑えた口調だけど、恵利子さんは僕を質問攻めにした。

「どうして会社を辞めたのを知ってるんだ？」

「あなたが電話もくれないから心配になって会社に連絡したのよ。そうしたら……」

心配してくれるのは有り難い。だけど、今は個人的なことには立ち入って欲しくない。

「きみにはもう、関係のないことだよ」

僕は力なく言った。

「関係ないわけないじゃない？　私がこんなにあなたのことを心配して……こういう言い方はしたくないけど、面倒を見て世話もして、心配してきたのに……」

「それは、悪いと思ってる。けど、これ以上僕は自分を偽れない。そして、君におんぶに抱っこになっているわけにも行かない」

見た目は愛らしい婚約者の顔が、一瞬にして豹変し、般若のようになった。

「どうして？　そんなことが通ると思う？　私の今日までのあなたへの奉仕は、どうなるの？」

すぐに詫びを入れて復職しろ、私から離れるなんてとんでもない、あなたが探しているその女の正体を突き止めて訴えてやる！

低い声で小声だが、目を吊り上げてヒステリックな口調を抑えきれない恵利子さんを見て、僕は慄然とした。

こんな女だとは思わなかった……というのは勝手な言い分だろうか？

「正直言うと、どうして君が僕にここまで尽くしてくれるのか、判らない。婚約してるからと言うけど、普通ならこんなダメな僕に、愛想を尽かして当然なのに……。だから、もう少し僕の気持ちを考えてくれてもいいんじゃないか、なんて言うと、僕のワガママになるんだと思う。それでも、恵利子さんには半年くらい前から、仕事がつらい、向いていない、と正直に言ってきたんだ。いろいろ考えると、僕がひどいのか、君になにか思惑があるのか、よく判らなくなってくるんだ」

そう言うと、恵利子さんは黙ってしまった。

これ以上話しても、堂々巡りになるだけだろう。

「これきりにしよう」

僕は席を立ってテーブルに五千円札を置くと、そのまま店を出た。

「待ちなさいよ！　許さないわよ、逃げるなんて」

金切り声を背中に聞きながら、僕は夜の街を駆け出した。

そのまま、住んでいたアパートにも帰らず、友人知人に誰一人連絡を取ることもなく、僕は流山線の彼女と同じく「逃げる」人となってしまった。

ポケットにはスマホと財布。財布にはキャッシュカードやクレカ、Ｓｕｉｃａなどカード類は全部入っている。それ以外なにも持たずに出てきたけれど、お金があればなんとかなる。

数日間、安いカプセルホテルで息をひそめるように過ごした。インターバルを置いたのは、恵利子さんがあちこち、僕が立ち回りそうなところを探していると思ったからだ。

でも……恵利子さんにしても、こんな僕に時間と労力を割くのは無駄なことだと、いずれ判るはずだ。僕は、無力で勝手で生活力の無い、ダメな男なんだよ……。

そして数週間後。まぼろしの美女・佐和さんとの再会を諦めきれない僕は、また流山線に乗っていた。

佐和さんと流山線で初めて出会った時と、同じ曜日、同じ時間の電車に乗った。

もしかしたら、もう一度、彼女と巡り会えるのではという、はかない望みにすがったのだ。

この日は曇っていて、雨も降り出しそうな陰鬱な天気だった。

時折、雨の雫がガラスを伝う車窓をぼんやりと眺めながら、僕は殆ど無心で電車に揺られていた。

終点の流山で下車して、あの日と同じ道筋を辿り、再び、例の川沿いの廃屋に来た。

玄関ドアの扉は、あの時壊されたままで放置されていた。ノブを引くと、ドアは開いた。

ためらいつつ家の中に入る。

僕と彼女が逃げ出すことになったのは、大阪で僕を殺そうとしたあの男・ジョーズが何故かドアを壊して入ってこようとしたからだ。あれは、彼女を狙ったのだろうか？　それともやはり僕を狙ったのか？　僕たちが逃げたあと、家捜しをしたようだ。

戸棚の扉はすべて開けられ、タンスの引き出しは引き出されたまま、押し入れの襖もクローゼットのドアも開けっぱなしで、中のモノが引っ張り出され、床いちめんに散乱している。

その中で、床に散らばった日記やアルバムが、僕の目を惹いた。

アルバムに残されているのは、幸せそうな夫婦の写真だ。

清楚なウェディングドレス姿なのは、佐和さん自身か……いや違う。いや、そうか？　鼻の高さ、眉の形、眼の大きさ……微妙に顔が違う。けれども、この顔にも見覚えがある。

僕が逢った佐和さんと、この写真の新婦は、少し、いや、かなり顔は違うけれど、どちらも僕が探している人だ、と僕の直感が強く訴えてくるのだ。佐和さんは整形したのか？　逃亡を続けている事情から、たぶん顔を変えたのだ。

そして僕は、顔を変える以前の彼女のことも知っている、と確信した。あとは思い出すだけなのだ。

そして驚きはそれだけではなかった。佐和さんと並んで立つ新郎は、流山線の車内で僕たちを睨んでいた、エリート臭芬々（ふんぷん）の、あの男だったのだ！

あの男が僕たちを睨んでいた理由もこれで判ったような気がした。

彼女の手掛かりを求めて僕はアルバムのページを繰った。

「成瀬・秋山　両家結婚式場」と表示された、豪華な宴会場の写真もあった。来賓には僕でも知ってる有名人が大勢招かれている。顔を知ってるから有名人だと思うのだが、名前が出てこない。

結婚前の写真もある。結婚式に備えてエステにでも通ったのか、時系列を追うごとに彼女の美しさに磨きがかかっていくのが判る。

しかし……どの写真を見ても、彼女の表情には不自然な緊張が感じられた。

そして、写真の中の夫（夫になる前の時も含めて）の顔を何度も見るうちに……

この男とはたしか、以前にも会っていたはずだ、と次第に記憶が甦ってきた。

『君は、私の妻とどういう関係なんだ？』

いきなり声がフラッシュバックした。間違いなくこの男に、僕が面と向かって言われた言葉だ。あれは……どこで言われたのだろう？

整った顔立ちで背が高く、スーツを着た、いかにもエリート然とした銀縁メガネ。この男は……彼女の夫に違いないこの人物は、どこかの偉い役人と名乗ったのではなかったか？

いや待てよ。彼女は、夫を殺そうとしたと言わなかったか？　殺し損ねたあと、ずっと逃げていると。その夫が大阪にいて、流山線の電車にも乗っていて、僕たちを睨んでいた……。

どういうことだ？

混乱した僕は、改めてアルバムの写真を見直した。

そこに貼られた写真からは、彼女は「恵まれた結婚」をしたように見えるが……

その実、幸せではなかったのか……。

アルバムの近くには、可愛いノートが落ちていた。ページを捲ると、それは何かの備忘録、あるいは日記というか、彼女の思いの丈を書き綴ったもののようだった。

何ものかに怯えるような「こわい」という言葉が頻出している。そして絶えず周囲から批判される自分への自己嫌悪。そして「こんな暮らしから逃げたい、逃げ出したい」という走り書き……。

やがて、「憎い憎いコロシテヤリタイ」という、不穏な文章が現れるようになった。乱れた文字で殴り書きされている。

僕は激しく興味をそそられた。家宅捜索をする刑事ではないが、家の中を探せば、もっとたくさんの手掛かりが出てくるだろうと思えてきたのだ。

彼女はどんな人なのか。なぜ、何から逃げているのか、それを知りたい。いや、ぜひとも知らなくてはならない。

この家には、二階がある。一階は、ダイニング・キッチンと、バスルームにトイレ、そしてソファのあるリビング。

キッチンを過ぎた奥に、階段があった。

おそるおそるそこを上がると、階段を挟んで部屋が二つあった。

その一つのドアを開けてみた。この部屋も、やはり荒らされている。二つあるベッドの上には衣類が散乱していた。

ここはメインの寝室か。

隣の部屋を見ると、小さなベッドと、デスクがある。普通に考えて子ども部屋だろうか。

床にはスケッチブックが落ちていた。

それを拾って僕はページを繰った。稚拙な絵が各ページに描き込まれている。

稚拙といっても、幼児が描いたものではない。クレヨンで描いた単純な線の絵だから、一見して稚拙だと思ってしまったが、よく見ると、それは恐ろしい絵だった。

黒と赤のクレヨンで描き殴った、怪物のような生き物の、不気味な絵。

よく見ると、黒い怪物に襲われて今にも呑み込まれそうな、白い小さな生き物の絵も書き添えられている。

絵は、ページを経るごとに上達している。色の塗り方や線の描き方がまとまってきたのが判るからだ。

しかし、描かれているモノは、どれも同じ「怪物」と「白い生き物」ばかりだ。

ただ、ページを追うごとに、描かれている白い生き物が次第に大きくなっていく。

最初は弱々しい目鼻立ちの白い生き物だったが、その目が徐々に吊り上がり、口が大きくなり、その口の中にとがった鋭い歯が描かれるようになり……最終的には黒い怪物とそっくりになってしまった。

そしてスケッチブックの最後のページでは、白い生き物は、ついに黒い怪物と同じ大きさにまで成長していた。

それだけではない。

白い生き物は黒い怪物の喉笛に食らいつき、そこから赤いクレヨンで、幾筋もの血が噴水のように迸(ほとばし)っているのだった。

怖ろしい情景だ。僕はぞっとした。

白い生き物が彼女。そして黒い怪物が、彼女の夫？　僕にはそうとしか思えない。

この絵が彼女の手になるものだとすれば、そしてただの願望を描いたものではないとしたら、その意味するところは、やはり……。

一連の絵からは深い苦しみと、激しい怒りが感じられた。精神を病んだ人が描いた絵だ、と言われても信じるだろう。怒りと精神の不安定さが同居して、制御できない感情の迸りがありのままに、生の形で、絵として叩きつけられている……僕にはそうとしか思えない。

恐怖と、そして彼女への憐憫(れんびん)に、僕は胸が締めつけられた。

しかし……もしも彼女が何らかの犯罪に関わっているとして、僕のようなド素人にも、はっきりメッセージが伝わってしまうような絵を、こんな無防備な形で残すだろうか？

僕はもう一度スケッチブックを最初から見ようとした。だが途中で手がとまった。つらい。つらくて見ることが出来ない。人の心の中を覗き込んでしまうような、こんなものを見ると、心の体力のようなものが削られてしまう。

いや……これは単に感情を絵にしただけのものでは、ないのではないか？　もしかすると、本当に起きたことを秘密にしておけなくて、絵という形で吐き出したものなのでは……。

だとすると、やはりどこかで怖ろしいことが起きて……その犯人は、彼女……？

衝撃だった。そんなことを考えてしまった僕自身と、それを根も葉もないこととして、否定しきれないでいることの両方が。

僕は階段を下り、ふらふらと家の外に出た。

と……玄関の外には、一人の女性が立っていた。

もちろん、佐和さんではない。全然知らない女性だ。

歳の頃は三十代から四十代。ショートカット、ジーンズにブルゾンの痩せ形。小型リュックを背負った、活動的な感じの女性だ。

「やっと見つけた！　一体どうしてたの？」

その女性は馴れ馴れしく僕の肩を叩いた。

「なに？　その顔。まるで私を忘れちゃったような顔して」

そう言った女性は、何も言えず呆然としている僕をまじまじと見て、「え？　ホント？　うそっ！」と目を丸くした。

「本当に忘れちゃったの？　埼京線で知り合って、新幹線での大騒ぎの時も一緒にいた、飯島。飯島妙子よ！」

そう言われても、思い出せない。

物凄く困った顔をしていたのだろう、飯島さんと名乗るこの女性は、「まさか、ホントに記憶を失くしちゃったの？　信じられない……」と天を仰いで溜息をついた。

「そろそろ大阪から順平くんと割屋さんが到着するダンドリになってるんだけど」

順平……どこか聞き覚えのある名前だ。もしかしてあの男、ジョーズに大阪で襲われた時に、助けてくれた人ではないか。しかし、割屋という人物は知らない。全く記憶にない。

僕は、逆行性健忘で記憶を失っていること、そして、なぜここにいるかを、飯島さんと名乗る女性に手短に説明した。

「そうなの。あなたも彼女を探しているのね。彼女がもう逃げなくても済むように、私たちが考えた計画があるんだけど」

「協力させてください。でも、その前に知りたいことがあるんです」

　僕は訊いた。

「彼女は……いったい誰なんです？」

「成瀬佐和さん、旧姓・秋山佐和さんの事ね。あれから、彼女について、そして一連の事件について、ずっと調べていたの」

「あれから？」

「……まあいいわ。私の言うことを先に聞いて」

「事件」。飯島さんはそう言った。

「あなたがこの家から出てきたということは……この家の中にあるものをあなたは見た。そして大きなショックを受けた。そうよね？」

「どうして判るんですか？」

「だってそれは……顔に書いてあるし」

　飯島さんはさらりと言った。言われて初めて気がついた。喉がからからに渇いているし、心臓が今にも飛び出しそうに拍っているし、嫌な汗が全身に滲んでいる。

「ここで立ち話するのもアレだし、私だってこの家には入りたくないの。ちょっと土手にでも行きますか？」

　飯島さんに誘われて、僕は江戸川の土手をふらふらと登った。川に面した側の斜面に腰をおろせた時は、心からホッとした。よく倒れずに、ここまで歩いて来られたものだ。

　大きなトートバッグから飯島さんはお茶のペットボトルを二本取り出して、一本を僕に渡してくれた。

「よかったら、どうぞ。顔色が悪いから」

　僕は受け取り、機械的にキャップをひねった。飯島さんも一口飲んで、いきなり本題に入った。

「佐和さんが起こした事件は、殆ど報道されてないの。おそらく、被害者が一般人ではないからだと思うんだけど」

　事件？　被害者？　彼女が殺そうとしたという夫のことか？

「一般人ではないって……？」

「正確には『被害者の親族』ね、一般人ではないのは。現在逃走中である佐和さんのご主人と、そしてご主人の親族が、政府の要人なんです。つまりエリート一族なのね。しかも佐和さんの被害者である佐和さんのご主人は、同時に、加害者でもあるんです」

　飯島さんは当たり前のように言うけれど、僕にはさっぱり理解出来ない。

「あの、正直言って、意味が全然判らないんですけど……」

　僕は降参した。飯島さんはずっとこの「事件」を追っているそうだから、いろんな事がアタマに入ってるんだろうけど……そもそもニュースにも出ていないのなら、僕に判るわけがないじゃないか。

「そう。ごめんね。たぶん、あなたはこんなことを考えているんじゃないですか？　たとえば、成瀬佐和さんは、かねて夫婦仲が悪かった夫を殺してしまった。積年の恨みで、その殺し方は残虐を極め、現場はイタリアのホラー映画さながらに恐ろしくも残酷な惨状を呈していた。床一面が血の海、切り刻まれた肉片が壁に飛び散って、それはもう目を覆わんばかりの惨劇だった……とか」

「やめてください！」

だが飯島さんはやめてくれない。

「そして佐和さんは、家にあった金目のものを掻き集めて姿をくらましてしまい、それっきり、警察も未だ身柄を拘束できていない、とか」

「あの……彼女は殺人未遂だと……」

僕は、震える手でお茶のボトルを持ち上げたが、一口飲むのがやっとだった。

「精神科医の中には、そのような行為に一度でも踏み切った人間は、同様の犯行を繰り返すと主張する人もいますね」

飯島さんは平然と言って、頷いた。不自然なほどに冷静だが、言ってる事は恐ろしい。

「佐和さんが今も逃走中だということは事実。時には偽名を使い、別人を装って……」

飯島さんはそう言って、そこでようやく恐怖に襲われたのか、身震いして……黙ってしまった。

彼女の声が耳に甦った。

『何もかも捨てて逃げなくちゃならなかった。逃げないと、命すら守れないときが人生にはあるから』

そう。彼女は逃げている。顔を変えて。整形までして。沈黙の重さに、僕も言葉を発することが出来なかった。

でも……。

ここで僕は不審を抱いた。

あの家で事件が起きて血の海になったにしては、家の中に血の痕なんかなかった。だいいち、僕は殺されかけたという彼女の夫に会っているのだ。

僕が我に返った様子を見たからか、飯島さんはここで破顔一笑した。

「……な〜んてね。信じた？ 本当に血みどろの殺人未遂があったと思った？ ごめんね。血の海っていうのはウソ」

「はぁ？」

突然の方向転換に、僕はついていけない。

「いやいや、それじゃさっき、アナタが言ったことは？」

「佐和さんが思い込んでいることをそのまま話しただけ。佐和さんが、ご主人に危害を加えたことは事実だから」

「あなた、僕を混乱させて喜んでるんじゃないですか？」

僕は次第にイライラしてきた。

「彼女は気の毒な人なんです。あなたには、それが判らないんですか？　そもそも、報道されてない事件だとしたら、どうしてアナタがそれを知ってるんですか？」

「それは……あなたと埼京線で知り合ったあとに……ええと、あなたは忘れちゃったのね？　その時にあなたと約束したんだけど、私も彼女について調べていたの。駄目元でネットの、彼女が見ていそうなサイトに何度も書き込んでみた。『X月X日、午前七時三十五分川越発の新木場行き埼京線通勤快速の女性専用車両であなたを助けた男性があなたを探しています。乞ご連絡』って、私の携帯番号を添えて」

いたずらや冷やかしの電話が山ほどかかってきたが、その中に、なんと彼女本人と思われるものがあったのだ、と飯島さんは言った。

「佐和さん、あなたが元気かどうか、知りたがっていた。どうして逃げているのか、それも話してくれた。でも、そのウラ取りをしたら、話がちょっと違っていて」

飯島さんが言うには、夫の虐待に耐えかねた佐和さんは反撃し、DV夫をフライパンでぶん殴って殺害したのは自分だ、と思い込んでいたらしい。

「そうなの。でも彼女は殺してしまったと思い込んだまま、ずっと逃亡していた。これは事実。さらにこの事件全体が報道されていないことも事実」

「いやいや、ちょっと待って。流山線の中で、僕は彼女から助けを求められたんですよ。殺したはずの夫が乗っているのに、その夫から守ってって。それ、おかしいじゃないですか」

「ええとそれは……佐和さんが、殺したはずの夫が死んでいないことを知って、ますます恐怖した結果、逃げ続けているって事じゃないの？」

確かに彼女は流山線の中で僕の腕に縋りついてきた時、何かにとても怯えているようではあったけれど……。

「DV野郎であるところの夫も、佐和さんにまだまだ未練があって、絶対連れ戻す気でいるんでしょ。あなたは忘れていると思うけど、あなたの会社にも問い合わせがあったそうじゃない？」

飯島さんにそう言われて不意に、僕を糾弾する声が甦った。

『君は、私の妻とどういう関係なんだ？』

思い出した。大阪で、身に覚えのない佐和さんとの関係で僕を問い詰めたのは、まさに流山線の中にいたあの男、僕と佐和さんを睨みつけていた、あのエリート男だった。あいつが彼女の夫、彼女をＤＶで苦しめていた鬼畜外道だったのか……。

僕のことを知っているはずなのに、黙って見ているだけだったのは、佐和さんの顔が変わっていたからだ。自分の妻だとは確信が持てなかったからなのだろう……。

突然、記憶が戻り、雷に打たれたようになっている僕をよそに、飯島さんは話し続けた。

「傷害事件……フライパンで殴られた件についての報道を差し止めたのも、そいつの仕業ね。事件が知れ渡ったら彼女は戻ってきにくいだろうって配慮で、メディアに手を回したんですって」

「メディアに手を回した？　じゃあ、彼女の夫とその親族には、本当にそういう力があるってことなんですね？」

僕に訊かれた飯島さんはうなずいた。

「そういうことね。でも、報道を差し止めたのはそれだけが理由じゃないの」

彼女は結婚して、夫の実家の仕事で経理をやっていたので、お金がどこに、いくらあるのか知っていた、と飯島さんは言った。

「家の中とか預金とか。でも身内による窃盗は、罪に問いにくいでしょ。警察から見てもその時点では、夫婦喧嘩の末にダンナをぶん殴って、有り金持って逃げたっていうことでしかないから」

　僕は拍子抜けしてしまった。ガッカリしたような、ホッとしたような変な気分だ。政府要人に連なる一族。一族に迫害される薄幸の美女。彼女はそこから必死に逃げた……。

　波瀾万丈な、サイコ・スリラーみたいなイメージが広がっていたのに。不可解な事件に巻き込まれた僕が、今日初めて会った女性ライターとともに、事件を解明していく……という、海外のカルトなドラマの登場人物になったような、かなり高揚した気分になっていたのに……。

　膨らんだ風船の空気が一気に抜けたような気分だ。

「でも……あの家に残されていた、異常な絵は？　まるで、精神が正常ではなくなった、殺人犯が描くような……」

　ああ、あれね、とそこで飯島さんは顔を曇らせた。

「あれを描いたのが彼女だとしたら……彼女が置かれていた状況が絵に反映されたという見方は出来る。彼女がご主人から受けていた虐待が相当、深刻なものだったという可能性だって、大いにあるわ」

　と言うことは……。

「佐和さんは、ダンナの実家の秘密を知って、ダンナに暴力を受けていたので、ダンナの実家のお金を引き出して逃げた、そういうことですよね？」

絵だけではない。あの怖い走り書き……少なくとも、彼女が夫のことを殺してやりたい、と思うほど憎んでいたことは間違いない。

「彼女は、警察にも『その筋』にも追われてるって、僕に……」

「それは、ダンナの実家のお金を持ち逃げしたからね。実家のお金って、かなりヤバい筋が絡んでるから、そのヤバい筋が出て来たってこと」

「じゃあですよ」

僕は飯島さんに向き直って、ハッキリ言った。

「彼女の結婚相手の実家は、そういう『ヤバい筋』とつながりがあるような、そういう人たちなんでしょう？　だったら彼女が描いた絵や文章も、彼女が結婚生活で実際に体験した恐怖を表現したものじゃないんですか？」

「その可能性は否定しない。佐和さんが実際に危険な状況にあるのは事実。しかもそれだけじゃなくて、あのUSBメモリー、彼女が埼京線の中で、あの韮山から奪ったUSBメモリー……その件でも彼女は追われているわけだし」

警察、ヤクザ、そして政府の中枢……彼女が敵に回した相手は危険すぎる、そう言った飯島さんは腕時計を見た。

「順平くんと割屋さん、遅いわね……あの二人が、例のUSBメモリーに入っていたデータの詳細を知ってるのよ」

あなたは忘れているだろうけど、その順平という若いヤクザが、大阪ではあなたに警告しようとしていたのだ、と飯島さんは教えてくれた。

「彼女を追って、消してしまおうとしている勢力があまりに大きくて、危険すぎるということを、彼はあなたに知らせようとしていたの。ＵＳＢメモリーに入っているファイルの正体を知って、そのことが判ったのね」

ますます不安になった僕に構わず、飯島さんは続けた。

「つまり私が言いたいのは、逃げている佐和さんは、あらゆる意味で追い詰められていて、かなり混乱しているから、結果的に嘘をついてしまうこともある。だけど時々本当の事も混じるから、ややこしいの」

彼女は土手の下の小さな川を指差した。

「あなた、家から脱出するのに、下水管みたいなところを通らなかった？」

「通りましたけど」

「あれは、佐和さんがヤクザから逃げて、一時期、ここの家に戻って隠れていたことがあったんだけど、その時に作ったのね」

え？　映画の『大脱走』でみんなが協力して捕虜収容所の外に繋がるトンネルを掘ったようなことを、彼女が一人でやったというのか？

「いえまあ、それは無理よね。最初からあった下水管を使ったのかもしれないけれど」

なんだか、この飯島さんという女性が言うことにも、妄想が入っているんじゃないかという気がしてきた。だいいち、このヒトが言ってる事が事実に基づいているという証拠はまったくないんだから。

「じゃあ、僕と彼女が家にいたときにドアをぶち壊して家の中に入ってこようとした、怪しいヤツは？」

「それも調べはついてます」

飯島さんは頷いてノートを広げた。

「木村一郎(きむらいちろう)って男ね。通称ジョーズ、仕事は、お金で請け負う汚れ仕事」

「そうです！　その男です！　顔見ましたもん！」

思わず僕は叫んだ。記憶が一致していくのは嬉しいが、それは同時にヤバい事態が続々明るみに出てくることでもある。

飯島さんと話し込むうちに、短い秋の日は暮れてしまった。江戸川の上の広い空が赤く染まった。東京近郊とは思えないくらい、雄大な自然を感じさせる光景だ。

飯島さんは、僕に顔を近づけた。

「そこでね、ものは相談なんだけど、私たち、今話した順平さんと、割屋さんたちと、ある計画を立てているの。佐和さんにとって危険な今の状況から、なんとかして彼女のことを助け出してあげたいの」

それは「USBメモリーの中身」を餌に、込み入った現在の状況を一気呵成に解決できる計画なのだ、と飯島さんは言った。

「私はそれで記事を書く。うまく行けば正義も実現できる。間違ったことではないでしょ？　協力してもらえるかしら？」

「それで佐和さんが安全になるのなら……協力できますけど……」

僕の返事を聞いた飯島さんは、ニッコリ笑った。

「そう、ありがとう。あの二人がなかなか来ないから……どう？　街っていうか、駅の方に行って食事でもしません？　私、お腹減っちゃったし」

飯島さんが立ち上がったので、僕も腰を上げた。

「これが、私の知ってることの、ほぼ全部。今度はアナタが教えて」

駅方面に向かって歩きながら、飯島さんが頼んできた。

「教えることで、彼女が困ったことになったりはしませんか？」

そうは言ったが、記憶を失くしている僕が知っている事はごく僅かだ。

「私はね、ただの好奇心や野次馬根性で訊いてるんじゃないの。本当の事を言うと、私は彼女を助けたいの。どうして人生の道を踏み外してしまったのか、今も暴走を続けているのか、その興味もあるけど、なんだか他人事じゃないような気がして」

　自分も世の中と巧くやっていけないタイプだからかもしれない、と飯島さんは言った。

「彼女について私が知っていることと、あなたが知っていることを共有すれば、今、彼女がどこにいて、何をしているかが判るかもしれない。私は彼女にもう一度会いたいんです。それはあなたも同じではない？」

「そのとおりです！　僕は佐和さんに会いたい」

　だからこそ何度も、この街に、あの廃屋に足を運んでいるのだ。

「何よりも、佐和さんに、これ以上不幸になって欲しくないんです」

　僕は、彼女とのいきさつを飯島さんに話した。流山線の中で出会い、追っ手を振り切って街中を逃げ、江戸川の土手まで行って、あの家に入って……。

　だが話している最中に、僕は、見つけてしまった。

　夕闇から現れた、長身に長い顔、不気味に笑う口元から銀歯を覗かせた、あのジョーズを。

　銀歯の殺し屋は、僕たちに向かって突進してきた。

「逃げろ！」

　僕は叫んで、飯島さんの手を引いた。

が、飯島さんは走りだそうとして躓いた。

「きゃあ！」

銀歯の男がすかさず飯島さんに飛びかかった。僕は立ちすくんだ。

「い……いや！　やめて」

飯島さんの首に男の太い腕が回され、ぐい、と絞めつけている。このままでは殺されてしまう。物凄い恐怖に襲われたが、それでも僕は駆け戻った。このまま、飯島さんを見棄てるわけにはいかない。

だが、非力な僕がいくら殴っても蹴っても、男には全然効かない。完全無視だ。蚊が刺したほどにも思われていない。

飯島さんが絞め落とされたら、次は僕だ。その先は二人まとめて海にでも放り込まれるのか？　いや、流山だから江戸川に……。

絶望しかけた。だがその時。

「東京もん！　おれや！　助けにきたで！」

文字通り「疾風のように現れた」一人の男。声には聞き覚えがあるが、思い出せない。

リーゼントにアロハの、ヤクザっぽい若者だ。手には電極のようなものを持っている。

「ごっつう強力なスタンガンや！　今度こそ負けへんで！」

しかし、ジョーズの腕はがっちりと飯島さんの首に巻きついている。スタンガンを使ったら、飯島さんまで感電してしまうんじゃないか？

「おい、あんた！　またか。またボーッと見てるだけか！」

若い男に怒鳴られた。

「どないかせんかい！」

そう言われても……。

僕はおろおろと辺りを見回した。

棒っ切れでもバールでもいい。何か使えそうなものが都合よく落ちてはいないか。

だがそんなものはない。

「しゃあないな」

若い男は舌打ちをし、殺人鬼の首筋にスタンガンを当てた。火花が散る。

「ぎゃっ！」

その叫び声で飯島さんが意識を取り戻し、同時に、首を絞めていた大男も電撃のショックで腕の力が一瞬、緩んだ。

「今や！　逃げろ！」

聞くより早く飯島さんはジョーズの腕をすり抜けていた。

しばらく全力で走って落ち着いたところで、僕は礼を言った。

「あ、ありがとうございます！　どこのどなたかは存じませんが助けていただいて」

深々と頭を下げたが、若い男はポカンとしている。

「お前、何言うてんねん。ホンマに何も覚えてへんのか、おれのこと？」

「すみません。覚えてないです」

「しゃあないな。とにかく逃げよう！　車があるんや」

彼がそう言った時、軽だと思われる、小さな可愛い車がしずしずとやってきた。色もピンクの、綺麗なメタリックだ。

「乗れ！」

大急ぎで飯島さんを狭い後部シートに押し込んだ。僕も乗り込むと、助手席に座った若い男がドアを勢いよく閉めて、車は走り出した。

「紹介するわ。運転してるこの人は、割屋先生いうねん。ヤメ検や。いや、元検事やけど弁護士資格はないから、ヤミ検か」

彼が紹介すると、運転席の男が左手を挙げて挨拶した。

元検事といえば颯爽としたイメージがあるが、今ハンドルを握っているこの男は、四十前のヨレヨレのオッサンだ。髪はぼさぼさで襟首が伸びたTシャツにスウェット姿。顔の銀縁メガネもなんだか歪んでいる。ピンクの可愛い軽自動車には最も似合わないタイプだ。

「まあちょっと離れたところまで行きましょう」

僕たち四人は、流山を脱出して、江戸川を渡り、三郷を越えて越谷まで来た。

「あそこなら車が停められる」

レイクタウン近くのファミレスの駐車場に車を停めた。

「あんた、記憶失くした言うんはホンマやってんな」

順平だ、と自己紹介されても、名前とイメージと記憶が結びつかない。以前にもこの若者に助けられたという記憶はあるのだが、それが具体的にはどういう状況だったのか、それが判らない。だが、さっきの怪力の大男……ジョーズと関連させて思い出すと、おぼろげながら記憶が戻ってきた気もする。

「大阪であったことは全部、忘れてしまったんですね」

運転している割屋という男が言った。

「私たちも大阪から東京に移動するについては気を遣いましたよ。なにしろ敵に回した相手が強大ですからね。警察は当然、支配下にあるでしょうし、検問や職質に引っかかったらお終いなので」

これを、と割屋は黒いUSBメモリーをポケットから取り出して、後部座席の僕に見せた。

「このUSBメモリーを無事東京に運んできて、これをいわば囮にして巨悪を暴こうというワケですから……。Nシステムも回避しなくちゃならなかったので」

捕捉されないよう、下道を使ったりして大変だった、と割屋は言った。

「センセイの言う通りや。この軽も、おれの知り合いのキャバ嬢から借りた車や」

「だから、約束に遅れたのね」

「せやねん。堪忍やで」

順平が飯島さんに手を合わせ、割屋も謝った。

「当然、私も順平もマークされてる筈なんで、新幹線は乗れないしレンタカーも借りられんしで、やっとこさ順平があの車を調達してきて……下の道を長野から新潟方面まで、用心のために迂回しました。時間はかかりましたが、その間に、いろいろ作戦を練れましたよ」

「あの……お二人と飯島さんはどういうご関係なんですか？」

僕が訊くと、「どこから説明しましょうね？」と飯島さんが首を傾げた。

「私も彼女……佐和さんのことを探そうとしていて、何とか電話で話せたことは、さっき話したわね？　その時に、彼女から夫をフライパンで殴打したことを聞いたから、もちろん、それについても調べてみた。でも、そんな事件は無かったことになっていて、警察に聞いても何も判らない。だから、仕事で繋がりのある雑誌社に調査を頼んだの」

　飯島さんは「真相社」という出版社が出している雑誌「週刊超真相」の編集部に出入りしていて、ライターとして記事も書いているらしい。

　その結果、警察内部の、事情を知る人間に接触することができ、「成瀬夫妻」に行き着いたのだという。

「あのいけ好かない、成瀬という高級官僚に直当たりもしてみた。もちろん本当のことを話すわけがない。でも成瀬の家の近所で聞き込みをしたら、奥さんの姿を最近まったく見ない、と誰もが言うし、以前は家の中から女性の悲鳴が聞こえた、と声をひそめて話す人もいた。私が埼京線の中で撮った動画を見せたら、この人だ、この人が成瀬さんの奥さんに間違いない、って」

　すぐに大阪にいるあなたに知らせようとしたけれど、なぜかあなたとは連絡がつかなくなっていた、と飯島さんは僕に言った。

　不運な行き違いだ、と僕は思った。

　ちょうどそのころ、大阪で事件に巻き込まれた僕は頭を打って入院、なぜかスマホを失くし、記憶まで失って、頼れる知り合いと言えば、今の婚約者である恵利子さんだけ、という状況に陥っていたのだ。

「あなたとは全く連絡が取れなくなっていたけれど、その代わりに、この割屋さんからコンタクトがあったの」

飯島さんが説明し、割屋も言った。

「蛇の道はヘビで、順平が知ってた君の携帯番号から通話記録を調べさせてもらった」

過去数ヶ月間に僕が通話した相手を片っ端から調べて、飯島さんに行き着いたのだという。

「君は突然退院して、大阪の住まいも引き払い、仕事も辞めて、行方不明になっていたから、ほかに方法がなかった」

「そうよ。どうして人間関係を全部切るような真似をしたの？　記憶を失くしたからって、ひどいじゃない？」

どうして、と訊く飯島さんに僕は「すみません。でも、判らないんです。何も憶えていないので」としか言えない。

本当に今日の今日まで、僕のことを気にかけてくれる知り合いは、恵利子しかいないと思っていた。いや、思い込まされていた。

「あの……僕の、その通話記録に、この番号はありませんでしたか？」

　僕は今使っている携帯を取り出し、恵利子の携帯番号を割屋に告げた。

「高宮（たかみや）恵利子という女性なんですけど」

「いや……そういう女性は、君が通話した相手の中には居なかった。つまり、君の携帯に番号が残されていなかった。いれば当然、接触して、君の居所を訊いた筈だ」

　おかしい。大阪で僕が意識を取り戻した時に、恵利子は既に僕の病室にいて、婚約者然として振る舞っていたのだ。まるでずっと前からの知り合いのように。だったらなぜ、僕との通話記録が残っていないのだ？

　恵利子を疑う気持ちがどんどん強くなっていく。

　もしかして……僕を囲い込み、それまでの人間関係から全部切り離したのは、恵利子ではないのか？

　疑惑に囚われた僕をよそに飯島さんは続けた。

「それで、佐和さんが成瀬って人の妻だということはやっと判ったから、そこからいろいろ調べて、流山にある彼女の実家を突き止めて、そこでようやくあなたと再会できたってわけ」

　ほぼ時を同じくして、僕の携帯の通話記録を調べた割屋からもコンタクトがあり、彼らが知っていることと、飯島さんが調べたこと、双方の情報を突き合わせることが出来たのだという。

「ところで、あなたは佐和さんが、埼京線で、あの韮山という男から財布を奪って逃げた時、同じ車両に乗り合わせていたんですよね？」

割屋が僕に確認した。そういうことなのだろう。僕に記憶はないが。

「その財布の中にあったＵＳＢメモリーの内容を、私は読み出した」

割屋が言う。そのＵＳＢメモリーが原因で、佐和さんはＤＶ夫、それに逃亡中に関わりあってしまった裏社会の人間たちに加えて、日本の権力の、まさに中枢からまで追われる身となっているのだという。

「中身は何だったんですか？」

「二種類の名簿と、画像が二つだ」

「それだけですか？」

拍子抜けした僕に割屋は説明した。

「ただの名簿じゃないんだ。両方とも、関係者全員が口を揃えてすべて廃棄した、もうこの世には存在しないと言い張っている文書だからな。内容が明らかになれば、政権が転覆しかねない」

それは政府主催の『日本の春をことほぐ会』の招待者名簿と出席者名簿、それぞれ改竄前と改竄後のものが一つずつ。そして画像の方は、『ことほぐ会』の前夜祭として開催されたパーティで撮影されたもので、これもオリジナルの画像とフェイク画像が一つずつということだった。

「名簿と画像……そんなものがなぜ?」

「早い話が、改竄後の名簿からは『税金を使ったイベントに絶対呼んではいけない人たち』二十名の名前が削られ、逆に、その場には居もしなかった人物、一名の名前が追加されているんだ」

暴力団関係者多数の名前が削除された代わりに、「木村一郎」の名前が書き加えられているのだという。

「木村一郎?」

「名前は平凡やけど、とんでもないやつや。あんたも知っとるやろ? 大柄で顔が長(なご)うて銀歯の」

順平が割って入り、僕もあっと思った。

「ジョーズ!」

あの殺し屋が、政府のお偉いさん主催のイベントに、参加していたことにされている?

「早い話がアリバイづくりや。それも殺人未遂容疑の」

順平が説明した。『日本の春をことほぐ会』の前夜祭が、政府御用達の超一流宿泊施設・ホテルニューオータニで開かれていた、まさにその時間帯、ある裁判の重要証人が襲撃されたのだという。一命は取りとめたものの、現在意識不明の重体に陥っているのだと順平は言った。

「犯行現場近くの防犯カメラに、ジョーズそっくりな男が映っとった、とそういうわけや」

　割屋が話を引き取った。

「この証人と言うのが極めて重要な存在でね、彼の証言が決め手となって、一審では原告勝訴の判決が出た。だが、その証人が襲われた。控訴審で法廷に立てないとなると、逆転判決が出るかもしれない。何しろ訴えられた人間は政府高官だ。よほどのことがない限り、裁判所は政府の側につく」

　それはさる政府高官が、酔わせて意識朦朧（もうろう）状態にした女性を無理やりホテルに連れ込んで、レイプしたとされる事件だった。そのホテルのベルボーイである証人が、「被害者とされる女性は意識朦朧状態で、合意があった状態にはとても見えなかった」という決定的な証言をした結果、政府高官は一審有罪になったのだ、と割屋は説明した。

「だが裁判のあと、そのベルボーイが襲われて頭を強く殴られた。襲った人物は」

　割屋はスマホを取り出して、防犯カメラのものだという画像を僕に見せた。

「ほら。こんなに長身で顔が長い。銀色の前歯もしっかり写っているだろう?」

「要するに」

飯島さんが話を引き取った。

「自称木村一郎、通称ジョーズが、政府にとって重要な裁判の証人を襲って大怪我をさせた、なんてことがバレては絶対に困るわけ。それで同時刻に開かれていた『日本の春をことほぐ会』の前夜祭に出席したことにしようと誰かが考えた。初歩のアリバイ工作ね」

「ほら、こちらも見たまえ」

割屋はさらに一枚の画像を表示させた。

「前夜祭が開かれたホテルニューオータニの宴会場で撮影された、と称する写真だ」

長身で顔長、銀歯を光らせ不気味な笑いを浮かべたジョーズが写っている。そして、その隣に立っているのは……日本人なら誰もが知る、あの、某最高権力者ではないか!

「だがこれはフェイク画像だ。出来も悪い。オリジナルはこっちだ」

割屋は二つ目の画像を見せた。ツーショットのうち一人は、一枚目に写っているのと同じ最高権力者だ。それも一枚目と寸分たがわぬ同一の画像だ。しかしその隣にいる人物はジョーズではない。これまたどう見てもカタギには見えない、恰幅の良い人物だった。

「仁侠摂津組総裁・漆原徳治郎という人だ。これはこれで問題ではあるんだが、今は差しあたり関係ない。だが、私としては、何とかして、このファイルと画像を表に出したい。何しろ人が一人、襲われて瀕死の重傷を負っているんだ。これほどの隠蔽と改竄が罷り通って良いはずはない」

「センセ、完全に検事に戻ってまっせ。目が」

　順平が茶々を入れた。

「そうね。割屋さんはなんと言っても、大阪地検特捜部のエースだった人だものね。虎の縞は洗っても落ちないっていうやつ？」

　と同じく茶々を入れた飯島さんも、すぐに真剣な表情で言った。

「私もこの事実を表に出したい。というより、私の手で記事にしたい。それも、一番、インパクトのある形で。だから、さっきも言った、仕事でつながりのある雑誌社にこの話を持ち込んだの。乗ってきたわよ、『週刊超真相』は」

　よほど巧くやらなければ逆にこちらが潰される、マスコミも、警察も、検察も、連中に握られているから、と飯島さんは言った。

「表に出すなら動かぬ証拠をつかんで、一気呵成にスクープという形で公表するしかない。記事になって大きな話題になれば警察も東京地検も、さすがに動かざるを得ないでしょ」

「ラスボス、つまり画像に写っている最高権力者まで一気に行くのはさすがに無理だが」

　割屋も言った。

「殺人未遂の実行犯である自称木村一郎、こと、ジョーズをおびき出すことは可能だ。餌としては、こちらの手にある、このＵＳＢメモリーを使う。だが、それだけでは足りない。もっと決定的な証拠を押さえたい。それには、ジョーズがずっと殺そうと付け狙っている彼女、佐和さんを、囮にする必要がある」

「ダメですよ！　そんなのは」

　僕はびっくりして言った。

「本当に彼女が殺されてしまったらどうするんです？」

「だから本当に囮にするとは言っていない」

「安心して。囮の役は私がするから」

　飯島さんが言った。

「私が佐和さんになりすまして、ＵＳＢメモリーを大金と引き換えにする取り引きの場に臨む。そうすればジョーズは必ずやってくる。そして私を殺そうとする。そこをバッチリ撮影したうえで、警察に通報する」

「めちゃくちゃ危険じゃないですか……」

「それは大丈夫。週刊超真相が協力してくれるから。安全確保のための人員は用意すると言ってる。先方も大スクープを独占出来るんだから大乗り気よ！　編集長は難色を示していたけれど、デスクが『やっちゃえよ！』って」

　斜め上の展開に僕は頭がくらくらした。

　とりあえず佐和さんに危険がないのなら、それはいいとしよう。だが。

「それで……僕の役割は？」

「君が佐和さんと一緒にいることにしてほしい。そして先方との交渉には君が当たる。佐和さんを君が探し続け、埼京線の中、東海道新幹線の車中、そして大阪の飛田と、これまでに三度も彼女を助けてきた事実は先方も摑んでいる。佐和さんの代理として交渉するのが君なら、先方は信用する」

　囮役の飯島さんが矢面に立って交渉するわけには行かないからな、と割屋は言った。

　僕は釈然としない。

「でも、僕がそんなことをしたって、佐和さんを助けることにはならないじゃないですか。僕は、佐和さんにもう一度逢いたいんです。それだけなんです」

「よく考えてみてくれ。今の状態では危険すぎて、君に逢いたくても佐和さんは出てこられない。だが我々の計画がうまく行けば、少なくとも彼女を付け狙うジョーズを排除できる。身の安全さえ保障されれば、いつかまた、彼女もきっと君の前に姿を現すだろう」

半信半疑ながら、僕はしぶしぶ協力を了承した。割屋はうれしそうに言った。

「ありがとう。成瀬佐和が自由になるためには、彼女を追い詰める『大きな力』を表に出すしかないんだ。とりあえず、君には今から我々と一緒に行動してほしい。仕事は休んで、周囲の親しい人間にも居所を明かしてはいけない。数日のことだが、できるか？」

できる、と僕は言った。彼女に再会できるチャンスがたとえ僅かでもあるのなら、仕事など、どうでもいいのだ。元々好きな職場でもなかった。周囲の親しい人間といえば……恵利子しかいないが、彼女とも、もう終わりにするつもりになっていた。

＊

北千住のビジネスホテルにチェックインして、Ｔｗｉｔｔｅｒにアカウントをいくつも作った僕ら四人は、そこから手分けして、敵をおびき出すための情報を拡散しまくった。

「近々、『日本の春をことほぐ会』に関する驚くべきスクープが出るぞ！」とか「『日本の春をことほぐ会』疑惑に、ついに警察の捜査が入る」とか「政権中枢と『殺し屋』の戦慄すべき関係が……」などと書き込んだが、それだけでは反応がなかったので、とっておきの燃料を投下した。

ジョーズを写した、例のヘタクソな合成写真をアップロードしたのだ。「こいつはこの時刻、ホテルニューオーニタの宴会場には居なかった。こんな舐めたフェイクで、政府はこいつのアリバイをつくろうとしている！」というコメントもつけた。

すると、めざといユーザーが「おい、こいつ例の裁判の証人が襲われた事件で、防犯カメラに映っていた容疑者じゃないのか？」と書き込み、そこから画像は一気に拡散し始めた。

一度注目を浴びると、詳しく掘る人も出始めて、「そう言えば、あのレイプ裁判、証人が何者かに襲われて重傷を負ったんだった」

「もしや、口封じ？」「レイプ犯は権力者のお友達だもんな」「たしかに似てる。防犯カメラに映っていた襲撃犯と」「フェイク写真をアリバイにする気かよ？」「合成ヘタクソすぎワロタ」などと盛んに書き込まれると、書き込み合戦は加速して、やたらに詳しい人が徹底調査の結果を公開し始めた。

「この写真のバックは『日本の春をことほぐ会・前夜祭』が開かれたホテルニューオータニの大宴会場。写真データの日付X月X日XX時XX分が、前夜祭の開催時刻と一致。ロケーション情報とも合致する。一方、この銀歯が印象的な人物の切り抜き画像については、まったく違う日時・場所のデータが出てくるし、撮影に使われたカメラも違うし、レンズも絞りも違う。よって、これはフェイク」

北千住のビジネスホテルの狭い部屋が作戦本部になって、そこに全員が集まっていたが、Ｔｗｉｔｔｅｒに続々寄せられる新たな情報に、みんなほとほと感心してしまった。

「これは画像データに埋め込まれたｅｘｉｆデータを読み出したんだと思うが……凄いね」

割屋がコメントする。

「それはそうと、君の婚約者だという女性はどうした？　君と会えないことを怪しんで、捜索願いを出したりはしないだろうね？」

「大丈夫です。彼女とは現在、仲違い状態だから、僕が姿を消したことにも気づいていないでしょう」

実際、恵利子からは僕が仕事を辞めた件で決裂して以来、電話すらかかって来ない。

そうか、と納得した割屋は作戦を続行した。

「おい。こうやって煽るのはどうだ？　『こんなにハッキリした証拠があるのに、警察は全然動かない！』とか。『警察もグル？』で動きがもっと激しくなるんじゃないか」

「判った。ほな、書き込むで」

順平が自分のスマホから「なんで警察は動けへんのや？」とフェイク写真にコメントする。割屋が言った。

「しかしなあ、もう一歩進めて決定的な証拠を手に入れなければなあ」

みんなも首を捻った。

「彼女……成瀬佐和が突破口になるよね。彼女自身は何も知らなくても、存在だけで事態をかき回せるから……」

飯島さんはそう言ったが、彼女が動くのを待つしかないのだろうか？

「彼女はねえ、前にも言ったけど、けっこう敏感にアンテナを張ってるから、ネットの動きを見てると思うよ」

僕もいくつか取ったアカウントで、いまやバズりつつあるフェイク画像にコメントした。「警察もグル？」「殺人未遂すら揉み消す、大きな力があるとしたら怖いね」。

書き込みながらどうしても考えてしまうのは、やはり彼女のことだ。DV被害の末に、思いあまって殺人未遂をはたらいてしまい、今も逃げ続けている、彼女……。

気がついたら、思わず書き込んでいた。

『流山線の中で逢ったあなた、廃墟のような家で夢のようなひとときを過ごしたあなたに、もう一度、逢えたら。逢うことができたら』

その時、僕の気持ちを読んだかのように、飯島さんが言った。

「それにしても彼女、佐和さんは今、どうしているのかしらねえ……」

「無事でいてほしいよな。せっかくおれらがこうして頑張っとるんやから」

順平も言う。

彼女は、どこにどうしているのだろう？

僕もそう思いながら、スマホに目を落とすと……通知が来ていた。TwitterのDM、ダイレクトメッセージだ。

『あなた？　もしかしてあなたなの？』

これは彼女だ！　僕は直感した。

ドキドキしながらとっさに返信してしまった。

『あなたは、成瀬佐和さんですか？』

これ以上ないほどダイレクトに訊いた。

『僕は、先日、流山のお宅に伺って、一緒に逃げた者です』

返信は無い。

彼女は、僕が本物かどうか決めかねているようだ。続けてメッセージを入力する。

『流山のお宅では焼きそばをご馳走になりました。そのあと、夕日の射し込むキッチンでスコッチを一緒に飲んで……ドアが破られそうになって、狭いトンネルを逃げましたよね』

いきなり返事が来た。

『あなたの、今の写真を送れる？』

その手があったか！ やっとそれに気づいた僕は、パソコンに付いているカメラで自分の顔を撮って、そのまま送った。

すぐに返事が来た。

『助けてほしいことがあるの。あなたでなければダメなの。逢いに来れる？ 絶対、誰にも知られないようにして』

ようやく逢える！ もう一度、彼女に。

天にも昇る気持ちだったが、それを気取られないようにしなければならない。彼女の言うとおりにしなければ、再会はかなわないだろう。僕が気持ちを引き締めた、その時。

「判った。この人物にコンタクトを取ればいい」

割屋が大声で叫び、僕はびくっとした。

割屋のノートパソコンの、ディスプレイに表示されているのは、首相官邸の組織図だ。

「政策統括官が八人、参事官に至っては大臣官房だけで四十七人もいる。しらみつぶしにコンタクトしている余裕はない。怪しまれる危険があるからな。しかし、審議官なら二名で、事務次官は一人だ」

割屋は組織図を示しながら言った。

「事務次官に接触する。役人の世界で事務次官といえばもはや雲の上の存在だが、この際、当たって砕けるしかない。もちろん砕けるつもりはないが」

「けど、割屋センセ、そんなエラい人に、どないして渡りをつけるつもりですか？」

「ネットに電話番号が出てる。役所なんだから代表に電話して、事務次官に繋いでくれと言えばいい」

割屋は平気な顔で順平に答えた。飯島さんも当惑している。

「だけど、一般人が電話して事務次官を出せって言っても、普通は繋いで貰えないでしょ？　町工場の社長に電話するんじゃないんだから」

「おれを誰だと思ってるんだ。元大阪地検特捜部のエースだぞ。石もて追われたとは言え、役所というもののメカニズム、つまりどこをどう突つけばどうなるかについては、熟知してるんだ」

いいか？　と割屋は高説を垂れた。

「役人ってのは、エラくなればなるほど、絶対に口外できない墓場まで持っていかなきゃならない秘密が増える。ことに事務次官ともなればそんなのが山ほどあって、メンタルが強くないと死にたくなる……らしい。知らんけど」

知らないのかよ！

「方針を決めた。内閣府の事務次官に当たってみる。『日本の春をことほぐ会』関連の情報だと言えば、無下には出来まい」

「そうね。確実に後ろ暗いところがある以上、無視は出来ないはずよ」

飯島さんも賛成した。

「大口叩いたはるけど、大丈夫かいな」と順平は半信半疑だが。

「まずは『USBメモリーと引き換えに一億円出せ』と事務次官に要求する。いやいや、まあまあ、おれの話を聞け」

一億という法外な金額を聞いて口々に驚き呆れる全員を、割屋は両手でまあまあと制した。

「大金が欲しいんじゃない。連中は、コトの重大性を金額で判断する習性がある。仮に百万出せといったら、そんな程度のチャチなことかと軽くあしらわれて終わりだ。しかし、一億となると話は別だ。情報の価値をこちらが知っていると、向こうにも判る。向こうもこっちの本気度を察してヤバいと思うわけさ」

「たしかに、政権の命運を左右する文書と写真ですものね。一億じゃ安いかも」

「さらに、一億の受け渡しとなると、先方も相応の準備をして臨んでくるだろう。そこが狙いだ」

僕には意味が判らなかった。

「相応の準備って、向こうが汚い手を使ってくるってことじゃないですか?」

危険だとしか思えない。

「もちろん危険だ。向こうとしては当然こっちの口を封じにかかるだろうからな」

別室(ハッキリ言えばビジホのトイレ)に籠ってスマホで何か喋り、出て来てパソコンでやりとりを始めた割屋は、やがて声を上げた。

「取引成立だ! 証拠を残すためにブツの具体的な内容と金額はメッセージでやりとりした。これがそのログだ」

割屋は、そのやりとりを見せた。

「先方はログが残らないチャットだと思っているが、しっかり録画した。内閣府サイドからの連絡だ。発信元は事務次官かどうかは判らない。名簿と写真が入ったUSBメモリーと一億円を交換することで話がついた」

「一億円……」

僕たちは半信半疑だ。

「しかし……ファイルはコピーできるんだから、メモリーと引き換えに一億って、なんか、解せないんですけど」

「やつらも当然、コピーがあることは想定している。だからこそおれたちの正体を突き止めて、消そうとしてくるはずだ。そこが付け目なのさ」

「知らんけど、か？」

順平が茶化したが、誰も笑わない。

「取り引きはいつ実行するんですか？」

「一応、明日と言うことにした。場所と時刻は直前に、こちらから指定する」

「明日か。それまでおれらが無事やとええけどな」

順平が言った。

「もしくは、突然、ここに警官隊が雪崩込んできたりしてな」

「そういうことも、考えておくべきだろうな」

割屋とのやりとりを聞きながら、僕はこっそり自分のスマホを見た。彼女からの

ＤＭが来ている！

『逢いたいの。それも、今すぐに！』

時間を見ると、もう夜の六時になっていた。

「急用を思い出したので、ちょっと出て来ます」

僕が腰を浮かすと、「自分のアパートには戻ったらあかんで。危険やからな」「なんか食うもの買ってきて！」と口々に声が飛んだ。

「いや……ちょっと時間がかかるかもしれないので」

特に怪しまれることもなく外に出た僕は、ＤＭで佐和さんと連絡を取り続けて、千住宿場町通りにある、別の小さなホテルの前で待ち合わせることにした。

一階がスイーツのお店で、店の外にはテーブルとベンチがあって食べられるようになっている。だが、僕は腹が減っていた。ほんとうならラーメンとか牛丼とか、腹が膨れるものを食べたい。仕方なく、パイと、そしてエクレア系のものをかなりガツガツと食べていると、細い路地から彼女が現れた。その、音もなく登場した感じは、なんだかこの世のものとは思えない。

「このホテルのお部屋を取ってあるの」

彼女はそう言って微笑んだ。

「大事な話をするんだから」

佐和さんはフロントでキーを受けとってダブルルームに入ると、いきなり僕にすがりついてきた。

「ねえ？　あなた、私のこと、好き？　本当に好き？」

彼女はズバリ直球を投げ込んできた。

「も、もちろんだよ……」

「好きだったら……助けてほしいの」

そう言って胸を擦りつけてくる。

「ねえ」

フルパワーで僕に迫っている。

「な、何でもするよ。君のためなら」

「本当に、何でもしてくれる？」

そう言って彼女は僕に顔を近づけて、唇を重ねてきた。

「僕は……どうすればいいの？」

「それはね」

彼女は、どう言おうか、しばし考える様子だ。

「私が夫から逃げていること、もう知っているでしょう？　その夫から、あるものを取り戻してほしいの」

殺し損ねた結果、彼女が今も逃げ続けている夫、か。

「あるものって……」

「私を撮った、動画と画像。私の自由を奪って、夫に無理やり撮られたの。どんな内容なのかは……訊かないで」

その言葉で、「どんな内容」なのかは容易に想像がついた。

「それがある限り、私は離婚することも、自由になることも出来ないの」

「だけど、一度は殺そうとしたんでしょう？　どうしてその時に……」

「それは……あの人をフライパンで殴った時はもう、無我夢中だったから」

そうしなければ自分が殺されていた、と佐和さんは言った。

「殺してしまった！　でも捕まりたくない、なんとしても逃げるって、そのことでもう頭が一杯だった。動画や画像があることを思い出したのは、逃げたあとだったの」

逃げる前にも、言うことをきかないとこれをネットにばら撒いてやる、と夫からは何度も脅された、だからどんな恥ずかしい要求にも応じるしかなかった、どんなに殴られても耐えるしかなかった、と佐和さんは泣いた。

「だから助けて！　私には、もうあなたしか頼る人がいないの」

逃げたあとも、いつ晒されるかと気が気じゃなかった、でもまだ公開されていない、そう言った佐和さんは僕を熱い瞳で見つめた。

「お願い。あなたが、例のＵＳＢメモリーを持っていることにして。それと引き換えに、あの男から私の画像を取り戻してほしいの」

「でも……コピーがあいつの手許に残っていたら、同じ事になるでしょう?」

「大丈夫。それはなんとかするから。だから、お願い」

彼女はふたたび僕に抱きつき、唇を重ねてきた。

「ねえ、私は、あなたとなら、ずっと一緒に暮らしてもいいと思ってるのよ。だから……」

彼女の熱い躰、髪の毛と肌の、いい匂い……。僕は頭がくらくらして、何も考えられなくなってきた。

「お願い。私を信じて。そして助けて!」

僕にすがりついたまま、彼女はしきりにベッドを見やった。僕を誘っているのだ。

「夫への連絡は私がする。交渉するのも私。だからあなたは何もしなくていい。ただ、受け渡しの場所に、いてくれるだけでいいの」

彼女が話す計画には、何か大きな穴があるような気がする。しかしどんな言葉も、彼女の熱く濡れた瞳で見つめられながら聞くと、抵抗なく心に落ちてしまう。

「……ところで、あのＵＳＢメモリーは今、どこにあるの?　あなたへのメッセージを託した順平さんって言う人、その人にUSBメモリーも渡したんだけれど？」

彼女は僕の腕を引いて、かなり強引にベッドに一緒に倒れ込むと、僕の上に乗ってきた。僕の目を覗き込みながら、さらに尋ねてくる。僕には嘘がつける状況ではない。

「USBメモリーは……僕たちが持ってる」

彼女の肉体は柔らかい。そして、熱い。僕は、どうしようもなく、メロメロになってしまう。

「それをどうするつもり？　まさか、大人しく警察に渡すつもりではないわよね？」

そんなことをしたら握り潰されて終わりだ、という彼女に僕は言った。

「判ってる。何とかして、USBメモリーの内容を表に出す方法を考えているんだ」

こういう質問をディープキスとペッティングをされながら囁かれるのは、ほとんど拷問だ。スコポラミンを射たれるより効き目があるんじゃないだろうか。

USBメモリーを餌に、「敵方」をおびき出す計画の一端を、僕は彼女に喋ってしまった。それを聞いた瞬間、彼女の目つきが変わった。

「ねえ、それはいつ？　その取り引きは、どこで実行するつもりなの？」

「それは……まだ決まっていないんだ。場所と時刻については、こちらから、直前になって、相手方に知らせることになっている」

彼女は僕の服を脱がしながら、カラダのあちこちにキスをしてきた。そして僕に懇願した。

「ねえ、お願い。決まったらすぐに私にも教えて……っていうより、そのＵＳＢメモリー、持ち出すことはできない？　それさえあれば、全部うまく行く。こちらの要求が必ず通るから」

「でも……」

国民の知る権利のために、マスコミを介在させて政府の悪事の動かぬ証拠を手に入れ、情報を公開するという、割屋や飯島さんたちの計画は、どうなるのだ……。

「すべては私が自由になるためなの。夫から自由になって、あなたとの新しい人生を始めたい。そのために、お願いだから、ＵＳＢメモリーを持ち出して。ねえ、いいでしょう？」

佐和さんはそういいながら、僕の、すでに興奮しきり、屹立しきっているペニスをさわさわと撫でた。その先端からは我慢できなくなって、すでに透明な汁が溢れている。

「わ……わかった……」

僕は、彼女に協力する約束をしてしまった。

私

妻の佐和はどうしようもない女だ。並みはずれた美貌であることは認める。躰も素晴らしい。スレンダーだが巨乳、あそこの締まり具合も中のヒダヒダの複雑さも、一度寝たら忘れられない味だ。だが、それだけだ。所詮、顔とバストとあそこだけの女なのだ。

せめて人並みの、良妻と言われるだけの妻に教育しようと、結婚以来、私は彼女を常に指導してきた。だがダメだった。バカな女には、何を言っても聞かせても無駄なのだ。だから手を上げることもあった。それが罪なのか？

家畜を調教するのと同じことではないか。

毎日のように私を怒らせる、そんな妻を娶ってしまった、私こそがむしろ被害者なのだ。

そしてある日、それは起こった。たしかに、その日の、私の彼女に対する「指導」は多少、というかほんの少し行き過ぎていたかもしれない。だが顔は避けた。何度も殴り、ケリも入れたが、せいぜいが肋骨を折った程度だろう。躰を丸めて涙を流し、苦しがっていた妻が大袈裟すぎるのだ。妻は明らかに演技をしていた。それが余計に憎かった。私に一体、何の恨みがあって、妻はここまで私を不快にさせるのだ。

妻を蹴りすぎて息が上がった。はあはあ言いながら妻に投げつけた、自分の言葉をまだ覚えている。

「泣け喚け叫べ。誰も来ないぞ。まだ夜は始まったばかりだ。朝までにこれの十倍、いや百倍はやってやる。明日の朝日が拝めるといいな」

それを聞いた妻は、私を見上げた。張り裂けるほどに見開いた妻の目には、明らかな恐怖があった。「殺される！」とその目は言っていた。

私も、成り行き次第ではもしかして……と思わないではなかった。しかし、このくらいやらなければ、この女に思い知らせることはできない。

何度も言うが、およそ私の出世の役に立つどころか足を引っ張ることしかしない、こんな女を養って人生を台無しにしているのは私なのだ。私こそ気の毒な被害者なのだ。

だが離婚するわけにも行かない。子どもはまだいないが、スキャンダルを嫌う官界において少しでも波風が立つと、私の出世はそこまでということになってしまう。私自身の失策ならともかく、こんな女に妨害されるなど断じて許すことは出来ない。

とにかくこんな不出来な妻の存在は、私の華麗なる経歴を汚すものでしかないし、妻がことあるごとに見せる至らなさは、順風満帆である私の官僚人生をおおいに邪魔する、許しがたい蛮行でしかないのだ。

妻を蹴りすぎたので私の足が痛くなった。叫び、罵りすぎて、喉も渇いた。

私はホームバーからウォッカを取り出し、ストレートでグラスに注いで呷った。

うしろで、のろのろと彼女が立ち上がる音がする。

「お前の汚い血が床についた。拭き取っておけ。それから、何かつまみをつくれ」

彼女に背を向けたまま、私は命じた。がさごそと物音は続き、シンクの下の戸棚を開ける音がした。鍋か、フライパンを出しているのだろう。

次の瞬間、後頭部を激しい衝撃が襲った。

ぱぃ～ん、という間抜けな音とともに激痛が走り、目の前に火花が散った。

気がつくと私は床に倒れ、目の前に妻の細い足首があった。

がらん、と音がして、床に落ちたものは……フライパンだった。

そこで私の意識はとぎれた……。

今思い出しても、腸が煮えくりかえる。

絶対に、このままでは済まさない。

何がなんでも妻を連れ戻し、自分のしたことの落とし前をつけさせてやる。私は固く決心していた。どんな甘言を弄してでも連れ戻し、戻ってきたが最後、あの躰を、あそこを犯しまくってやるのだ。そして折檻する。妻が、身の程知らずにも私に加えた危害の、倍返し、十倍返し、いや百倍返しだ。そのくらいはしてやらなければ、この私の気持ちが収まらない。万が一の結果になっても、私が罪に問われることはないだろう。私の一族は名家だし、地元警察にも顔が利くからだ。

……いや、やっぱり殺すのは行き過ぎだ、と私は考え直した。殺してしまえば、あの躰を、二度と味わえなくなる。そう思いつつ、私は自分が勃起しているのが判った。妻を心ゆくまでぶちのめし、そのあとに思い切り突っ込む。それさえ出来れば、どんなにかスッキリすることだろう……。

妄想に囚われ始めた折も折、携帯が振動した。見慣れない番号だが私は応答した。

『もしもし？　あなたなの？　ごめんなさい。私です。佐和です。反省していま す』

忘れもしない、その声。行方不明だった佐和からようやく連絡が入ったのだった。

『本当にごめんなさい。許されるならば、今すぐにでもあなたの元に戻りたい』

それはまさに私が何度も夢に見て、妻の口から聞きたいと思っていた言葉だった。

『あなたさえよければ、流山の、私の実家で待っています。あなた一人で来て。そして、私と一緒に逃げてほしいの』

まったく何を言ってるのだ、と腹が立った。勝手なことばかり言い立てて、相変わらず支離滅裂ではないか。だいたい、なぜ私が、私までが逃げなければならないのだ？

だが。次に佐和は、聞き捨てならないことを言った。

『とっても重要な情報が入ってるUSBメモリーがあるの。そういうものがあることは、あなたも知っているでしょう？　それが大金に化けるの。ね？　一億円あれば、あなたも大変な宮仕えを辞めて、海外で、私と優雅に暮らせると思わない？』

「そう言うウマイ話は高級官僚をしていれば始終持ち込まれる。私を安く見るな。だが、一応聞いておこう。具体的に、どんな内容なんだ？」

『「日本の春をことほぐ会」の、廃棄された筈の招待者名簿と、当日の出席者名簿。それから「前夜祭に出席したことになっているある人物」が「日本で一番偉いあの人」と並んで写っているフェイク画像。ここまで言えば、判るかしら？』

「それは今、ネットで話題になってる、あの件か？」

『そう。そのものズバリよ。そのありかを、私は知っているの』

妻が、内閣府職員が取り落とした財布を拾い上げて、そのまま逃亡したことは知っている。この話は本当だ。

妻が持っている情報を利用すれば、私は、この国で最大の権力を持つ人物に対して、大きな貸しが作れる。金に換えることもできるだろう。

『引き換えに一億円を手に入れる段取りは、もう組んであるの。ただ、それには一つ、障害があって』

それを取り除いてほしいのだ、と妻は私に頼んだ。

『ある男の人に、私は脅されているの。その人さえ何とかすれば私は自由よ。あなたと新しい人生を始められる』

「それは、埼京線の中でお前に言い寄ったという、あの男か？」

『そうよ。その人を……あなたがなんとかしてくれるなら……私、あなたにすべてを預けるから！』

そう言われて、私の心はぐらついた。

一億円。二人で海外で余生を送るには足りない金額だが……まあ正直、ゴタゴタが続いている今の生活をサッパリ整理する資金にはなる。今ある家屋敷などを売り払って足せば、マレーシアあたりで、そこそこのリゾートマンションを買って、一生安楽に暮らせるだろう……。

一億円と……そして、妻の、あの躰。

気がつくと私は言っていた。

「男の一人や二人、なんとでもなる。私の一族は警察にも顔が利くんだ。私に出来ないことはないよ」

佐和は、私が彼女に未練があると感づいたのか、そこで更に攻め込んできた。

『やっぱりね……あなたは凄いわ。離れてみて、あなたの良さが判ったの。愚かな私を許してね。あなたはやっぱりエリートだし、権力の中枢にいて日本を動かしている凄い人よ。あなたくらいの凄い人なら、官僚を辞めても、どこでも何をしても、他人より抜きんでた存在になるわ。今一緒にいる男なんかとは、まるで比べものにならないの。今は仕方なく一緒にいるけど……お話にならないわ。やっぱり、最高のモノを知ってしまうと、どうしても比較してしまうのね』

佐和のような女にそこまで言われて、冷静でいられる男を、私は知らない。確かに今まで妻には苛々させられどおしだったし、あげく危害を加えられ殺されかけた。だが、あの巨乳、あの締まりのいいアソコ、そしてあの顔……それは何ものにも換えがたい。それが戻ってくるというのだ。私の元に。

「で、君は私にどうして欲しいんだ？　流山の家に一人で来いと？」

『そう。バカな能なしのダメ男が、大切なＵＳＢメモリーを持って、ノコノコ来るから、それを待ち構えて、奪い取って欲しいのよ！』

「いやそれは……」

　私は、頭脳には自信があるが、腕力には、少年時代から劣等感をもってきた。運動するより勉学を優先したから、投攻守すべて駄目だから、殴る蹴るなんて暴力はふるったことは……佐和にはやった。それは佐和が女で弱くて、絶対に自分が負けることはないと判っていたからだ。勝てる勝負しかやらないのが私の人生だ。

『あなたに出来ない筈はない。私にしたことをやればいいのよ』

　そうハッキリ言われると、言い返せない。

　私は、巧妙に追い込まれていくのを感じていた。

僕

　北千住の別のホテル、その一室で、僕は彼女と約束をしてしまった。

　バレるのではないかと緊張しつつ、元いたホテルの部屋に戻ったら、三人がピザを食べていた。

「お前の分はないで」

　寅さんのメロンと同じや、と順平が言ったが、鼻をくんくんと鳴らした。

「ん？　風呂に入ってきた？　どないしたんや？」

「いや、ここで風呂に入ってユニットバスを占領するのは申し訳ないので、銭湯に寄ってきたんだ」

　ふ〜んと疑わしそうな返事した順平だが、割屋と飯島さんは僕らの会話を無視して、パソコンに向かって既に作業を再開していた。

「ついさっき決まったんだが、例の件。韮山が持っていたＵＳＢメモリーと一億円の交換、日時は明日の十七時、場所は日比谷公園の噴水近くのベンチと決まった」

　パソコンのキーボードに手を走らせながら、割屋が言った。

「特に準備の必要がないヤツは、風呂に入るなり寝るなりしてくれ。おれにはまだやる事がある」

　全員が、明日の大仕事を前にして高揚している様子だ。「大金が手に入る」からではない。一億のカネが用意されれば、一連の「日本の春をことほぐ会」に関する疑惑を、先方が認めた証拠になる。権力側にひと泡吹かせた上に、疑惑を一気に明るみに引き摺り出す、最高のチャンスを手にすることになるからだ。

　しかし……その計画をぶち壊そうとしているのが僕なのだ。それも、彼女と人生を共にしたいという、僕個人の欲望のために……。

　いや、どんな社会正義も、一人の幸福には負けるんじゃないのか？　個人の幸福はすべてに優先するんじゃないのか？　どこかでそういう理屈を読んだことがあるぞ。それは勝手な思い込みに過ぎないかもしれないけれど。とにかく、今の僕にとっては、彼女の苦境を救うことが第一で、何事にも優先してしまっているのだ……。その気持ちに駆り立てられるまま、僕は、全く同じに見えるＵＳＢメモリーを買って、持ち帰っていた。これをすり替えるつもりだ。

明日の本番は夕方の十七時。その前に僕がちょっと外出しても怪しまれはしないだろう。出る前にすり替えるのだ。

その日の深夜。

東京に住んでいる飯島さんは帰り、部屋には野郎三人が残った。イビキがうるさい割屋は入口に近い床で、僕と順平はツインのベッドで寝た。

しかし、僕は、為すべき大役を前にして、全く眠れなかった。

まず、例のＵＳＢメモリーはどこにあるんだろう？　大切なモノだから、おそらくは割屋のカバンの中にあるはずだ。

タオルケットをお腹に巻いただけで盛大なイビキをかいている割屋のそばに、カバンがあった。

静かに中を探ると……密閉できるビニール袋の中に黒いスティック状のモノがあった。

そっとすり替えて、トイレに行き、そのまま寝床に戻り、メモリーを握り締めて、朝を待った。

朝の八時。

スェットの上下という格好をした僕は、「ジョギングに行ってきま～す。三十分くらいで戻りま～す」と脳天気な声を出して部屋を出た。

しばらく走って振り返り、誰もついてきていないことを確認してから、佐和さんに連絡を取った。

「メモリーの交換は今日の十七時です。それまでに……出来れば今から会いたいんだけど」

「判った。じゃあ場所は流山の私のウチにしましょう。何時なら来られる？」

「……今からだと、九時四分に流山に着くことになるので……九時三十分では？」

「判った。それを夫に伝えるから」

話はついた。

心の中で飯島さん、そして割屋と順平に手を合わせ、僕は北千住の駅に向かった。

常磐線で馬橋に行き、流山線に乗り換える。予定より数本も早い電車に乗ってしまった。

以前は、ホッとするために乗っていた都会のローカル線だったのに、今日は、緊張で前身が強ばっている。

朝の下り線はガラガラだが、座ると落ち着かず、立ったまま車内をウロウロした。流山駅から江戸川の土手方面に歩く。

気が急いて、早足で歩くと言うより走ってしまったので、約束の時間よりもかなり早く、土手近くの家に着いた。

佐和さん！　と、声をかけようとしたところで、思い留まった。家の中から声が聞こえてきたからだ。

玄関ドアは、この前のジョーズの来襲で壊されている。鍵の部分と蝶番（ちょうつがい）が壊れて、ドアはブラブラと半開き状態だ。

玄関の外から耳を澄ませると……玄関の土間のところで、彼女が電話しているのが聞こえた。

「場所はこのウチよ。そう。私が育った家。時間は……九時二十分にしてくれる？」

え？　誰と約束してるんだろう？　佐和さんの夫とは、九時三十分の約束のはずだ。

なにか、おかしい。

おかしいと思いながら、玄関ドアを開けて中に入ると、三和土（たたき）に立っていた佐和さんが咄嗟に何かを隠すのが見えた。たぶん、スマホに違いない。

「おはようございます！　ご主人が来るのは、九時三十分でしたよね？」

「ええ、そうよ」

「少し早く来ちゃいました」

「そのようね」

彼女の顔は蒼白で、少し強ばっている。緊張のせいだろうか。機嫌が悪そうにも見える。さっきの秘密のダンドリ的な会話も気になる。

「例のもの、持ってきたわよね？」

「もちろん」

僕はポケットから黒いスティック状のＵＳＢメモリーを取り出して見せた。

「ありがとう。これは預かっておくわね」

彼女はにっこり笑ってＵＳＢメモリーを僕から奪い取り、ポケットに仕舞った。

あと十五分。

僕も無言で、九時三十分になるのをひたすら待った。

佐和さんはそれっきり、何も言わない。僕も何を話していいか判らない。心の中で、かすかな疑惑が広がっていく。これで良かったのか？　佐和さんを信じて本当に、良かったのか？

いや、そんなことは絶対に考えてはいけない。僕は慌てて疑惑を打ち消した。佐和さんは、僕のすべてだ。彼女を疑うなんて……それはすべてを否定することになってしまう。

何かがおかしい、何かが間違っている……そんな気持ちを消せないまま、そして破滅が迫ってくるのでは？　という強烈な不安に襲われつつ、それでも僕は黙って待つしかなかった。

この「取引」が無事に終わるとは到底思えない。どう転がるのかも想像できない。さっきの佐和さんの電話について、僕は訊くことができない。佐和さんも、その事について、何も言わない。

外からはのどかな小鳥の声が聞こえてくる。

静かな平日の朝だ。

スマホのアラームが突然鳴り出したので、飛び上がって驚いた。九時三十分に鳴るようにセットしておいたのを忘れていたのだ。

慌てて音を止めると同時に、ノック無しで玄関ドアが開き、「成瀬局長」が姿を現した。

成瀬はドア外に立って僕を睨みつけた。

「ＵＳＢメモリーを渡せ！」

もちろん先に渡すわけにはいかない。

「そっちこそ、彼女の画像を渡せ」

僕は必死で言った。声は震えていたと思う。

「画像？　何の話だ？」

成瀬は怪訝な顔になった。

「だから……佐和さんを撮った画像と動画……」

ようやく適切な言葉を思いついた。

「卑劣なリベンジポルノを渡せ！」

「お前は……何を言ってるんだ！」

すべてはその表情が物語っていた。知っていて嘘をついているのと、全く知らないのとでは表情がまったく違う。どんな悪党でも、咄嗟に本心が出てしまう瞬間は、ある。

「何のことだかさっぱり判らん！」

僕は佐和さんを見た。

心の中に絶望が広がってゆく。

彼女はそ知らぬ顔で天井を見ている。

「これは……どういうこと？」

彼女はにっこりと笑うと、ポケットから出した何かの機器を僕に向かって突き出した。さっき隠したスマホだろうか？

「ごめんなさい！」

しかし次の瞬間、青白い火花が散り、それがスマホではないことが判った。

ものすごい重量のあるものにぶつかられたようなショック……電撃を受けた僕は倒れ込んだ。

動けなくなった僕の目に、佐和さんが成瀬局長に何かを渡す姿が映った。それは先刻、僕から奪い取ったＵＳＢメモリーだった。

私

妻を寝盗った若造がスタンガンで倒されるのを見て、私は内心快哉を叫んだ。いや、声に出して「ざまあみろ！」と叫んだかもしれない。

妻は私にＵＳＢメモリーを手渡した。

「これがあれば、すべて、私たちの思い通りになるから」

しかし、私の足元にはすべてを知ったこの若造が転がっている。

「おい。コイツをなんとかしなくてもいいのか？」

口封じをするべきでは、と言おうとした私を、そこで朝の光が照らした。
扉が開いて現れたのは大男だった。
凶暴な笑いに歪んだ口元からは、銀歯が覗いている。
なんだ？　この男が、どうしてここにいるんだ？
その時、どこからか、大音量で私の声が流れ始めた。これは、私と妻の会話だ
……電話で交わした会話が流れているのだ。

『とっても重要な情報が入ってるUSBメモリーがあるの。そういうものがあることは、あなたも知っているでしょう？　それが大金に化けるの。ね？　一億円あれば、あなたも大変な宮仕えを辞めて、海外で、私と優雅に暮らせると思わない？』

『そう言うウマイ話は高級官僚をしていれば始終持ち込まれる。私を安く見るな。だが、一応聞いておこう。具体的に、どんな内容なんだ？』

『「日本の春をことほぐ会」の、廃棄された筈の招待者名簿と、当日の出席者名簿。それから「前夜祭に出席したことになっているある人物」が「日本で一番偉いあの人」と並んで写っているフェイク画像。ここまで言えば、判るかしら？』

『引き換えに一億円を手に入れる段取りは、もう組んであるの。ただ、それには一つ、障害があって』

『ある男の人に、私は脅されているの。その人さえ何とかすれば私は自由よ。あなたと新しい人生を始められる』

『男の一人や二人、なんとでもなる。私の一族は警察にも顔が利くんだ。私に出来ないことはないよ』

まずい。マズいモノを聞かれた。しかも勝手に編集されている。

案の定、銀歯の男は血相を変えて、私を睨み付けた。

「そういうことか。よく判った」

「待て！　これは誤解だ。説明させてくれ！」

だが銀歯の男は、ニヤリと笑った。死神が笑えばきっとこんな顔になるのだろう。

「よくも裏切ったな！」

男はそう言うと、私の首に手を掛けた。

「オレを売って、自分たちはのうのうと暮らそうって言うのか！」

僕

電撃ショックから立ち直った僕の視界には……あのジョーズが居た。なぜか成瀬局長の首を絞めている。

「ＵＳＢメモリーを渡せ！　そうすれば助けてやってもいい！」

成瀬局長の顔は膨らみ、どす黒くなっている。人間が絞め殺されるところを見るのは初めてだが、こんな風になるのか、と妙に感心してしまった。

「いいのよ、殺しちゃって。そのためにアンタを呼んだんだから」

佐和さんの声が聞こえた。リベンジポルノがある限り、夫と離婚できない……彼女は僕にそう言っていたのに。

しかし……元々そんな画像なんかなくて、ジョーズに殺させるために、ＵＳＢメモリーを餌におびき出すために、僕を呼んだのか？

僕は使い捨ての道具だったのか？

成瀬局長のカラダから力が抜け、ガックリと頭が落ちた。

死んだ？

それを見た佐和さんは、成瀬のポケットから取り出したＵＳＢメモリーをジョーズに差し出した。

「あげるわ、これ」

ジョーズは黙って受け取った。

「私は要らないから。こんなもの。やっと自由になったのだし」

しかしジョーズは首を横に振った。

「いいや」

そう言って、今度は佐和さんの首に手を掛けた。

「そうはいかない。お前にも死んでもらわなければ」

佐和さんが殺される！

電撃ショックからやっと回復してきたカラダを使って、僕はジョーズの注意を引こうとして、必死に足で宙を蹴った。

「なんだ。もう復活したのか！」

ジョーズは彼女から手を放して僕に向かってきた。

佐和さんの瞳に驚きと、そして「ありがとう！」という気持ちが見えた。

もう死んでもいい。やっぱり彼女のことが好きだ！

心の底からそう思った。僕を使い捨てにするつもりだったのでは、という疑いはある。あれは危険な女だ、とんでもない女だ、と言う言葉も、これまでに何度か聞かされた。

しかし……それでもかまわない。僕のこれまでの人生、およそパッとしない人生に意味があるとしたら、今がその時だ。今この瞬間、彼女を助けるために生きてきたのだ……そう思い、ジョーズに首を絞められながら、僕は死を悟った。

が。

立て続けにストロボの閃光が走り、「ヤメロ！」の怒号が飛び、たちまちあたりが騒然となった。

僕の首を絞めつける、鋼のような力がふいに緩んだ。

気がつくと玄関先には、大勢の人が押し寄せていた。カメラを持つ者や制服警官もいる。警官がこちらに向けて銃を構えている。

「週刊超真相です！　そこにいるのは内閣府の成瀬局長ですね！」

あれ？　週刊誌は、飯島さんのダンドリで、今日の十七時からの「取引」の瞬間に突入するんじゃなかったのか？　いや……警官もいるというのは……。

「大変だ成瀬さんが倒れている！　救急車！」

週刊誌の記者と思われる男性と警官が一緒になって、倒れている成瀬局長のカラダをズルズルと外に引き擦り出した。

「息がない……すぐに蘇生処置だ！」

残った警官は、ジョーズを取り囲んだ。

「通称・木村一郎！　殺人未遂の現行犯で逮捕する！　抵抗するな！　公務執行妨害並びに傷害罪もつくぞ！」

それでもジョーズは警官隊に突進し、警官が発砲した。

手足に数発の銃弾を受けつつ、怪力の男は警官を殴り飛ばし蹴り倒し、暴れに暴れた。

　やがて応援の警官隊が到着し、熊のように暴れるジョーズに網を放った。自由を奪うや、警棒で、滅多やたらに打ちすえ始める。

　その一部始終を僕は玄関の隅に縮こまって震えながら見つめていた。

　大捕物の末、ようやくジョーズは身柄を確保されてパトカーに放り込まれた。救急車がやって来た。蘇生処置を受けている成瀬に記者たちが質問を浴びせようとし、救急隊員に制止されると、今度は佐和さんに群がった。

　次に標的になるのは僕かな、と思っていると、記者の群れの向こうから割屋と順平、そして飯島さんが現れた。

「ええと……これは……」

「悪いが、君を疑っていた」

　割屋が、特捜検事の顔になって言った。

「心ここにあらずの君の様子を怪しんで、君の行動確認を……早い話が、君を尾行していた」

　堪忍やで、と言ったのは順平だった。

「あんたが言ってた、あの恵利子、いう女な。それも調べさせてもらった。おかしいやんか。あんたみたいなパッとせん男の世話を熱心に焼いてたんやろ?」

失礼なやつだ、と思いながらふと外を見て僕は驚いた。

「え」

サイレンを鳴らさないまま、救急車が走り去るところだった。救急車がいなくなると、そこに立っていたのが、恵利子だったからだ。

彼女は、僕に見えるように、黒いスティック状の……USBメモリーをかざすと、ニンマリと邪悪な笑みを浮かべ、走り去った。

「あの女性は、政府の特命で動いていた。君がこの一連の事件に巻き込まれたとき、特に大阪の京橋で君が重傷を負ったあとは公然と君を監視するようになっていた」

「……だからか」

恵利子までがUSBメモリーの行方を追っていたと知らされて、ようやく僕にも合点がいった。

「そうだったんですか……何にも無くてボロボロな僕を助けてくれて、東京で就職先を見つけてくれたり、アパートも探してくれたりして、どうしてこんなに尽くしてくれるんだろうって、ずっと疑問だったけど……どうして知ってるんだろうと思うことまで知ってたし……」

だから落ち着かなかったのか。「これじゃない」という気持ちが消えなかったのは、そのせいだったのか、とようやく判った。そして目当てのUSBメモリーを手に入れた恵利子は走り去った。

「じゃあ、あの大切なメモリーは」

「君が言うメモリーとは、恵利子さんとの思い出って意味か？　それともこれのことか？」

　割屋はポケットから黒いスティック状のＵＳＢメモリーを取り出した。

「悪いが、これが本物だ。昨夜、君がおれのバッグを漁って盗み出したのは、ダミーだ。似たようなものはどこにでも売ってる」

「じゃ、じゃあ、そのニセモノを佐和さんもジョーズも、成瀬局長も、そして恵利子さんまでが奪い合っていたって？」

「ああ。その中には君も入っている」

　すべてが氷解して、僕は本当に、全身から力が抜けてしまった。

エピローグ　寝台特急の女　ふたたび

寝台特急サンライズ瀬戸の個室で、念願の佐和さんと二人きり、ついに合体を果たしてさあフィニッシュだ！　という時に個室のドアをガンガンと乱暴にノックされて、僕と佐和さんは恐怖の余り硬く抱き合った。

「だ、誰？」

また襲われるのか、いや、また裏切られてしまうのか……僕は絶望した。だが、佐和さんの顔にも恐怖の表情が浮かんでいる。

それを見て、僕の絶望は一転、安堵に変わった。よかった。少なくとも今度は、彼女に裏切られてはいない……。

勇気百倍、それなら、どんなことがあっても切り抜けてやる。

僕は武器になりそうなものを探した。

ふたたびドアにノック。

今度は声もした。

「お休みのところ大変失礼致します。車掌でございます」

え？　本当に？

僕たちは、これまでにいろいろありすぎて、疑り深い性格になっていた。

ドアスコープを覗くと、たしかに寝台特急の、専務車掌の白い制服を着た中年男性が立っている。

「どんな御用でしょう？」

僕は慌てて服を着ながらドア越しに訊いた。

「はい。乗車券の拝見を……先ほど、横浜を出た頃に伺ったのですが、ご不在だったようで」

そう言えばその時間はラウンジで、ビールで乾杯していたように思う。

だが、専務車掌に化けた何者かという可能性もある。

佐和さんが、うしろから、そっと何かを僕に手渡した。スマホのような機器……これは、スタンガンじゃないか！

佐和さんはまだ、こんなものを持っていたのか……。

だがこれで安心だ。ニセ車掌だったとしても、何とかなる。

僕はドアを開けた。

切符を差し出すと、専務車掌は検札確認のスタンプを押して、敬礼すると歩いていった。

気がつくと足が震えていた。

涙が出るほどの安堵感。

もう、こんなスリルはたくさんだ。

僕たちは、ベッドに座り直して、改めてキスをした。

「出雲（いずも）に着いたら、出雲大社に行こう。あそこは日本最強の縁結びの神様だから」

提案する僕に、佐和さんはいたずらっぽく笑った。

「もう、結ばれてると思うけど。それに、今乗ってるのは『サンライズ瀬戸』だから、出雲には行かないけど？」

「まあそこはどうにかするとして」

僕は佐和さんをじっと見つめた。

「神様にもお願いして、絆をカンペキにしておきたいんだ。あなたは、いつまた消えてしまうかもしれないから」

「ごめんなさい。あなたを利用したこと、そしてあなたを傷つけたこと……それは本当に申し訳ないと思っているの。でもこれからの私を見てね。一生をかけて、信じてもらえるようにするから」

例のUSBメモリーの中味は、「週刊超真相」の大スクープとして報道された。

成瀬局長は被疑者死亡のまま妻へのＤＶで書類送検。ジョーズこと木村一郎はもちろん、関係者複数が様々な罪で捕まって、今は裁判を待っている。

飯島さんは売れっ子ライターになり、割屋は大阪のウラ世界でいっそう名を馳せている。順平はその助手として動いているらしい。

そうして僕は……まあ、しばらくは、彼女とあちこちを鉄道で旅してハネムーンを楽しむつもりだ。

そのあとにはまた人生の荒波が待っている。

でも、僕の傍らには彼女がいてくれるのだ。

初出

プロローグ　寝台特急の女　Ｗｅｂジェイ・ノベル二〇二〇年四月二八日配信
第一話　埼京線の女　Ｗｅｂジェイ・ノベル二〇二〇年四月二八日配信
第二話　東海道新幹線の女　Ｗｅｂジェイ・ノベル二〇二〇年五月十九日配信
第三話　阪堺線の女　書き下ろし
第四話　流山線の女　書き下ろし
エピローグ　寝台特急の女　ふたたび　書き下ろし

本作品はフィクションです。実在する個人および団体とは一切関係がありません。（編集部）

実業之日本社文庫　最新刊

赤川次郎
花嫁をガードせよ！
警察官の仁美は政治家をかばい撃たれてしまい、その怪我が原因で婚約破棄になりそう。捕まえた犯人は取り調べ中に自殺をしてしまい――。シリーズ第31弾
あ1 19

梓 林太郎
遠州浜松殺人奏曲　私立探偵・小仏太郎
静岡・奥浜名湖にある井伊直虎ゆかりの寺院で倒れていた男に名前を騙られた私立探偵・小仏太郎。謎の男の正体をさぐるが意外な真相が…傑作旅情ミステリー！
あ3 14

安達 瑶
悪女列車
間違って女性専用車両に飛び乗ってしまった僕。通勤電車、新幹線、寝台特急……機密情報入りのUSBを持って鉄路で逃げる謎の美女を追え！
あ8 6

草凪 優
知らない女が僕の部屋で死んでいた
眼が覚めると、知らない女が自宅のベッドで、死んでいた。女は誰なのか？ 記憶を失った男は、女の正体を探る。怒濤の恋愛サスペンス！（解説・東えりか）
く6 7

田中啓文
文豪宮本武蔵
剣豪・宮本武蔵が、なぜか時を越え明治時代の東京に。人力車の車夫になった武蔵だが、樋口一葉、夏目漱石らと知り合い、小説を書く羽目に…爆笑時代エンタメ。
た6 5

津本 陽・二木謙一
信長・秀吉・家康　天下人の夢
戦国時代を終わらせた三人の英雄の戦いや政策、人間像を、第一人者の対談で解き明かす。津本作品の名場面再録、歴史的事件の詳細解説、図版も多数収録。
つ2 5

花房観音
秘めゆり
「夫と私、どちらが気持ちいい？」――男と女、女と女が秘める恋。万葉集から岡本かの子まで、和歌を題材にとった極上の性愛短編集。（解説・及川眠子）
は2 6

本城雅人
代理人　善場圭一の事件簿
女性問題、暴行、違法な賭け事……契約選手をめぐる様々なトラブル解決に辣腕をふるう代理人の奮闘を活写。異色スポーツミステリー！（解説・佳多山大地）
ほ4 1

睦月影郎
昭和好色一代男　再び性春
昭和元年生まれの昭一郎は偶然幽体離脱し、魂が孫の若い肉体と入れ替わってしまう。久々の快感を得たいと町へ出ると、人妻や処女との出会いが待っていた！
む2 12

実業之日本社文庫 あ86

悪女列車

2020年6月15日　初版第1刷発行

著　者　安達 瑶

発行者　岩野裕一
発行所　株式会社実業之日本社
〒107-0062　東京都港区南青山5-4-30
CoSTUME NATIONAL Aoyama Complex 2F
電話［編集］03(6809)0473［販売］03(6809)0495
ホームページ　https://www.j-n.co.jp/

DTP　ラッシュ
印刷所　大日本印刷株式会社
製本所　大日本印刷株式会社

フォーマットデザイン　鈴木正道（Suzuki Design）

ISBN978-4-408-55594-2（第二文芸）